WURDACK

www.wurdackverlag.de
Cover: Ernst Wurdack
Lektorat: Heidrun Jänchen und Armin Rößler

Druck: Lange OHG, Berlin
ISBN 13: 978-3-938065-54-9

Karsten Kruschel

Vilm
Die Eingeborenen

1. Der glückliche Lotse

Eine Runde von Kapitänen saß beisammen, an einem geräumigen Sechsertisch, von dessen Sitzplätzen einer sorgsam freigehalten wurde. Das wäre nicht nötig gewesen: Es wäre niemand auf den Gedanken gekommen, sich zu ihnen zu setzen. Touristen verirrten sich nicht in die »Laterne«, und wer sich hier auskannte, wusste, dass dieser Tisch traditionell Besitz der Kapitäne war. Wenn der Raumhafen voll war und die Kasse der »Laterne« richtig klingelte, mussten einige Stühle herangestellt werden. Zu anderen Zeiten kam es vor, dass ein oder zwei Raumschiffkommandanten einsam an dem Tisch hockten.

Die »Laterne« war eine Lokalität auf Atibon Legba, die unter Raumfahrervolk weniger wegen der Kapitänsrunde bekannt war als wegen ihres ausgefallenen Raumschmucks – nicht nur Schmuck, sondern auch makabre Warnung und Beispiel. In einem polierten Glaskasten, direkt dem Eingang gegenüber, wurde ein Laternenflamingo gezeigt, der von Steinstrahlung getroffen worden war, wie sie den Legenden nach hin und wieder bei den Grauen Sonnen vorkommen soll. Er hatte sich unter dem Einfluss des mysteriösen Strahls langsam in geäderten Stein verwandelt. Natürlich sah er gut aus, der elegante Ziervogel, noch im steinernen Tod anmutig. Und doch wirkte der eigenartige Raumschmuck wie eine Warntafel: dass es unnatürlich wäre, seine Grenzen zu überschreiten, Leben ins All zu tragen, dass man dafür bezahlen müsse. Diese Wirkung – wenn sie denn beabsichtigt war – verlor sich freilich rasch. Ständige Mahnung wird lächerlich, das Grausige anheimelnd durch Gewöhnung. Außerdem war jene Strahlung außerordentlich selten, und es gab eine Reihe von Wissenschaftlern und Medizinern, die ihre Existenz entschieden bestritten.

Die fünf, die heute am Kapitänstisch saßen, kannten sich lange; dementsprechend laut und lebhaft ging es her. In der »Laterne« wird eine Menge des seltsamsten Zeugs getrunken, und an diesem Tisch wird von Raumgegenden gesprochen, die keine sorgfältig geräumten und kartographierten Trassen haben und in denen das Fliegen mehr ist als eine Rechenaufgabe mit mehr oder weniger vorhersehbaren Unbekannten, die sich zufällig im Weltraum abspielt.

»Und jedes Mal«, röhrte Gaston Vliesenbrink mit seiner übermäßig lauten Stimme, »wenn man dort vorbeikommt, hat sich die Form dieser verflixten Wolke verändert. Sie teilt sich, stülpt Füße aus, zieht sich zusammen – als wäre sie lebendig!«

»Du bist dir sicher, dass du von der Nebula sciuri sprichst?«, erkundigte sich Punt, der unscheinbar und rundlich war und zweifelnd seine Glatze krauste, ehe er wieder an seinem schwarzen Bier nippte. Statt einer Antwort wies Vliesenbrink, der riesige Mann, der von Karna stammte, mit Heimat jedoch nicht viel im Sinn hatte, auf sein Gegenüber, den alten Schlunke, der nur nickte.

»Aber woher diese Bewegungen?«, fragte Punt verständnislos. »Das gibt's doch nicht – lebende Wolken im Kosmos!«

Alle sahen auf Tullama, der mal Physik studiert hatte und unter Kapitänen als weiser Uhu galt. Tullama zog es vor, vage mit dem Kopf zu wackeln und Äthyltee zu trinken. Dafür fing der Jüngste von ihnen, Claras, von dem niemand wusste, ob er Mann oder Frau war, mit wilden Spekulationen an, die sie grinsen ließen: in der Wolke verborgene Doppelsterne, verdeckte Novaausbrüche eines hypothetischen Sterns, Bombenexplosionen einer unbekannten Rasse, das vergessene Schwesterwesen des epsilonischen Raumschiffs, Löcher ins benachbarte Kontinuum, pulsierende Schwarze Löcher ...

»Wirklich toll, Claras«, donnerte Gaston Vliesenbrink, dass Tullama zusammenzuckte und Claras sein Geschwätz einstellte.

»Wie fliegst du denn nun, wenn du an dieser Wolke entlang willst?«, erkundigte sich Punt.

Vliesenbrink dämpfte seine Lautstärke. »Du hast zwei Möglichkeiten. Entweder du gehst auf Nummer sicher, machst den großen Umweg und verlierst zwei Wochen nebst einer gehörigen Menge Geld ... oder ... oder du hast einen wirklich guten Lotsen.«

»Du meinst Christoff Masurat?«

»Natürlich. Einmal ist er sogar mittendurch geflogen.«

»Also weiß der, was dort los ist?«, warf Claras mit überkippender Stimme dazwischen.

»Natürlich nicht. Er weiß lediglich, wie man heil vorbeikommt.«

»Woher, frage ich mich«, sagte der alte Schlunke nachdenklich.

»Er weiß es nicht in diesem Sinn. Wissen ist der falsche Ausdruck.« Vliesenbrink suchte nach Worten. »Er hat eine Art zusätzlichen Sinn für diese Dinge.«

»Einen Draht zum lieben Gott«, bemerkte Punt spöttisch; die Bemerkung ließ Schlunke zusammenzucken.

Vliesenbrink sah ihn mit ernstem Gesicht an. »Wenn du es so nennen willst – bitte. Ich glaube auch nicht, dass er jemals krank gewesen ist – oder es je wird.«

Tullama beugte sich vor, seine schwarze Stirn glänzte. »Und dieser Christoff kommt heute Abend her?«, fragte er.

»Er kommt«, sagte Schlunke, »da bin ich sicher. Schließlich will ich mit ihm etwas unternehmen.« Eine kurze Stille entstand, in der Punt ein kleines »Ach so?« hören ließ. Claras brach das Schweigen mit sanfter, heller Stimme – die reine Erholung gegenüber dem bullerigen Organ des Karnesen.

»Ich bin einmal mit ihm geflogen, und es war genau, ganz genau so, wie du sagst. Wir sollten eine Gruppe von Forschern abholen, denen im wahrsten Sinne des Wortes der Boden unter den Füßen zu heiß geworden war. Der Planet war in eine Phase vulkanischer Aktivität getreten, und sie hatten nur Flugzeuge und kein Raumfahrzeug. Wie das so ist, ihr Mutterschiff hätte es nicht geschafft, und wir sollten sie rasch holen. Die armen

Jungs – Blödsinn, es war eine reine Frauenexpedition –, also die armen Mädchen flogen praktisch nur noch mit ihren Gleitern und Schwebern umher. Überall mussten sie schnell wieder fort. Spalten taten sich auf, Erdbeben zerschüttelten alles, Lavaströme quollen hervor. Und wir hatten ein Problem: Irgendwo mussten wir unsere Kiste schließlich hinstellen. Ein Raumschiff ist kein Schweber, der mal eben zur Seite hüpft.«

»Du redet mit Raumkapitänen, musst du wissen«, sagte Schlunke ruhig und giftig, »nicht mit Bürotippsen aus der Zentralverwaltung.«

Claras schluckte hastig einen Großteil seines buntschillernden Mixgetränks hinunter und erzählte weiter, während Vliesenbrink ein mächtiges, üppig belegtes Brot verschlang. Karnesen nutzen jede Möglichkeit für einen Imbiss. »Wir wussten also nicht, wo auf diesem verflixten Planeten wir unseren Kahn für einige Stunden sicher hinstellen konnten. Alles war in Bewegung. Einer der Kontinente hatte zu versinken angefangen, unsere Computer waren total überfordert. Es war kein relativer Ruhepunkt zu errechnen.«

»Da hätten die Mädels doch in der Luft abwarten können«, warf Tullama ein.

»Treibstoff«, sagte Claras mit einer affektierten Handbewegung und fuhr fort: »Es schien alles zu spät zu sein. Jede erneute Flucht in die Luft reduzierte die knappen Vorräte. Von Luft konnte man strenggenommen nicht mehr reden – eine Brühe aus Rauch und fliegenden Felsbrocken. Wir hatten freilich unseren Christoff an Bord. Der sah sich zwei Umkreisungen lang das Chaos an, achtete nicht auf die jede Sekunde geänderten Prognosen der Bordrechner und tippte lässig an einen Punkt auf dem Tüftelglobus. Der war längst kein planetologisches Modell mehr, sondern funkelte wie eine Weihnachtskugel. Dort, an dem von Christoff vorgegebenen Punkt, landeten wir. Dort blieb es sechseinhalb Stunden ruhig, und nach fünf Stunden waren wir weg.

»Eine Ruhephase in der Tektonik«, sagte Tullama fragend. Claras lächelte ihn mit geschminkten Lippen strahlend an. »Später stellten wir fest, dass unser Landeplatz zu diesem Zeitpunkt der einzige stille Fleck auf dem ganzen verdammten Planeten gewesen war. Und dreißig Stunden später gab es überhaupt keine Planetenoberfläche mehr. Nur Lava, Schlamm und treibende Felsen. Die Frauen waren begeistert von dem Gedanken, wir hätten noch ein wenig länger gewartet ...«

»Die Computer konnten keinen Ruhepunkt berechnen«, sagte Tullama nachdenklich, »und er tippte einfach auf den Tüftelglobus ...«

»Also doch ein Draht zum lieben Gott«, wiederholte Punt, nicht mehr spöttisch. Schlunke warf ihm einen bösen Blick zu.

»Seid mir nicht böse«, meinte Punt, »ich habe all die unwahrscheinlichen Geschichten über Christoff Masurat immer für Blödsinn gehalten. Mehr oder weniger. Diese Verschwendung glücklicher Zufälle. Bis vor drei Jahren hielt ich nichts davon. Bis er mit mir geflogen war. Bis ich wusste, dass das eine entschieden unverdauliche Sache ist, über die man besser nicht nachdenkt.«

Gaston Vliesenbrink ließ seine riesige Faust auf den Tisch krachen und sah Punt mit komischer Verzweiflung an. »Hat dieser Mensch uns drei Jahre lang verschwiegen, dass er auch eine Christoff-Sache erlebt hat!«

Schlunke rüttelte prüfend an der Tischplatte, sie hatte dem Schlag Vliesenbrinks erstaunlicherweise widerstanden. »Erzähl!«, sagte Tullama.

Punt sah unsicher die anderen an. »Ich weiß nicht recht ... Na gut, ihr müsst mir ja nicht glauben. Es war in der Nähe von Boryon VIII, wo es diese Schürfstationen gibt, irgendwelcher seltenen Minerale wegen, die man sonst nirgendwo findet. Ich kenne mich da nicht aus. Die Leute dort mussten versorgt werden, ein paar tausend Köpfe, völlig abhängig von den Lieferungen aus A.L.; es gab allerdings ein kleines Problem. Das Boryon-System war in einen extrastellaren Meteoritenschwarm geraten, eine Lawine von Stein und Staub, die von irgendwo nach irgendwo rast.«

»Die vagabundierenden Müllkippen«, sagte Tullama und kratzte sich sein Kraushaar.

»Die gibt es doch nicht«, brummte Vliesenbrink, und Tullama lächelte nur. Weiß man's?, schien er zu fragen, und der große Gaston zuckte mit den Schultern.

»Dieser Strom war zu groß, um ihn rechnerisch erfassen zu können, und seine Geschwindigkeit war höher als alles, was man sonst im Inneren von Sternsystemen finden kann. Dieser Strom war eine langgestreckte Walze aus Trümmern, die sich mit mehr als einem Zehntel Lichtgeschwindigkeit bewegte. Deswegen kamen übliche automatische Transporter nicht an. Sie verschwanden im Strom, und man hörte nie wieder von ihnen. Kein Wunder, niemals waren sie für solche Extreme programmiert worden. Boryon VIII hatte Nahrung, Luft und Wasser für zwei Monate – und der verdammte Haufen rasender Steine würde über ein halbes Jahr lang jeden Transport verhindern. Also schickte man einen bemannten Transporter des Waraega-Typs los. Ihr wisst, wie stark die bewaffnet sind. Sie haben versucht, sich den Weg freizuschießen. Wochenlang. Sie kamen aus dem Strom heraus, kurz ehe der Treibstoff ausging.« Punt machte eine Pause und goss sich den Rest des Bieres die Kehle hinunter.

Die vier Kapitäne blickten Punt ungläubig an. Das war eine sehr unwahrscheinliche Geschichte. Die Waraega-Konstrukteure hatten es mit der Wehrhaftigkeit ihres Schiffes etwas übertrieben und den simplen Lastenträger fast zum Kampfschiff gemacht – deswegen wurden die Einheiten dieses Typs nach und nach aus dem Verkehr gezogen. Sie waren mit ihren waffenstarrenden Flanken einfach zu teuer.

»Sie tankten auf«, setzte Punt fort, »und flogen den Strom von einer anderen Seite her an. Dort hatten sie noch weniger Glück. Sie gerieten in innere Turbulenzen des Stroms, wurden vom Kurs abgedrängt und waren endlich in einer unmöglichen Situation. Sie hätten sich freischießen müssen, und eben das konnten sie nicht, weil ihre Salven sie zwar befreit, die Strahlenkegel jedoch unweigerlich auch Boryon VIII getroffen hätten. Und das ging ja nun nicht.« Der alte Schlunke nickte, er konnte sich das vorstellen. Und er hatte eine trübe Ahnung, was das Ende dieses unglücklichen Transporters anging. Er sah Punt an. Der nickte auch.

»Nach Tagen gab es einen Blitz im Strom, und es hatte den Transporter offensichtlich erwischt. Man weiß nichts über ihn. Womöglich hat er einen Raumsprung versucht – trotz der Nähe von festen Körpern – und ist sonstwo herausgekommen. Ich glaube, er ist explodiert. Die Versicherung hat jedenfalls anstandslos bezahlt.«

»Gott sei ihren armen Seelen gnädig«, sagte Schlunke leise.

»Du wolltest von Christoff erzählen«, sagte Tullama.

»Natürlich. Man schickte einen leichten Kreuzer in den Strom, denn die Leute auf Boryon VIII gerieten in echte Schwierigkeiten und mussten den Gürtel enger schnallen. Dieser Kreuzer kam zerschunden, mit entnervter Besatzung und völlig leergeschossenen Waffenspeichern nach zwei Wochen zurück, er hatte Boryon VIII nicht mal von Weitem gesehen. Immerhin hatte die Aktion den Gegenwert einer Jahresproduktion von Boryon gekostet. Den Gürtel enger schnallen konnten die Ärmsten auf der Bergwerkswelt zwar, ein Minimum an Sauerstoff jedoch braucht der Mensch zum Atmen. Nun wurde ich aus dem Urlaub geholt, und ehe ich mich versah, war ich mit der Arcadia auf der Reise nach Boryon VIII. Die Schlauköpfe wollten auf Nummer sicher gehen und schickten einen Weltenkreuzer. Die Zentralier waren verdammt sauer, dass das Flottenkommando ihnen wieder mal einen Kapitän vor die Nase setzte. Wir waren vollgestopft mit Vorräten, damit man vor dem Ende des Stromes die Aktion nicht wiederholen musste.«

»Dass die Leute auf Boryon das Bombardement überlebt haben«, sagte Claras verwundert.

Schlunke stieß ihn an. »Du warst noch nicht dort«, sagte er, »das merke ich sofort. Es gibt keine Meteoriten, die von dieser

Atmosphäre nicht abgefangen werden, so dicht ist sie. Harte Strahlung allerdings ist etwas anderes.«

»Hm«, machte Claras, merkte sich das für eventuelle Verwendung und rieb sich die Stelle, an der Schlunke ihn berührt hatte. Dann nippte er wieder an dem kunterbunten Zeug in seinem Glas.

»Ich stürzte mich in den Strom«, fuhr Punt fort, »und es war wie gehabt. Wir mussten aus allen Rohren feuern, und nur die extrem hoch gespannten Schutzfelder der ARCADIA retteten uns, als wir in die Turbulenzen kamen. Es war kein Durchkommen. Zurück nach Atibon Legba, große Beratung erwartet – nichts davon. Zwar gab es Stimmen, es käme billiger, die Bergleute aufzugeben, aber das hörte man nur unter der Hand. Christoff tauchte auf, als Lotse. Er hatte sich gemeldet und dem Flottenkommando irgendwie eine Theorie über den Strom beigebracht. Die hatten nichts davon kapiert, glaubten ihm jedoch, so sicherheitshalber. Schlimmer konnte es ja nicht mehr kommen. Die Menschen auf Boryon lebten zu diesem Zeitpunkt von einem Becher Wasser am Tag, an geraden Tagen gab es eine Injektion mit Vitaminen und Beruhigungsmitteln. Der Luftvorrat reichte für ein paar Wochen. Und dieser furchterregende Herr Masurat führte die ARCADIA durch den Strom, als hätte er in dem verdammten Ding gewohnt. Mir standen die Haare zu Berge. Er steuerte den Mittelpunkt der Turbulenzen an und jagte das Schiff hindurch, während wir im Feuer unserer Waffen und Schutzfelder glühten wie ein künstlicher Stern. Wir waren weiter gekommen als alle anderen, ehe sich für uns alle Schlupflöcher schlossen. Christoff ging ans Steuer, mein Pilot hielt sich die Augen zu, und ich war wie gelähmt. Um uns war mehr Fels als Kosmos. Mehr verdammter Fels, als selbst die Bewaffnung eines Weltenkreuzers verdampfen konnte. Ich habe nicht mehr hingesehen, ich gebe es zu. Plötzlich waren wir auf der Ekliptik von Boryon, wo es nur wenige Trümmer gab, und einige Tage danach, zu unserer und ihrer Überraschung, konnten sich die Leute auf Boryon zum ersten Mal seit etlichen

Wochen wieder satt essen. Wie Christoff das geschafft hat, weiß er selber nicht. Ich habe mir die Aufzeichnungen von diesem Tag angesehen. Es gibt keine Erklärung. Plötzlich war da eine Lücke. Das kommt vor. Es kommt auch vor, dass eine solche Lücke groß genug ist für ein so großes Schiff. Aber die ARCADIA hatte bereits lange, bevor sich die Lücke auftat, Kurs dorthin genommen ...«

»Und das sollen wir dir glauben?«, sagte Tullama.

»Soll ich dir die Dateien schicken? Dann kannst du es dir selbst ansehen.«

»Was hat denn das Flottenkommando dazu gesagt?«, fragte der alte Schlunke, der seine Erfahrungen mit der zähen Verwaltung in den Bürovierteln von A.L. hatte.

Punt grinste. »Ich habe meine Berichte geschrieben und abgeliefert, alles nach Vorschrift, mitsamt den Bildaufzeichnungen und Maschinenprotokollen. Und ich habe nie wieder davon gehört. Ich wundere mich nicht darüber. Es ist schwer zu glauben ...«

»Vor drei Jahren war das, da muss Christoff also schon seine Braut gehabt haben«, sagte Vliesenbrink. Punt war von dieser Bemerkung überrascht.

»Ja – die hat ihn damals aufs Schiff gebracht«, sagte er, »und er hat ihr versprochen, dass es bei Gott sein unwiderruflich letzter Flug sein wird.«

»Führe nicht Gottes Namen leichtfertig im Munde«, knurrte Schlunke, »sonst kriegst du Ärger mit den Päpsten.« Vliesenbrink verdrehte die Augen, und Claras kicherte albern.

»Na gut. Er hat versprochen, es ist sein letzter Flug.«

»Das verspricht er immer«, sagte Schlunke und schob sein leeres Glas beiseite, um seinerseits von Christoff Masurat erzählen zu können. Er pflegte seine ausladenden Handbewegungen beim Geschichtenerzählen. Die anderen wussten, was kam, wenn er sein Glas wegschob. Doch Vliesenbrink unterbrach ihn und sah forschend in die Runde.

»Ich habe gehört, er will wirklich Schluss machen.«

»Das wäre gar nicht gut«, meinte Schlunke.

»Du musst nicht denken, du wärst der Einzige, der hier ist, um Christoff auf sein Schiff zu holen«, sagte Tullama. Er blickte einem nach dem anderen ins Gesicht. Die Kollegen nickten. »Ihr habt alle erlebt, was er für ein extrem guter Lotse ist, und ich brauche so einen für meinen nächsten Auftrag.« Punt betrachtete eingehend die Wölbung seines Bauches. Claras fing an, sich mit einem blitzenden kleinen Ding die Fingernägel zu polieren. Schlunke rieb sich die Augen, als habe ein Wind Staubkörner hineingetrieben. Gaston Vliesenbrink stand unruhig auf und räkelte seine zwei Meter zwölf.

»Wir wollen uns wirklich um ihn streiten?«, fragte er und nahm seinen fast eimergroßen Becher, der, wie alle wussten, jenen fast reinen Alkohol enthielt, den die Karnesen zu kippen pflegten. Claras warf abschätzende Blicke auf Vliesenbrinks großen muskelstrotzenden Körper, in den eine Flüssigkeit gegossen wurde, die andere Leute umbringen würde. »Nicht dass du auf die Idee kommst, einen Ringkampf zu veranstalten.«

Der Einfall, einer von ihnen würde sich körperlich mit dem Karnesen messen wollen, war grotesk. Dass Claras selbst dem Schwerweltmenschen zu nah treten sollte, war weit grotesker. Vliesenbrinks Konstitution war auf mehr als doppelte Erdenschwere zugeschnitten, und hier trug er schwere Stahlplatten an den Füßen, um nicht zu hüpfen, wenn er gehen wollte. Claras war zwei Köpfe kleiner und wirkte neben dem karnesischen Kapitän zerbrechlich.

»Keine Angst«, knurrte Vliesenbrink, »du solltest dir besser überlegen, wie wir der Braut ausreden, dass Christoff nie wieder fliegt.«

»Warum sollte sie das überhaupt wollen?«

Punt lachte leise auf. »Familie gründen, Claras, Kinder kriegen, Haus bauen, einen Garten pflanzen, ein Buch schreiben, Großeltern werden, und was es da sonst gibt. Die Frau will nicht Wochen, Monate und länger auf Christoff warten müssen.«

Claras schwieg und nuckelte am Rand seines Glases herum. Diese Dinge blieben seiner Natur verschlossen. Die anderen Kapitäne indes verstanden. Sie redeten aufgeregt durcheinander, und vergeblich versuchte Schlunke, seine Geschichte über Christoff zu erzählen, die mit Geschossen und Kampf gegen irgendein Maschinenwesen zu tun hatte. Am Tisch kehrte erst Ruhe ein, als die Kapitäne eine hübsche Frau auf dem frei gehaltenen Stuhl sitzen sahen. Sie war nicht mehr die Jüngste, wenn auch attraktiv. Sie trug ihr braunes Haar lang und hielt es mit einem indianisch gemusterten Stirnband zusammen. »Die Braut ist bereits da«, sagte sie, und schlagartig verstummte das Gerede der fünf Kapitäne. Sie schauten die Frau verdutzt an. Tullama fing sich als erster.

»Es ist nicht so, dass wir Ihnen nicht die Ruhe gönnten«, erklärte er, »aber Sie müssen verstehen, dass Ihr Christoph Fähigkeiten hat, die zu wertvoll sind, als dass wir darauf verzichten könnten.«

»Sie werden es müssen« entgegnete die Frau mit leisem Spott, »er hat mir fest versprochen, aufzuhören mit dem Lotsenberuf.«

»Er ist mehr als ein Lotse«, murmelte der alte Schlunke, »er ist ein Lieblingskind Fortunas. Als ob er glückliche Zufälle ebenso anzieht wie ein einzeln stehender Baum die Blitze.«

»Und nun will der Baum seine Ruhe haben vor den Blitzen.« Sie blieb freundlich.

Claras' Stimme zitterte. »Er hat Menschenleben gerettet, und er könnte das wieder tun. Sehr bald sogar ...«

»Reden Sie mir keine Schuldgefühle ein, das verfängt nicht«, sagte die Frau lässig, und Claras verstummte. Hilfesuchend sah er zu Gaston Vliesenbrink. Der setzte sich und brachte dabei den Stuhl zum Ächzen. »Der Verlust von Christoff Masurat wäre für alle am Tisch ein schwerer Schlag, ich zum Beispiel müsste meinen Auftrag zurückgeben. Ohne Christoff wage ich mich dort nicht heran. Das wäre nicht nur peinlich für mich, sondern auch verheerend für das Flottenkommando. Die haben ein paar Wagenladungen gutes Geld in das Vorhaben gesteckt.«

Das Lächeln der Frau erlosch wie ausgeschaltet. »Falls das ein Erpressungsversuch sein sollte, sind Sie an der falschen Adresse«, antwortete sie kalt. »Christoff hat seine Lizenz an das Flottenkommando zurückgegeben. Vor einer oder zwei Stunden erst. Mit der Rohrpost. Es gibt keinen Lotsen Christoff Masurat mehr. Er kommt gleich her, da können Sie sich davon überzeugen.«

Punt seufzte in die entstandene Stille hinein. Alle am Tisch, außer der Braut des Lotsen, ließen die Köpfe hängen. Was sollte man dazu sagen. Stimmengewirr erhob sich in der »Laterne«, und es gab Aufsehen am Eingang des Lokals, wo der versteinerte Flamingo stand. Dann war es so weit – Christoff Masurat, der beste Lotse, den Atibon Legba je gesehen hatte, ging auf den Tisch zu. Er war eine beachtliche Erscheinung. Nicht sehr groß, Gesicht und Figur wie eine griechische Statue. Seine einundfünfzig Jahre sah man dem Lotsen nicht an, ebensowenig wie die Tatsache, dass der Mann hart arbeitete, um sich dieses Aussehen zu bewahren. Die schwarzen Haare zeigten allerdings erste grausilberne Strähnen, und etwas unterschied Christoff von den antiken Statuen, denen er ähnelte: Diese Statue lebte, man konnte sich an sie anlehnen, wie die Frau es jetzt tat, und sie konnte lächeln, wie nie ein Bildhauer seine Figur hatte lächeln lassen können. »Hast du ihnen Pfeffer gegeben, Sascha?« Er nahm die Frau in die Arme, und für einen Augenblick vergaßen beide die Runde der Kapitäne. Die blickten weg, von Claras abgesehen, dem in diesen Dingen Takt abging.

»Du«, sagte Sascha dann, »ich hab ihnen erklärt, dass es aus ist mit dem Lotsen Christoff.«

»Richtig.«

»Und dass wir auf Atibon bleiben und nicht mehr durchs All fliegen.«

»Richtig.«

»Und dass sie sich sparen können, dich abzuwerben ...«

»Richtig.«

»... weil ich das längst besorgt habe!« Er lachte. »Ich muss noch mal weg, Christoff, meine Schicht ist verlegt.«

»Ich weiß, man hat es mir im Kommando gesagt.«

»Morgen früh um zwei bin ich fertig und komme nach Hause. Du wirst staunen – ich habe den Steingarten jetzt mit dem Kristallzaun umgeben. Sieht herrlich aus.«

»Das ist schön.«

»Also – ich muss jetzt. Mach's gut. Bis dann.«

»Ja. Bis dann.« Er blickte ihr nach, bis sie verschwunden war, und setzte sich zu den Kapitänen. Betretenes Schweigen. Sofern sich noch Reste in irgendwelchen Gläsern befanden, wurden sie ausgetrunken. Gaston Vliesenbrink fraß in Rekordzeit ein weiteres Riesensandwich; er wusste nicht, was er sonst tun sollte, und Hunger gab es immer zu stillen.

»Es ist niemand gestorben, wisst ihr«, sagte Christoff nach ein paar peinlichen Sekunden. »Ihr müsst keine Beerdigungsgesichter machen.«

Vliesenbrink sah den Lotsen schief an und schluckte den letzten Bissen hinunter. »Ich wollte dich haben, um die Nebula sciuri zu erforschen, dort hat man die merkwürdigsten Signale empfangen ... Ohne dich ist es Verschwendung, überhaupt loszufliegen.«

Claras lachte sein helles Lachen. »Und ich wollte mit dir den verlorenen Dunkelplaneten suchen, den drei teure Expeditionen nicht gefunden haben. Du weißt, wie wertvoll die Vorkommen dort sind. Nun werden wir ihn nie finden.«

Christoff reagierte nicht. Er hörte zu.

»Das ist richtig nett«, sagte Punt. »Da sind wir ja alle angeschmiert. Mein Auftrag sind die vagabundierenden Müllkippen, die extrastellaren Ströme; es soll einen geben, der in unserem Sektor verschwunden ist. Wahrscheinlich hat ihn ein Stern eingefangen. Das wäre interessant, einen solchen Haufen in Ruhe studieren zu können. Das hat noch niemand geschafft. Aber finde einer diesen gefangenen Strom, wenn kein Christoff Masurat den Lotsen macht ... Nun wird man automatische Suchsonden losschicken. Wenn es gut geht, wissen wir bereits in ein paar zwanzig Jahren, wo der Strom steckt und ob es ihn überhaupt gibt.«

Auch Schlunke hatte einen Auftrag, den er zurückgeben musste – eine verrückte Maschinenfestung sollte er ausschalten. Dieser funktionierende Schrotthaufen verlegte den Zugang zu mehreren interessanten Planeten und damit einer Menge Kies, die einflussreiche Leute zu verdienen gedachten. Zwar hatte das Ding nur einen Bruchteil seiner Kapazität; dennoch war es ein unberechenbarer und gefährlicher Gegner. Um ihn zu besiegen, brauchte es verdammt viel Glück – einen Christoff eben.

»Ich bin schlimmer dran, ehrlich«, sagte Tullama leise, wie es seine Art war. »Ich habe mein altes Schiff wieder übernommen …«

»Die Armorica?«, fragte Claras überrascht.

»Ja. Man hat Signale aufgefangen, die von der Vilm van der Oosterbrijk stammen könnten …«

»So ein Quatsch«, stellte Vliesenbrink in gewohnter Lautstärke fest, »die ist seit mindestens fünfzehn Jahren verschwunden oder länger. Wenn es das Schiff noch gäbe, wäre es längst gefunden worden. Außerdem war mein Neffe Jonathan an Bord, und den brachte so leicht nichts um – wenn Jonathan es nicht schafft zu überleben, dann schafft es niemand.«

»Da sendet, wenn überhaupt, eine Automatik«, erwiderte Tullama, »vielleicht ein paar Überlebende, was weiß ich. Jedenfalls hat etwas die Kennung der verschollenen Vilm van der Oosterbrijk gesendet. Und ich wollte sie mit Christoff finden.«

»Ihr tut, als sei ich was Besonderes«, sagte Christoff. Die Kapitäne lachten bis auf einen los wie ein Mann. Als ob er das nicht wäre. Der glückliche Lotse, der er war! Die Legende! Bekannt im ganzen Sektor und weit darüber hinaus. Nur Gaston Vliesenbrink war seltsam ruhig; er dachte an seinen längst für tot erklärten Neffen Jonathan.

»Ich werde noch in dieser Nacht starten«, erklärte Tullama, »das werde ich wohl ohne dich tun müssen …«

Christoff reagierte nicht auf die verborgene Frage. Man trank und schwatzte, ehe man sich trennte. Es blieb ein schaler Geschmack zurück. Um Mitternacht stand Christoff an der Mauer des Steingartens. Sie war aus kühl glitzernden Kristallen gefügt, wie Sascha gesagt hatte, und das weiche Licht warf kaum Schatten. Christoff sah sich um, ehe er seine Tasche im Eingang des Hauses abstellte. Er achtete nicht darauf, dass neugierige Nachbarn ihn beobachteten. Aus der Zustellkiste der Rohrpostverbindung holte er seine Lotsenlizenz, das Einzige, was er mitnahm. Er ging langsam und sah sich nicht um. Sascha würde alles klar sein – die Reisetasche, die offene Postanlage, die Hälften der Rohrposthülse. Keine Lizenz.

Als in der ARMORICA die Startvorbereitungen auf vollen Touren liefen, stand Tullama völlig überrascht dem Lotsen gegenüber, der sich zum Dienst meldete. Dem Kapitän fiel Sascha ein, die von ihrer Schicht kommen und sich allein finden würde. Er schwieg. Fragte nicht. Im Grunde genommen freute er sich, dass er den berühmten Lotsen hatte. Das war der halbe Erfolg der nicht sonderlich aussichtsreichen Suche nach der VILM VAN DER OOSTERBRIJK. Gaston Vliesenbrink übrigens hatte sich gemeldet und seine Ansprüche auf den Lotsen zurückgestellt. Für den unwahrscheinlichen Fall, dass Christoff es sich anders überlegte, sollte er besser nach dem verschwundenen Weltenkreuzer suchen. Im riesenhaften Körper des Karnesen schlug eben doch ein weiches Herz, nicht davon zu überzeugen, dass Jonathan nicht zu retten sein sollte. Erst als weit nach drei Uhr – Atibon Legba war nur noch ein Punkt auf den Bildwänden – der Weltenkreuzer langsam zu beschleunigen begann, fragte Tullama nach den Gründen des Lotsen. Er hielt es nicht mehr aus. Wie konnte Christoff so herzlos und kalt sein, Sascha einfach sitzenzulassen?

Der Lotse schwieg. Er schwieg lange. Dann versuchte er zu lächeln, was missriet; sein Gesicht war eine erschreckende Grimasse aus Schmerz und Angst. Tullama stand erstarrt.

»Ich weiß ja«, sagte Christoff, »dass ich so etwas wie ein Glückskind bin. Es heißt, ich hätte einen heißen Draht zum lieben Gott. Das ist Blödsinn, mal davon abgesehen, dass Leute wie Schlunke und seine Päpste für den lieben Gott eher Partner sind. Ich habe einfach – Glück.« Seine Stimme klang bitter. Tullama sah den Lotsen aufmerksam an. Dessen Lippen bebten, ehe er weitersprach. »Manche halten es für eine Kette der unwahrscheinlichsten Zufälle, die es je gegeben haben mag, andere für eine seltene Erbanlage. Ich bin bei Nervenärzten und Hirnspezialisten gewesen und habe mich aufs Genaueste untersuchen lassen. Ich bin normal. Sagen die Ärzte. Dachte ich auch. Ich war ein Raumfahrer wie alle anderen gewesen – erst als ich auf dem Rückweg von den Grauen Sonnen zwei Drittel meines Treibstoffes verloren hatte und direkt durch die Nebula sciuri fliegen musste, hatte ich zum ersten Mal außergewöhnliches Glück. Das brauchte ich auch, denn ich war gezwungen, die kürzeste Route zu nehmen. Ich konnte nicht glauben, dass mir ein guter Stern seither nichts als Glück beschert; doch so sah es aus.« Er winkte ab, und diese Geste war so verächtlich und resigniert, dass Tullama es kalt seinen Rücken hinabrieseln spürte.

»Erzähle mir alles«, bat er, »eventuell wird dir leichter.«

»Kaum«, erwiderte Christoff. »Schaden kann es nicht.« Er drehte sich um und schaute auf irgendeine Bildwand. Tullama war sicher, dass der Lotse nicht bemerkte, was angezeigt wurde. »Ich weiß, dass du mich für ein kaltes, seelenloses Vieh hältst«, fuhr Christoff langsam fort, »und ich weiß, was ich Sascha angetan habe, indem ich weglief. Aber anders konnte ich nicht handeln. Das war mein Ausweg.«

»Wegzulaufen?«, fragte Tullama verständnislos. »Wovor?«

Christoff fuhr herum und sah den Kommandanten wütend an. »Ist es euch«, sagte er leise, »in den Sinn gekommen, dass ich irgendwann bezahlen müsste?«

»Wofür?«

»Für diese unwahrscheinlichen Zufälle, die mich umgeben und die mir helfen. Für Routen an unheimlichen kosmischen Nebeln entlang, die niemand vor und nach mir jemals befliegen konnte. Für zufällig geahnte Ruhepunkte auf von Erdbeben umgerührten Planeten. Für sogar mir unverständliche Stellen im Meteoritenstrom, die sich plötzlich als ersehnte Lücke erweisen. Für das intuitive Erfassen jener Stelle im Orbit einer Maschinenfestung, in der es einen ausreichenden toten Winkel gab. Ich muss bezahlen für Zufälle und glückliche Umstände – verschollene Schiffe zu finden, verdriftete Planeten aufzuspüren, Dutzende Male dem Tod von der Schippe zu springen, die Passage zwischen den Grauen Sonnen zu überleben. Man muss für alles bezahlen. Manchmal sofort, manchmal später. Manchmal reicht Geld, manchmal eine andere Währung.«

Tullama wich zurück und sah den Lotsen an. War der wahnsinnig geworden?

»Das war alles Verschwendung«, sagte der Lotse leise, und er knöpfte langsam sein weißes Hemd auf. »Es sieht aus wie eine Absicht.« Der Lotse sprach noch leiser, als schäme er sich seiner Worte. »Womöglich habe ich zu viel bekommen, und etwas oder jemand rächt sich. Ich rede mir lieber ein, es ist ein weiterer Zufall …« Er ließ das Hemd fallen und stand mit bloßem Oberkörper da. Eine Figur wie eine Marmorstatue, sorgfältig modellierte Muskulatur bedeckte Brust und Schultern. Doch die Rippen an der linken Seite hoben sich in bläulichem Farbton ab, und die Haut in diesem Bereich war ein wenig rissig und sah staubig aus. Schwache Ausläufer der Verfärbung tasteten nach den Bauchmuskeln und um die Hüften herum, ein missfarbener Streifen verschwand im Hosenbund. Christoff musste furchtbare Schmerzen haben, wahrscheinlich nahm er irgendwelche Mittel. Dieser merkwürdige blaue Farbtonwechsel war die Folge jener seltenen Strahlenkrankheit, die irdische Lebensformen, also auch menschliche Körper, in grauenvoller Umwandlung zu blaugeädertem Stein werden ließ, wie den Flamingo in der »Laterne«.

Der Lotse sah den Kapitän ruhig an.

»Mein Gott!«, brachte der mühsam hervor. »Man kann das doch behandeln!«

»Nein«, sagte der Lotse, und seine Ruhe war unheimlich und beängstigend, »bei mir nicht. Die Ärzte sind ratlos. Ich habe es erst vor einigen Wochen bemerkt, und die Krankheit schreitet rascher fort als sonst. Und es ist nicht so, dass es reichlich Erfahrungen damit gibt. Ich muss sie bereits lange in mir tragen. Es ist nie etwas registriert worden, und nun ist es zu spät. Zwei Rippen sind bereits komplett versteinert.«

Tullama schnappte nach Luft und hielt sich irgendwo fest. Das Blut unter der schwarzen Haut seines Gesichts wich zurück und ließ ihn grau aussehen. Christoff Masurat würde sich langsam und qualvoll zu Stein verwandeln, Zelle um Zelle, Nerv um Nerv, ein Knochen nach dem anderen. Muskeln würden sich verhärten, unbeweglich werden und für die Ewigkeit erstarren. Eine Körperfunktion nach der anderen würde im Prozess der Petrifikation untergehen; und es war gleichgültig, in welchem Stadium Christoff sich befand. Es konnte ihm kein Arzt der Welt helfen. Es würde noch Wochen dauern, wenige Wochen nur, in denen der Lotse die Überlebenden der Oosterbrijk finden wollte, die von irgendwo einen kaum hörbaren Ruf geschickt hatten. Danach würde sich das lebende warme Fleisch dieses Mannes in kalten Stein verwandelt haben.

»Und Sascha?«, flüsterte Tullama.

»Einem Schuft wird sie nicht lange nachtrauern, hoffe ich.« Der Lotse bückte sich nach seinem Hemd. Er konnte sich nur seitlich herabbeugen, wegen der Schmerzen in seinem sich verändernden Körper. »Du weißt jetzt Bescheid, Kapitän.« Christoff sah Tullama an. »Ist dir jetzt besser? Ich glaube nicht.« Damit wandte er sich um und ging auf die Tür zu, die gehorsam vor ihm aufglitt.

Tullama, der Kapitän, sah ihm nach und konnte nicht verhindern, dass es ihn schüttelte vor Grauen und einer Angst vor etwas Unbestimmtem, sehr Mächtigem.

2. Schwarzer Berg, der die Wolken zeugt

Das Zelt stand unter einer großen, straff gespannten Plane. Es war dunkel auf diesem seltsam trockenen Vorplatz, fand Will, und er konnte nicht verstehen, wie sich jemand an einem derart finsteren Ort wohlfühlen konnte. Einige Sekunden stand er still auf der überschatteten Fläche und überlegte, wie er sich bemerkbar machen sollte. Es war albern, an einem Zelt anzuklopfen. »Hallo, Bruderherz«, sagte Will. »Darf ich reinkommen?«

Carl junior grunzte. »Falls es euch beiden nicht aufgefallen sein sollte: Ihr seid bereits drin.« Für einen kurzen Augenblick füllte eine bleierne Stille das Zelt.

Dann huschte ein hundegroßes Tier auf leisen Pfoten hinein. Ihm folgte der korpulente Körper eines jungen Mannes, der tadelnd den Kopf schüttelte. Das Eingesicht ahmte die Bewegung in einer grotesken Kopie nach. »Ich bin ganz allein, Carl«, sagte Will und setzte sich; flugs ringelte sich ein pelziger, stämmiger Körper um seine Füße.

»Ich weiß«, sagte Carl. »Ich weiß. Ich habe nur nicht die geringste Ahnung, ob ich mich jemals daran gewöhnen werde, keiner von euch zu sein. Oder ob ich damit leben kann.« Er saß an einem Tisch, der mit allerlei Papieren bedeckt war. Nur eine einzelne Lampe warf Licht auf das Durcheinander.

Will musterte seinen großen Bruder mit allen vier Augen. Das Bild unterschied sich deutlich vom Gewohnten; seine menschlichen Augen erblickten einen mageren, geradezu hageren Mann, der für seine neunzehn Jahre alt aussah. Tiefe Falten führten von den Nasenflügeln zu seinen Mundwinkeln, die Augen waren eingesunken und größer, als gesund sein konnte. Wills vilmsche Augen ergänzten den wenig erfreulichen Anblick. Sie sahen Verzweiflung und Einsamkeit. Sie sahen nicht dieselbe Einsamkeit wie bei den Erwachsenen, die nie in ihrem Leben die Chance hatten, Vilmer zu werden. Carl war stummblind. Er hatte, kurz nach Will, die Pseudo-Diphtherie bekommen, allerdings hatte die Krankheit nichts in ihm verändert. Niemals hatte das Wetter zu ihm gesprochen, niemals war ein Eingesicht in seine Gedanken eingedrungen, er war einzeln und unkomplett geblieben. Will pflegte jeden anderen Vilmer zu beißen, der auch nur andeutete, sein Bruder könnte ein Krüppel sein. Eingesichter konnten gemein beißen. Und Carl war einer von ihnen. Er trug das gemeinsame Muttermal all der Vilmer der ersten Stunde am Hals, die Narbe jenes Einschnitts, der jedem Einzelnen von ihnen das Leben gerettet hatte. Später hatten die Kinder die Krankheit leichter überlebt, und Will sagte oft, dass die Vilmgeborenen heutzutage bereits im Mutterleib die Pseudo-Diphtherie bekamen. Jetzt schwieg Will. Carl würde – so oder so – damit leben müssen, ein misslungenes Vilmkind zu sein. Er war damit nicht allein, so etwas kam hin und wieder vor. Manchmal machte die Krankheit mit dem einen Kind nicht dasselbe wie mit den anderen. Was zurückblieb, war mehr als ein bedauernswerter Erwachsener, jedoch weniger, viel weniger als ein Vilmer. Carl konnte die Verbindung zwischen menschlichem Körper und vilmschem Eingesicht zwar spüren, und er ahnte sicherlich, was das in Wirklichkeit bedeutete, aber er konnte diese Verbindung nicht selbst eingehen. Bei diesem Gedanken spürte Will eine ungewohnte, sehr heftige Emotion: Mitleid. Was konnte er tun? Seinen Bruder in den Arm nehmen? Ihm irgendwelchen tröstenden Unsinn ins Ohr raunen? Ihm bei der Gelegenheit den Hals brechen, nur aus Mitleid?

Carl blickte auf, als ihm ein warmes, fellbedecktes Etwas um die Beine strich. Er lächelte. »Fast so, als ob du es wüsstest«, sagte er.

Will sah Carl verblüfft an. »Was?«

Der große Bruder feixte Will an und schnitt eine Grimasse. »Dum-bidum-didum«, sagte er, »vielleicht macht es mir Spaß, dass du mal nicht alles weißt.«

Will registrierte, dass diese Worte an sein Eingesicht gerichtet waren, an die spitzen felligen Ohren. Carl hatte seinen etwas zu dick geratenen kleinen Bruder nicht angeblickt. »Wir brauchen dich«, sagte er. Seine Augen hefteten sich mit dem herzigen Ausdruck eines treuen Schäferhundes auf Carl.

Carl grinste. »Prima Vorstellung. Und was ist los?«

Will war sehr ernst, als er seinen stummblinden Bruder anblickte. Seine Pfoten kamen zur Ruhe; nur seine Mittelpfoten, die ihre feinen empfindlichen Klauen unentwegt öffneten und schlossen, verrieten seine Aufregung. »Wir haben da ein Problem«, sagte er, »eines, bei dem du uns helfen könntest.«

Carl war verblüfft. »Ich? Wieso gerade ich? Wie kommst du darauf?«

»Ganz einfach«, sagte Will. »Du bist von denen, die in Frage kommen, der Älteste. Du könntest unser Problem am ehesten verstehen.«

Carl wandte seinen Blick vom Eingesicht ab und blickte seinem kleinen Bruder endlich wieder direkt ins Gesicht. »Was genau meinst du damit – von denen, die in Frage kommen?«

Will seufzte. »Es gibt nur wenige Stummblinde unter uns«, sagte er.

»Das mag wahr sein«, entgegnete Carl und dachte über diesen merkwürdigen Begriff nach. Stummblind. Nun ja. Hin und wieder klappte nicht, was immer diese Welt mit den Kindern anstellte, und irgendetwas blieb so rudimentär und unvollkommen, wie es nun einmal war. Carl hatte es lange aufgegeben, damit zu hadern. Er war nun einmal, ja, stummblind. Klang wie eine furchtbare Behinderung. War er behindert? Hinderte ihn irgendwas? Und woran? Er hatte keine Ahnung. »Wobei genau soll ich euch helfen?«, fragte er.

»Komm mit. Ich kann dir das nicht erklären, und schon gar nicht hier«, sagte Will und sprang auf alle seine Füße. Carl musterte die etwas mehr als kräftige Gestalt seines kleinen Bruders, und er betrachtete das Wolfsgetier, das direkt vor ihm stand und sich anstrengte, möglichst harmlos und herzig auszusehen. Die Frage, ob er so etwas überhaupt helfen wollte, stellte sich nicht. Er hatte seinem Will nie etwas abschlagen können.

»Jetzt?«, fragte er und wies auf seine Arbeit.

»Jetzt«, sagte Will, »du weißt genau, dass nichts und niemand sich hier in deine dunkle Höhle traut. Kein Mensch rührt deine Sachen an.« Er grinste. »Und auch sonst keiner.«

Carl stand auf und löschte die Lampe. Die tierische Hälfte seines kleinen Bruders verließ fluchtartig das Zelt. Erst am Rande der großen Deckplane, dort, wo der Boden wieder feucht war und das graue Licht der Regenwelt schien, blieb das Wesen stehen.

»Ich weiß«, sagte Carl und folgte ihm. »Schließlich ist es nicht zufällig hier drin so schön trocken und dunkel.«

Will tat so, als habe er nichts gehört. Mochte Carl sich isolieren, wenn er es wollte. Obwohl es strenggenommen kaum Sinn hatte. War er nicht durch seine Stummblindheit einsam genug?

»Wo genau liegt das Problem?«, fragte Carl; sie folgten Wills eingesichtigem Teil, der unruhig durch das Dorf schnürte. Ein friedloser Nieselregen stiebte zwischen den Gebäuden hindurch, durchsetzt mit kleinen kalten Schauern. Carl kannte die Legenden von den Regendrachen, die unter den Vilmern kursierten. Er wusste, die Nester der Regendrachen gab es nicht, es gab nur, irgendwo hinter dem verregneten Horizont, irgendeinen finsteren schwarzen Berg, hinter dem hervor ständig schwarze Wolken in den Himmel steigen. So einfach ist das.

»Ich habe dir doch von unseren Experimenten mit den Rätselfrüchten erzählt«, sagte Will.

Carl schüttelte den Kopf und zog die Jacke fester zu. »Hast du nicht.«

»Tatsächlich?«, wunderte sich Will; sein Eingesicht starrte Carl verwundert an.

Eine beeindruckende Mimik, dachte Carl. Der Regen perlte vom dichten Fell ab; wahrscheinlich werden die überhaupt nicht richtig nass. »Vielleicht«, sagte Carl, »hast du allen möglichen

Leuten davon erzählt und mich einfach ausgelassen. Danke, nein, du brauchst mich nicht aufzuklären. Ich weiß Bescheid.«

Will warf seinem Bruder einen unsicheren Blick zu. Er bemerkte den Regen nicht, der ihm am Nacken und an den kurzen Ärmeln seines Hemdes über die bloße Haut lief. Carl lief niemals mit kurzen Hosen draußen herum wie die anderen Vilmkinder.

»Wir anderen hier reden miteinander, weißt du«, sagte Carl, »und eure Eskapaden haben sich herumgesprochen wie eine dreiköpfige Missgeburt. Vermutlich ist es dir nicht zu Ohren gekommen, die Einarmige hat zwei Tage lang getobt wegen eures ersten großen Erfolges.«

»Es ist mir zu Ohren gekommen«, murmelte Will. »Und wie.« Verwundert bemerkte er einige Eingesichter, die er nicht kannte. Die Tiere streunten wie zufällig hinter ihnen her.

»Ein mehrstöckiges Gebäude aus Überresten des Weltenkreuzers und gesteuerten Tierpflanzen«, fuhr Carl fort, »das ist ein prima Gesprächsthema. Die komplette Vernichtung von Elizas Garten ist ebenfalls ein nettes Thema. Und ihre Versuche, jeden zu ohrfeigen, der sich nicht schnell genug in Sicherheit bringen konnte, haben sich gut bewährt im planetenweiten Verbund der Klatschweiber.«

»Der aus drei Dörfern und ein paar Außenposten besteht«, sagte Will; er schaute mit zunehmender Nervosität um sich. Die Zahl der Eingesichter um sie herum nahm zu. Carl schien das nicht zu bemerken. Will versuchte, die Wesen zu identifizieren; es sah Scherzbolden wie Sdevan ähnlich, ihn mit so etwas aus der Ruhe zu bringen. Dies waren jedoch keine Vilmer, die er kannte. Er spürte nichts Vertrautes in ihnen. Er spürte, wenn er ehrlich war, gar nichts. Will bekam es mit der Angst. So viele ungebundene, freie, nicht mit Menschen verkoppelte Eingesichter hatte er nie gesehen.

»Und worin besteht das Problem, bei dem ich euch helfen soll?«, erkundigte sich Carl.

»Einige unserer Experimente beziehen sich auf die Verbindung zwischen uns und den Eingesichtern«, sagte Will, »das ist für uns nach wie vor das größte Rätsel.«

»Nicht nur für euch«, knurrte Carl.

»Und eines dieser Experimente ist schiefgegangen«, sagte Will leise. »Wir können es nicht beenden. Und zu Mechin können wir damit nicht gehen.«

Carl warf seinem jüngeren Bruder einen mitleidigen Blick zu. Du meinst, du kannst damit nicht zu Mechin gehen, dachte er, du kannst überhaupt nicht zu Mechin gehen. So lange ich denken kann, gehst du doch dem Mann immer aus dem Weg. Laut sagte er: »Wie soll ich euch helfen?«

»Du versuchst, den Mechanismus zu erforschen«, sagte Will und sah seinem Bruder mit vier Augen ins Gesicht, »den Mechanismus, der dir fehlt. Und eventuell hast du eine Chance, unseren Leuten zu helfen.«

Ohne nachzudenken, legte Carl seine Hand auf den Kopf eines Eingesichts, das wie selbstverständlich neben ihm aufgetaucht war. Will fuhr erschrocken zurück und wirbelte herum. Sie waren umringt von Eingesichtern, und alle schauten mit großen Augen zu, wie Carl eines von ihnen kraulte, als wäre es wirklich nur ein Hund.

»Was tust du da?«, zischte Will. Er traute sich nicht, laut zu sprechen. Die Anwesenheit all dieser Wesen war ihm unheimlich. Nun ja, denke es schon, ermunterte er sich selbst, du hast Angst vor denen, vor den wilden, den anderen; in seinem Innern stritten Belustigung und Furcht.

»Ich hab vorhin fast gedacht, du wüsstest es«, sagte Carl und kraulte mit der anderen Hand das nächste Tier. Jetzt drängten sie sich dicht um ihn.

Will sah Carl verblüfft an. »Was? Ich verstehe nicht ...«

Der große Bruder feixte Will an und schnitt eine Grimasse, genau wie er es vor einigen Minuten in seinem Zelt getan hatte.

»Dum-bidum-didum«, sagte er, »es macht mir Spaß, dass du nicht alles weißt. Vor allem, dass du nicht einmal über dich selbst Bescheid weißt. Oder über die hier.« Wills Gesicht war eine Maske ungläubigen Staunens, und Carl lachte. »Du müsstest dich jetzt mal sehen«, sagte er.

Will schaute sich selbst an, seine tierische Hälfte musterte seine füllige menschliche. Nun ja, sein verdatterter Gesichtsausdruck sah reichlich komisch aus, Will konnte trotzdem nicht darüber lachen. Er starrte wieder auf das seltsame Bild, das sich ihm bot, sein schlaksiger großer Bruder, umringt von stumm wuselnden Eingesichtern, die sich an die Beine des Mannes drängten und ihre Köpfe in seine Handflächen drückten. Es war nicht so sehr dieser Anblick, der ihn störte. Diese Tiere waren allesamt, nun ja, wild. Wills Eingesicht scheute vor ihnen zurück. Das war nicht seinesgleichen.

Carl richtete sich wieder auf. »Wir können weitergehen«, sagte er. »Sie werden uns ein Stück weit folgen.«

Zögernd setzte sich Will in Bewegung. Da gab es immer noch das Problem, dessentwegen er seinen Bruder aufgesucht hatte. Zwar wäre er am liebsten weit, weit weg von hier gewesen, und er hätte auch in kurzer Zeit weit genug rennen können; das Problem jedoch hätte das nicht erledigt. Er hatte den anderen versprochen, Carl zu holen. Carl war vermutlich der Einzige, der ihnen helfen konnte.

Die Schar schmusender Tiere folgte ihnen auf Schritt und Tritt.

Carl sah die fragenden Seitenblicke und die unbehagliche Miene seines Bruders. Er grinste. »Dum-bidum-didum«, sagte er, »das war es, was ich vorhin meinte. Neuigkeiten sprechen sich mit unterschiedlichen Geschwindigkeiten herum. Dieses Gefolge hängt mir seit einiger Zeit immer an, wenn ich mich aus dem Dunkel meiner Höhle wage.«

Will, einige Meter weit weg, in einem gewissen Sicherheitsabstand zu Carls Eskorte, warf ihm einen fragenden Blick zu.

»Exakt so ist es«, sagte Carl vergnügt. »Anfangs wollte ich nur einen trockenen Platz ohne das ständige Prasseln des Regens. Funktioniert übrigens nicht, auf der Plane machen die Niederschläge kaum weniger Lärm. Dann bekam ich heraus, dass meine Anhängerschaft hier trockene und dunkle Plätze hasst wie der Teufel das Weihwasser. Ich hatte ja kaum noch meine Ruhe. Und die brauche ich, für meine Studien.« Carl wusste, dass Will und die anderen Vilmer seine Forschungen mit äußerstem Argwohn beobachteten. Sie kamen sich wahrscheinlich vor wie Schmetterlinge, die auf Nadeln gespießt und taxonomisch geordnet werden sollten. Die Erwachsenen dagegen, unverständliche Wesen aus einer längst ausgelöschten Welt, verloren kein Wort über Carls Marotte. Für sie war er ein komplettes Geheimnis, genau wie die anderen Stummblinden. »Und immer, wenn ich mein dunkles und trockenes Refugium verlasse«, sprach Carl weiter, »tauchen meine Freunde hier auf. Ich bin sicher, dass keiner von ihnen zu einem von euch gehört. Und sie versuchen, mir etwas mitzuteilen. Vielleicht wollen sie das werden, was ihr alle längst seid.«

»Meinst du?«

»Natürlich. Ich mag stummblind sein, aber die sind es nicht. Sie sind übrig geblieben. Halbe Seelen, die verzweifelt einen Homo sapiens suchen. Oder irgendwas anderes, in das sie ihre Haken schlagen können. Habt ihr nie einen Gedanken an sie verschwendet, an all die unvollendeten kleinen Genies da draußen? Es muss Millionen von ihnen geben.«

Will schwieg. Natürlich hatten sie daran gedacht; sie hatten sogar Experimente hierzu angestellt. Mit niederschmetternden Ergebnissen. Noch niederschmetternder allerdings war der Gedanke, dass all das einem Stummblinden längst aufgegangen war. Man sollte offenbar etwas gründlicher darüber nachdenken, wer hier die Stummblinden waren. »Lukas und Toron. Unser danebengegangenes Experiment«, sagte er, »da vorn ist es.« Er wies vage auf eine Stelle zwischen den Gestrolchen; die Grenze des Dorfes hatten sie bei ihrem Spaziergang hinter sich gelassen. Carl musterte die betreffende Stelle mit zusammengekniffenen Augen; sie unterschied sich in nichts vom Rest der Landschaft. Der Regen versuchte, zwischen seine Lider zu kriechen. Um ihn herum wuselten bettelnde Tiere. Er konnte ihnen nicht geben, was sie wollten. Ein paar Schritte entfernt standen die beiden ängstlichen Leiber seines kleinen Bruders.

»Und weiter?«, fragte Carl.

»Dort hinten ist es«, sagte Will.

»Bring mich hin«, verlangte der hagere Bruder. Er spürte, dass etwas nicht stimmte. Er wurde beobachtet. Da waren noch mehr von ihnen. Das Experiment musste gründlich danebengegangen sein.

Will sagte einige regenprasselnde Augenblicke lang gar nichts. Dann sagte er etwas mit einer Stimme, in der nackte Furcht vibrierte. Carl verstand kein Wort, und das sagte er seinem Bruder auch. »Sie sind da hinten. Sie haben mit etwas herumexperimentiert, das die Beziehungen zwischen uns – nun ja, beeinflusst. Sie waren zu zweit, und irgendetwas ist schiefgegangen. Wir haben keine Ahnung, was passiert ist. Wer von uns hinübergeht, kommt verwirrt und voller Angst zurück, schneller, als du denken kannst. Toron, Lukas – die anderen dort sind in irgendetwas gefangen. Etwas Furchtbarem.«

Carl drehte sich zu seinem Bruder um; das klang zu dramatisch, um zu Will zu passen, der immer so vernünftig war, so bestimmt, der geborene Anführer, wenn auch ein bisschen zu fett. Will starrte mit geweiteten Augen zu dem Gestrolch hinüber. Regentropfen rannen über sein Gesicht; er war blass, seine Augen hart. Zwischen den Gewächsen ringsum kamen langsam andere Vilmkinder hervor. Die meisten erkannte Carl kaum, so zerquält und abgekämpft wirkten sie. So sieht jemand aus, der Todesangst empfindet, begriff Carl. Leute, die in eine spezielle Hölle geblickt haben. Dies war nicht nur ein Notfall. Dies bedrohte die Existenz der Vilmkinder; stummblind oder nicht, er zählte sich selbst zu ihnen. »Die Karamelkose«, sagte Carl.

»Ja«, erwiderte sein Bruder. Die Stimme Wills zitterte. »Wir wussten seit Langem, dass die Karamelkose irgendwas mit dem Band anstellt, das den menschlichen an den vilmschen Teil fesselt …«

»Und damit hat Lukas herumgespielt«, stellte Carl fest.

»Ja. Wir können nicht hinübergehen. Es geht nicht. Das Gefühl ist zu beängstigend. Ein Sog, ein Strudel. Ich weiß nicht, wie ich es dir erklären könnte …«

»Ausgerechnet einem Stummblinden«, bemerkte Carl.

»Ja ... Wenn ich mich dem da nähere, beginne ich, mich zu verlieren. Als ob eine fremde Macht an meinen Gedanken zupft.«

»Das sieht böse aus«, sagte Carl.

»Weißt du etwas darüber?«

»Nein«, antwortete Carl, »wahrscheinlich nicht mehr als ihr. Mir ist lediglich klar, dass ihr da mit Dingen spielt, die ihr weder versteht noch beherrschen könnt.« Bei sich dachte er: Puppen, die mit den Drähten spielen, an denen sie selber hängen. Irgendwo hinter dem verregneten Horizont gibt es diesen finsteren schwarzen Berg, hinter dem hervor ständig jene schwarzen Wolken in den Himmel steigen, die er zeugt, ein einsamer Vulkan der Geheimnisse und des Verderbens.

Will beobachtete seinen Bruder von der Seite. »Ich kenne dich«, sagte er, »du denkst gerade Sachen, die ich gar nicht hören will. Hilf uns, bitte.«

»Ich verstehe es nicht«, antwortete Carl, »und ich kann es nicht beherrschen. Ich schaue euch nur zu, das weißt du, zu mehr langt es nicht.«

»Hilf uns, bitte«, sagte Will und knirschte mit den Zähnen.

»Ich werde es versuchen«, sagte Carl, und ein bisschen wunderte er sich. Was war in ihn gefahren, ein derartiges Versprechen abzugeben? Er hatte nicht eine Sekunde darüber nachgedacht. Er spürte die Welle der Erleichterung, die durch die anderen Vilmer ging. Er sah sie nicht an, als er losmarschierte und seinen Bruder allein zurückließ. Allein mit seinem befellten zweiten Ich und mit seinesgleichen. Stummblind, und wennschon, dachte er. Seine unverständigen freundlichen Gefährten blieben bei ihm, als er zwischen den Gestrolchen hindurchging. Wie man es nimmt, dachte Carl, und was auch immer da hinten geschehen sein mag, es wird euch so oder so erspart bleiben, meine Süßen. Er änderte allerdings seine Meinung, als er hinter den Gestrolchen den kleinen Hügel hinabgegangen war und die beiden Vilmkinder fand.

Er kannte Lukas und Toron flüchtig, so wie jeder hier jedermann irgendwie kannte. Dies war allerdings anders. Wo ist Toron, dachte Carl, wo ist Lukas? Die ganze Schar seiner Anhänger stob auseinander und verschwand in alle Himmelsrichtungen. Der Anblick konnte es nicht gewesen sein, was sie so erschreckt hatte. Da waren einfach nur zwei Menschen und zwei Eingesichter, die einander gegenübersaßen und alle miteinander keinen Finger und keine Pfote rührten. Dennoch nahmen alle Mitglieder von Carls Gefolge Reißaus, und er selbst spürte, wie sich ihm die Nackenhaare aufstellen wollten.

Er umkreiste die Gruppe langsam. Irgendetwas war seltsam. Offenbar hatten zwei Vilmer einander gegenübergestanden, als etwas geschah, das die beiden menschlichen Körper in die Knie sinken ließ. Ihre Augen waren aufgerissen und starr auf das Gegenüber gerichtet, die Augen der Eingesichter ebenso. Verfluchte Rätselfrüchte. Carl verschwendete keine Zeit darauf, sich aufzuregen. Schon gar nicht darüber, dass dies nach irdischen Maßstäben Kinder waren. Irdische Maßstäbe bedeuteten auf Vilm nicht allzu viel. Was ihm ernsthaft Sorgen machte, waren zwei Tatsachen. Zum einen war die Mixtur, um deren Wirkung es sich handeln musste, ordentlich auf einem kleinen Klapptisch aufgebaut, durch einen Schirm vor dem Regen geschützt. Dort stand eine wahre Batterie von Substanzen aufgereiht. Die beiden jugendlichen Forscher betrieben ihre Arbeit systematisch. Der Teufel mochte wissen, was sie alles geschluckt hatten. Zum zweiten bemerkte Carl, als er das stumme Tableau umkreiste, dass sich seine Schritte den Vilmern nicht nähern wollten. Obwohl er vorgehabt hatte, sich vorsichtig in einer langen Spirale an die Opfer eines unbekannten Effekts anzupirschen. Stattdessen stand er am Ende der ersten Umkreisung exakt da, wo er angefangen hatte. Keinen einzigen Zentimeter war er den beiden nähergekommen. Carl blickte sich verblüfft um. Nicht sein komplettes Gefolge, bemerkte er, hatte die Flucht ergriffen. Da hinten stand ein besonders anhängliches Eingesicht und blickte ihm in die Augen.

»Du siehst doch wohl ein, dass ich Hilfe brauche«, sagte Carl. Es war lächerlich. Er hatte größere Furcht, als er zugeben wollte. Er redete mit einem wilden Eingesicht. Überraschenderweise kam das Tier näher und trottete nahe an Carl heran. Es lehnte sich mit der Schulter an.

»Du gibst nicht auf, oder?«, fragte Carl. »Du gibst wirklich nicht auf.« Das Tier hob den Kopf und starrte dem Stummblinden ins Gesicht. »Nun gut«, sagte der, »gehen wir.« Dicht beieinander gingen sie los, ohne Umweg und ohne Umkreisung. Mit jedem Schritt fühlte sich Carl unbehaglicher. Er spürte eine Spannung, die er nicht zu deuten wusste. Sie ähnelte jenem unbestimmten Unbehagen, das in einem Raum herrscht, in dem noch vor Sekunden furchtbar gestritten wurde, und unvermittelt ist man selbst, ein kleines Kind, ahnungslos hineingestolpert, alles schweigt, niemand sagt ein Wort, man spürt böse Blicke und fühlt sich schuldig, obwohl man nichts getan hat. So ähnlich war Carls Empfinden, und es wurde immer niederdrückender, je weiter er vorankam. Seinem Begleiter erging es auf eine unbekannte vilmsche Weise ebenso; das Tier hatte seine spitzen Ohren zurückgelegt und schleppte die Pfoten nach. Hin und wieder warf es kurze verschämte Blicke auf Carls Gesicht.

Das verängstigte Kind, als das sich Carl wieder fühlte, setzte tapfer einen Fuß vor den anderen. Die grimmigen Gegner starrten aus unglaublichen Höhen herab; der Zorn war mit Händen zu greifen, und die Zornigen wuchsen zu gigantischen Statuen. Carl fühlte sich elend. Er hätte etwas gegeben um ein paar Regendrachen. Stattdessen dies hier. Er war mitten in einer dieser Wolken, die ein finsterer schwarzer Berg zeugt, Ergebnis verborgener Machenschaften.

Das Eingesicht und er waren neben dem Klapptisch angelangt. Sie blieben stehen, und beiden zitterten die Beine. Carl biss die Zähne zusammen, um nicht zu schreien. Er sah in die Augen der Vilmer, und er sah, wie blass und papierdünn die Haut ihrer Gesichter war. Er spürte finster drohende Wut, und er spürte einen Rhythmus zwischen diesen beiden. Oder war es ein Viertakt? Hatten sich die Bindungen getrennt und schwankten unter dem Eindruck eines solchen Schocks hin und her? Ein Teufelskreis mit vier Eckpunkten? Hin- und herwechselnde Identitäten? Die Quadratur des Kreises? Carl hatte allerlei Theorien darüber, was zwischen Mensch und Eingesicht geschah; in Wirklichkeit hatte er nicht die geringste Ahnung, wie viel davon stimmen mochte. Und er hatte keine Zeit, das herauszufinden. Er musste etwas tun, unterbrechen, was da ablief, was immer es war. Er zerrte das Eingesicht die letzten Schritte am nassen Fell mit, baute sich vor einem der erstarrten Jungen auf, packte seinen Kopf mit beiden Händen, schrie irgendetwas und versuchte, den Blick des Kindes zu fassen, einen Kontakt herzustellen. Vielleicht war es Toron, Carl war nicht sicher. Die Pupillen des Jungen waren erweitert, dunkel und leer. Allerdings war da etwas wie ein Erkennen; ehe Carl darauf reagieren konnte, war plötzlich der Teufel los.

Ein infernalisches Kreischen erscholl. Ein tierisches Jammern aus den tiefsten Kammern der Hölle. Carl ließ los und fuhr herum. Was er sah, verfolgte ihn lange in seinen schlechteren Träumen. Die Vilmer sanken um und fielen auf den feuchten Boden. Ohnmächtig, dachte der kühle Beobachter in Carl, der jetzt, da der furchtbare emotionale Druck gewichen war, wieder arbeitete. Warum hilft denn niemand?, dachte Carl der große Bruder, der es nicht ausstehen konnte, wenn jemand leiden musste. Er meinte das arme Eingesicht, das sich in einer Art Tobsuchtsanfall auf dem Boden wand, heulte und kreischte und seine eigenen Zähne in den Leib schlug und ihn aufriss, dass eine Menge milchiger Flüssigkeit hervorquoll. Carl nahm nur am Rande zur Kenntnis, dass seine Knie unter ihm nachgaben. Er starrte entsetzt das Tier an, das mit raschen Bewegungen seine Selbstverstümmelung fortsetzte und vollendete. Eingeweide brachen aus dem Körper hervor, und die verschmierte Schnauze verbiss sich in ihnen, ehe das Tier zuckte, mit den Beinen ausschlug und den zerquälten Leib in einer letzten Anstrengung dehnte. Carl sah, wie die selten benutzten, zartgliedrigen Mittelpfoten des Eingesichts sich verschränkten und mit einer solchen Kraft zudrückten, dass Knochensplitter durch die Haut des Tieres spießten. Dann verdunkelte sich seine Sicht, und er erinnerte sich erst später daran, dass er die Vilmer, seinen kleinen Bruder voran, eilig herankommen sah. Der Bann war gebrochen, aber zu welchem Preis, und wie?

Am Abend desselben Tages saß Carl, schwach und blass und mit einem üblen Gefühl im Magen, zusammen mit seinem kleinen Bruder im Zelt. Er schaute die meiste Zeit in das tröstliche Licht seiner Schreibtischlampe. Deren Spektrum war dem der irdischen Sonne angeglichen, wenn man den Versprechungen des Herstellers glauben konnte. Carl fühlte sich elend. Er kam sich vor wie ein Mörder.

»Du hast dir überhaupt nichts vorzuwerfen«, sagte Will. »Das Experiment war zu wenig durchdacht. Letzten Endes hast du zwei Leben gerettet. Mehr oder weniger.«

Carl wandte den Blick nicht von der Lampe ab. »Mehr oder weniger?«, fragte er. »Was, zum Teufel, soll denn das bedeuten? Das Eingesicht hat sich selbst umgebracht, oder?«

Will seufzte. »Ich hatte gehofft, dir das nicht heute auseinandersetzen zu müssen«, sagte er.

»Bring es mir bei, Brüderchen, mach es einfach.«

Will schaute in die Lampe, ob da nicht doch irgendetwas zu sehen war. Da war nichts. »Die beiden, die das Experiment unternommen haben«, begann er, »Lukas und Toron, sie haben mit ...«

»Ich weiß«, unterbrach Carl, »sie haben irgendwas durcheinandergebracht, was mit dem heißen Draht zwischen eurem nackten und dem behaarten Teil zu tun hat.«

»So habe ich das noch nicht gesehen.«

»Wirklich.«

»Sie haben getauscht«, sagte Will. Sein vilmscher Teil lag flach auf dem Boden und legte die Vorderpfoten auf den Kopf.

»Getauscht. Das darf doch nicht wahr sein.«

»Das Eingesicht des einen wechselte seinen Platz mit dem des anderen. So, als ob man jemanden von einer Bank schubst. Und der Heruntergeschubste drängt sich auf der nächsten Bank einen Weg frei. Und so weiter.«

»Wird ein ganz schönes Gedränge, wenn nicht noch ein Platz frei ist.«

»Es war ja kein Platz frei.«

Carl löste seinen Blick endlich vom gelblichen Schein der Lampe und sah seinen Bruder an. Natürlich blickte er auf das Eingesicht hinunter, nicht zu dem Rest Mensch hinüber. »Klickerdiklack«, sagte er.

»Bitte?«

»Dominosteine, die umfallen. Einer stößt den anderen um. Eine Kette. Eine geschlossene Kette. Vier Steine, die einander umstoßen. Ein Kurzschluss.«

»So etwas in der Art, ja.«

»Und was ist mit diesem armen Vieh passiert, das da so kläglich gestorben ist?«

Will schüttelte den Kopf. »Es war Toron, der da gestorben ist.«

Carl war ganz still, dann schaute er seinem Bruder ins Gesicht.

»Genauer gesagt, eine Hälfte Torons. Toron ist jetzt zur Hälfte Lukas; er hat jedenfalls sein Eingesicht übernommen. Lukas lebt, wenn man das so sagen kann. Das wilde Eingesicht, das du mitgenommen hast, bildet mit ihm eine Einheit.«

Carl schüttelte den Kopf. »Ich habe ein Glück«, sagte er.

Will antwortete nicht.

»Habe ich ein Glück«, sagte Carl, »dass ich stummblind bin.«

»Wir wissen nicht so recht«, sagte Will leise, »was wir tun sollen. Ist einer von uns gestorben? Jemand Fremdes? Oder sind die beiden, völlig verändert, im Grunde genommen tot und durch etwas anderes ersetzt worden? Lukas ist nicht länger Lukas. Toron ist halb Lukas. Wir sind ein bisschen durcheinander.«

In Carls Kopf überstürzten sich die Gedanken. »Dum-bidumdidum«, sagte er. »Ihr wisst nicht, was das bedeutet. Wenn ihr mit diesem Zeug weiterforscht, es unter Kontrolle bekommt ... Wenn ein Körper schwach wird oder alt oder krank ... ein anderer tritt an seine Stelle ... wenn auch nur sozusagen zur Hälfte ... eine Art von Unsterblichkeit.«

Will sah seinen großen Bruder mit unergründlich dunklen Augen an; falls genau das der Forschungsgegenstand von Lukas und Toron gewesen sein sollte, verriet er sich mit keinem Wimpernschlag.

»Ihr könntet jede Krankheit heilen«, flüsterte Carl, »einfach, indem der sterbende Teil eines von euch durch einen anderen, frischen ersetzt wird. Vielleicht gelangt ihr mit diesem Teufelszeug sogar an die Möglichkeit, all die Millionen unvollständiger Wesen da draußen in eure Gemeinschaft hineinzuholen. Das wäre ...« Er verstummte und dachte darüber nach. Eine endlose Kette von Existenz. Individuen, die eine Hälfte ihres Ichs mit einem anderen tauschen können. Endlose Konfusion. Erinnerungen, die der Hälfte eines anderen gehörten. Und schier endlose Erinnerungsketten. Gedächtnis, das länger währt als die Lebensdauer eines Einzelnen. »Wenn ich darüber nachdenke«, sagte Carl und schloss die Lider, »dann bin ich froh, stummblind zu sein.«

Die Nester der Regendrachen gibt es nicht, es gibt nur, irgendwo hinter dem verregneten Horizont, irgendeinen finsteren schwarzen Berg, hinter dem hervor ständig schwarze Wolken in den Himmel steigen.

3. Kein Hafen

Langsam wurde es Tullama zu bunt, was Christoff da trieb, und wäre der Lotse nicht von der Hand des Todes berührt, hätte der Kapitän den aufsässigen Menschen längst weggeschickt. Jedoch war da jene unbarmherzige kalte Substanz, die Christoff von innen heraus auffraß, und da war ein unnachgiebiger Wille, den verlorenen Weltenkreuzer wiederzufinden. »Wenn wir davon ausgehen, dass der Raumsprung der Vilm van der Oosterbrijk entgegen der Planung zu früh beendet wurde, zum Beispiel durch eine Havarie, oder dadurch, dass man aus Sicherheitsgründen weitere Wegpunkte in die Route einführte, dann könnten sie hier in der Nähe sein«, sagte der Lotse. Seine Stimme klang jeden Tag gepresster und angestrengter. Er ging nicht mehr in der Zentrale auf und ab. Er stand einfach nur noch da.

»Hier ist nichts«, sagte Tullama leise, und die Apparate gaben ihm recht. Keine Lebenszeichen, keine Funkfeuer, keine Emissionen, die man einem Landau-Modulator außerhalb der Armorica hätte zuordnen müssen. Dennoch bestand Christoff darauf, einen bestimmten Bereich des Sternenhimmels nochmals genau abzusuchen. Tullama warf einen Blick zu seinem Chefnavigator. Der hob die Schultern und schlug seine Hand auf die nächstliegende rote Linie, presste die Handfläche kurz dagegen. Eine Informationsflut von gigantischen Ausmaßen stürzte ins Hirn des Mannes – alle Daten der Erkundung, alle Sternenkarten in allen Frequenzbereichen, die Messungen der Gravimeter und der Magnetometer, die Datenketten der Fernsensoren, die Lauschprotokolle der Funkempfänger. All das war vom Rechnernetz der Zentrale und den angeschlossenen Menschenhirnen gefiltert und vorbereitet worden. Nun konnte der Chefnavigator guten Gewissens mit den Achseln zucken.

Christoff seufzte, und Tullama zuckte zusammen. Das Geräusch hatte geklungen, als kratzte jemand mit einem Schiefergriffel auf poliertem Marmor herum. »Nun gut«, sagte der Lotse, »dann machen wir einen weiteren Minimalsprung.«

Alles stöhnte. Einige sahen verstohlen zum Kapitän. Der dachte nicht daran, den Befehl des Lotsen zu widerrufen. Auch wenn dieser Befehl unsinnig erschien. Man widersprach einem Lotsen nicht. Die Armorica hatte Dutzende von Sternsystemen überprüft, in deren Nähe die Oosterbrijk damals eventuell Pausen eingelegt hatte, um sich zu orientieren. Nirgendwo hatte es den leisesten Hinweis gegeben; dennoch hatte der Lotse Masurat alles genauestens absuchen lassen, und alle Daten waren gespeichert worden. Die Mannschaft war des Rituals müde, und die Techniker hatten Mühe, die gigantischen Mengen von völlig unnützen Informationen zu speichern und aufzubereiten. Die Stimmung war gespannt. Und als hätte man nicht genug Stress, kam in genau diesem Augenblick der unsägliche Reporter herein und grüßte Tullama unterwürfig. »Kann ich ihn heute interviewen?«, fragte Kevin.

Tullama schaute ihn genervt an. »Geben Sie eigentlich nie auf?«

»Wenn es sich vermeiden lässt, eigentlich nicht«, sagte der Reporter und schaute so zuversichtlich drein, wie es ihm nur möglich war.

»Ich weiß nicht, ob ich Ihnen das Betreten dieser Räume nicht verbieten sollte.«

»Ich will nicht aufdringlicher erscheinen, als ich bin ... Haben Sie jetzt, für einen Augenblick, mein Empfehlungsschreiben vergessen?«

»Das habe ich nicht, nicht einmal für einen Augenblick«, sagte Tullama in einem Ton, der weniger abgebrühte Menschen hätte erbleichen lassen, »ich denke jedes Mal an dieses Empfehlungsschreiben, wenn ich das Unglück habe, mit Ihnen zu sprechen. Das ist ja gerade das Problem.«

»Wieso habe ich nur manchmal das Gefühl, ohne den Brief vom guten alten Tyrrell hätte ich längst einen kleinen Fehltritt begangen und würde steifgefroren um irgendeinen Mond kreisen?« Kevin grinste.

»Manche Gefühle trügen eben doch nicht«, versetzte Tullama gelassen und ließ Kevin stehen, dessen Grinsen zu einer kummervollen Grimasse wurde. Nun wechselte das Gesicht des Reporters etwas die Farbe. Das war hoffentlich nicht ernst gemeint, fragten seine Augen und huschten von einem Zentralier zum anderen. Alle hatten Dringenderes zu tun, als Kevin zu beruhigen. Mit langen Schritten ging der Kapitän zu Christoff Masurat hinüber, dessen breitschultrige Gestalt in ihrer Bewegungslosigkeit wie ein Monument wirkte. Gekleidet war der Loste nicht in eine Uniform oder seine sportliche Privatkleidung; wegen seiner zunehmenden Unbeweglichkeit hatte er eine merkwürdig aussehende Montur an, die mit einer Menge von Reißverschlüssen versehen war. Man konnte das Ding anlegen, statt es anzuziehen. Tullama fragte Christoff nach seiner Meinung, was Kevin und seine seit Monaten wieder und wieder erneuerten Anfragen betraf. Christoff drehte seinen Kopf langsam in die Richtung, die Tullama ihm wies, und starrte den Reporter sekundenlang an. Die Bewegung des Lotsen sah schmerzhaft aus. Fast hätte man das Knirschen seiner Halswirbel hören können.

»Na gut«, sagte er mit seiner sandig klingenden Stimme, und er sprach ganz langsam und ganz leise, »soll er seine verdammten Fragen stellen. Nur fünf Minuten, und keine einzige Sekunde länger.«

Einem Kapitän steht es nicht zu, die Entscheidungen seines Lotsen zu kommentieren, also gab Tullama die Information an Kevin weiter und zog sich zurück. Innerlich schüttelte er den Kopf; er hatte damit gerechnet, dass der Reporter auch bei diesem Versuch den Kürzeren ziehen würde. Kevin dagegen ließ sich seine Überraschung und Erleichterung nicht anmerken. Noch während er auf Christoff zuging, schaltete er seine Aufzeichnungsgeräte ein, und um seinen Kopf entfalteten sich wie Blütenblätter Sensoren und Kameras, farbig dezent leuchtend, um jeden darauf hinzuweisen, dass hier Öffentlichkeit stattfand und man dumm wäre, seine privaten Geheimnisse in der Reichweite dieser Apparaturen auszubreiten. Christoff dachte nicht im Traum daran, den Kopf nochmals zu drehen, also baute sich Kevin so auf, dass der Lotse ihn sehen musste.

»Danke, dass Sie mir doch ein Gespräch gewähren wollen«, begann er, »ich hatte die Hoffnung beinah aufgegeben.«

»Ja«, sagte Christoff. Er behielt sein langsames Sprechtempo bei, wie ein Zeuge vor Gericht, der Angst hat, etwas Falsches zu sagen.

»Wie schätzen Sie die Chancen dieser Mission ein, doch noch zu ihrem Ziel zu kommen?«

»Gut.«

»Wie viel Zeit wird vergehen, bis die Überlebenden der VILM VAN DER OOSTERBRIJK gefunden sind?«

»Sie werden entweder innerhalb der nächsten Woche oder innerhalb der nächsten fünfzig Jahre gefunden werden.«

»Woher nehmen Sie diese Zeitangaben? Sie klingen, das müssen Sie doch zugeben, etwas eigenartig.«

»Es ist ganz simpel. Die eine Möglichkeit bedeutet systematische Suche in diesem Sektor, einfaches Abgrasen aller in Frage kommenden Welten, mit automatischen Sonden, unterstützt von drei oder vier Mutterschiffen. Natürlich nur dann, wenn eine solche Aktion auch finanziert werden kann.«

»Was bezweifelt werden darf.«

»Die andere Zeitspanne deckt sich exakt mit meiner Lebensdauer, oder besser gesagt, mit der Dauer jener Phase meiner Krankheit, in der ich noch in der Lage sein werde, mit meiner Umgebung in Interaktion zu treten. Da ich deutlich spüre, dass wir den Überlebenden der VILM VAN DER OOSTERBRIJK sehr nahe sind, sehe ich eine Chance, sie zu finden, ehe ich unfähig bin, meinen Job zu tun.«

»Sie spüren es, der OOSTERBRIJK nahe zu sein?«

»Das sagte ich.«

»Da Sie Ihre Krankheit selbst angesprochen haben – ist die Frage erlaubt, wie es Ihnen zurzeit geht?«

»Da Sie die Frage stellen, ist sie erlaubt. Der Prozess schreitet fort. Wenn es nach den Ärzten ginge, läge ich in einem Hochtechnologielabor, und man würde versuchen, dem auf den Grund zu kommen, was mit mir geschieht. Das wünsche ich nicht.«

»Wie fühlen Sie sich?«

Christoffs Augen funkelten. »Wie, meinen Sie, würden Sie sich fühlen, wenn Ihre Knochen aus Silikat bestünden und Ihre Eier seit einer Woche Kieselsteine wären? Wenn Sie nur feststellen könnten, wo Ihre Füße sind, wenn Sie zufällig einen Spiegel in der Nähe haben, um ihren derzeitigen Verbleib festzustellen? Wie würden Sie sich fühlen, wenn der medizinische Computer Ihnen die Behandlung verweigert, weil seine Programmierung Ihren Körper nicht mehr als den eines Menschen zu erkennen vermag?«

»Nicht besonders gut, vermute ich.«

Der Lotse verzog immer noch keine Miene. »Nicht besonders gut. Dazu kommt Appetitlosigkeit. Addieren Sie die Tatsache, dass Nahrung nach unvollständigen Verdauungsvorgängen wieder herausgewürgt wird, weil der Arsch schlicht und einfach schon hinüber ist. Zählen Sie weiter Schlaflosigkeit hinzu und dass die ganze Sache unverschämt wehtut. Medikamente gibt es gegen diesen Quatsch nicht, und Doktor Schyberg hat aufgehört, es mit Spritzen oder Hochdruckinjektoren zu versuchen, weil er durch eine immer dicker werdende Haut einfach nicht hindurchkommt. In jeder Sekunde, in der wir miteinander reden, verabschieden sich Zellen von meinem Körper, werden zu Stein und protestieren energisch dagegen. Nur während eines Raumsprungs ist es besser.«

»Ist das der Grund, weswegen die ARMORICA einen Minimalsprung nach dem anderen macht?«

»Natürlich nicht. Ich habe mir vorgenommen, diesen verschwundenen Weltenkreuzer zu finden. Das ist der eine Hafen, den ich noch anlaufen will. Wo auch immer die sind, da will ich bleiben und den Rest dieser Verwandlung über mich ergehen lassen. Da es mir nichts nützt, gegen diesen Mist anzukämpfen, verwende ich meine Wut dazu, am Leben zu bleiben und diese Leute zu suchen.«

Tullama tauchte neben Kevin auf und berührte den Sensorenkranz, der protestierend summte. »Die fünf Minuten sind um«, sagte er.

Kevin starrte den Lotsen an und sagte nichts; Christoff zog einen Mundwinkel hoch – sein ihm verbliebenes Lächeln – und drehte langsam sein Gesicht wieder zu den Anzeigetafeln hinüber. Wider Erwarten hörte Kevin nichts knirschen. Tullama fasste den Reporter am Ärmel und zog ihn weg. Kevin stolperte und schaltete seine Geräte aus, die sich in die Gehäuse in seinem Kragen zurückzogen.

Der Weltenkreuzer tat wieder das, was er die letzten Wochen praktisch ununterbrochen getan hatte – er lud seine Aggregate für einen Raumsprung auf, der angesichts der Fähigkeiten des riesenhaften Schiffes geradezu lächerlich kurz sein würde. Das mächtige Heulen der Aggregate war so rasch beendet, dass man ihre Stimme kaum hören konnte. Man konnte sie spüren, tief im Bauch. Und im selben Moment veränderten sich die Anzeigen, neue Konstellationen sprangen auf die Bildwände. Die empfindlichen Sensoren des Weltenkreuzers tasteten den Kosmos ab, gigantische Datenmengen flossen in die Rechnersysteme und verstopften die Speicher, die übrig waren. Einer der Techniker verdrehte die Augen.

»Ich glaube, wir haben da etwas«, sagte irgendein Mensch an irgendeinem Pult, und kaum hatten die Zentralier das gehört, stürzte sich jeder einzelne von ihnen mit der geballten Potenz des IN-Netzes in die Auswertung der Signale; hunderte menschliche Gehirne und tausende von Hochleistungsrechnern werteten aus, was durch die Sinnesorgane des Weltenkreuzers aufgefangen wurde. Zwei Sekunden später sagte ein Zentralier: »Zweiundneunzig Prozent Wahrscheinlichkeit für positiven Kontakt.«

»Zweifelsfrei eine Nachricht, auf Funkbasis. Elektromagnetische Wellen. Ziemlich schwach. Absender sind eine gewisse Barbara Brewka, ein gewisser Jonathan Vliesenbrink und ein gewisser Claudius Dorand. Angeblich von der VILM VAN DER OOSTERBRIJK. Die Namen stehen auf der Liste, erfahre ich eben.«

»Minimalsprung zu den Quellkoordinaten«, sagte ein anderer. Es war als Vorschlag gedacht, und alle sahen den Lotsen an.

»Ja«, gab Christoff sein Einverständnis, und als nach dem nächsten Raumsprung die Kennung der VILM VAN DER OOSTERBRIJK zweifelsfrei identifiziert wurde, kamen zwei Mediziner mit einer Sackkarre herbei, schoben eine Metallplatte unter die Füße des Lotsen, kippten ihn an und fuhren ihn aus dem Raum. Die Kennung des verloren gegangenen Weltenkreuzers war alt. Das Signal war seit Jahren unterwegs. Christoff Masurats Gesicht zeigte keine Regung, seine Augen leuchteten triumphierend. Die Gestalt des Lotsen blieb völlig unbewegt, wie ein starres Stück Felsen stand sie auf der Ladefläche und wurde weggefahren.

»Ob das der Hafen ist, den er sich wünscht?«, fragte Kevin den Kapitän, der vergessen hatte, sich so eilig aus der Nähe des Reporters zu entfernen, wie er es sonst immer getan hatte.

»Das möchte ich bezweifeln«, sagte Tullama.

4. Terminiert

Ein Punkt Ordnung inmitten einer unübersehbaren Wüste aus Chaos und ungezügelter Natur; umgeben von feindlichen Gewächsen und unverständlichen Kreaturen. Das ist Casbah Masaki, und am Horizont taucht die Station hin und wieder auf, wenn nicht Nebel und Regen den Blick versperren. Eddon-22-mog ist eben dabei, eine der widerlichsten Aufgaben zu erledigen, die der Präfekt sich nur ausdenken kann. Er muss die Messergebnisse der nördlichen Sonden abholen. Er muss durch die ewig nasse Welt laufen, seine Hand gegen die Datentore der Sonden pressen und sich die temporären Chips seines Gehirns mit Unmengen von Datenmüll vollstopfen lassen. Die nördlichen Sonden verfügen zwar über Transmitter, genau wie die im Süden, Osten und Westen, dürfen allerdings bereits seit Jahren ihre Daten nicht mehr per Richtfunk übermitteln. Einen Grund für dieses Verbot gibt es nicht.

Keinen jedenfalls, den man Eddon-22-mog mitgeteilt hätte.

Nein, man macht sich einen Spaß daraus, einen Novizen in den Regen und die Kälte und zwischen die widerlichen Pflanzen zu schicken. Und all das nur, um Daten einzuholen, die niemanden ernstlich interessieren können. Das alte Spiel. Novize, tu dies, Novize, tu das, Novize, wer zum armen Teufel hat dich nach deiner Meinung gefragt? Eben genau das Spiel, das er selbst zur Genüge spielen würde, wenn er mit dem hier verdienten Geld nach Hause zurückgekehrt ist. Nur dass er es von der anderen Seite der Schatulle aus spielen würde, so viel steht fest. Auf Sanctuarium hat man ihm beigebracht, gewaltige Mengen von Daten mit seinen Implantaten aufzunehmen und direkt in die Chips seines implantierten Halsrings zu schaufeln. Seit Langem verspürt er nicht mehr den Drang, sich die Messdaten anzusehen, all diesen todsterbenslangweiligen Kram über Temperaturen, Wolkenbewegungen und das eisige Schweigen auf allen Funkbändern. Anfangs hat er das hin und wieder gemacht. Es war interessanter, den Regentropfen beim Herabfallen zuzusehen. Und er sehnt sich danach, den Kram in den großen Rechner von Casbah Masaki zu überspielen und seine Chips zu löschen. Es ist jedesmal ein gutes Gefühl, mit frisch initialisierten, geradezu jungfräulichen Speichern zu arbeiten. Eddon-22-mog fühlt sich frei, ungezwungen und unbeobachtet, als er von Messstation zu Messstation stapft und missmutig seine Arbeit erledigt.

Sicher, man hat ihm gesagt, dass es in Casbah Masaki keine leichten Aufgaben geben würde und dass es hart sein würde und dass es ein verlassener Vorposten sei und dass Casbah Masaki ein großes Wagnis darstelle. Dass er als selbstlaufender Datenspeicher fungieren würde, hat man ihm verschwiegen. Die Bezahlung ist nicht anders als fürstlich zu nennen, fällt es Eddon-22-mog wieder ein, und dieser Gedanke lässt einen wohligen Schauer durch seinen Körper rieseln. Er stellt sich die Summe, die er an jedem Tag seines Hierseins verdient, in der gängigen Währung seiner Welt vor, und dann den Wochenlohn. Wie alle Angehörigen seiner Bruderschaft trägt Eddon-22-mog außer den Insignien seines Ranges, die sämtlich aus Edelmetall gefertigt sind, nichts weiter als eine hauchdünne Haut aus einem intelligenten Gewebe, das seinen Leib vor Angriffen schützt. Als er sich den gigantischen Haufen Geld vorstellt, den allein ein Monat auf diesem unerquicklichen Planeten seinen Konten auf Sanctuarium einbringt, beginnt sein erregtes Glied, die zarte Folie auszubeulen. Es ist ihm völlig egal, dass er noch nicht in dem Alter ist, in dem finanzielle und sexuelle Interessen denselben Gleichklang wie für seine Ordensbrüder haben sollten. Er genießt die Vorstellung von massenhaft Geld und das wohlige Gefühl, das davon in seinem Unterleib ausgelöst wird. Zwar blickt er auf und versucht, die Kuppel der Station in dem ewigen Mistwetter auszumachen, das stört jedoch seine wollüstigen Gedanken an Geld, reichlich

Geld und zäh dahinfließende Ströme aus Geld kaum. Was gibt es Schöneres als den auf seine Konten unter 22-mog gebuchten Reichtum? Was gibt es Besseres als ein Vermögen, das man eines Tages mit dem Wohlstand eines weiblichen Bruders vermählt, um etwas Sperma in die Zukunft zu investieren? Eddon ist unbeobachtet, das weiß er, und er nutzt das aus. Den meisten Novizen in seinem Alter werden keine solchen Augenblicke vergönnt.

Doch als er wenige Schritte später auf die Kuppe eines kleinen Hügels kommt, geht ein kalter Stich durch sein Herz, und sein Glied schrumpft jäh zusammen. Von hier aus hat er sonst immer ganz klar Casbah Masaki gesehen. Bei jedem Wetter, es sei denn, der Regen wäre in diesen dichten Strippen gefallen, die auf die Außenhaut der Kuppel trommeln wie ein zaghaftes Gewehrfeuer. Jetzt sieht er die Station nicht. Und es nieselt nur ein bisschen. Er müsste die Kuppel deutlich erkennen können. Er müsste durch seine Implantate die Gegenwart des Netzes spüren, wenn nicht als klare, präzise Existenz, so doch wenigstens als beruhigendes Rauschen im Hintergrund. Er hält kurz inne. Was hat das zu bedeuten? Hat es etwas zu bedeuten? Warum sollte man die Schirme eingeschaltet haben, warum sollte man alle Emissionen der Station unterbinden?

Auf den Gedanken, das Netz könne nicht arbeiten, verfällt Eddon-22-mog nicht. Zwei Messstationen, und er kann den direkten Weg zur Station einschlagen. Bis dahin muss er die Antworten auf seine Fragen aufschieben. Dennoch spürt er, dass sich jenes wohlige Gefühl verflüchtigt. Seine Erregung ist wie weggeblasen, in seinem Unterleib schrumpelt etwas auf eine Art und Weise zusammen, dass es fast wehtut. Eddon-22-mog berührt seinen Halsring, während er weiterstapft, und bittet die Station um einen vollkommen unnötigen Peilton, angeblich, damit er den Rückweg findet. Lächerliche Begründung. Dennoch erhält er keine Antwort.

Das kann nicht sein. Keine Antwort. Eddons Augen versuchen vergeblich, den Nieselregen zu durchdringen, als könnte

Willenskraft die Sensoren ersetzen, die er nicht besitzt. Er sieht Nässe, Wolken und diese nutzlosen Büsche in ihren verschiedenen Größen. Keine Station. Eddon wünscht sich sehnlichst, er wäre so weit, über eine Distanzverbindung zum Netz verfügen zu dürfen. Er wäre allerdings kein Novize mehr, wenn er dieses Implantat besäße. Er tut etwas Verbotenes und schaltet sich und seine Nachricht eine Prioritätsstufe höher. Wenn ihn jetzt jemand in der Station hört, leidet sein Konto darunter. Und damit sein Ansehen, logischerweise. Aber es hört ihn niemand. Unmöglich.

Er starrt in die Richtung, in der er Casbah Masaki vermutet. Das graue feuchte Wetter dieser Welt gibt nichts her – oder da ist nichts. Wo eben noch, vor ein paar Stunden, Casbah Masaki war, ist nichts mehr. Seine Hoden versuchen, zurück in seinen Körper zu gelangen, und das tut weh. Eddon-22-mog beschließt, die letzten beiden Messstationen zu lassen, wie sie sind, und den Heimweg anzutreten. Seine Aufgabe ist zweitrangig. Irgendwas ist passiert. Etwas Schreckliches. Casbah Masaki ist offenbar in großen Schwierigkeiten. Womöglich ist er der Einzige, der im letzten Augenblick alles vor dem Untergang retten kann.

Eddon-22-mog kommt dazu und rettet die Besatzung von Casbah Masaki – alle Brüder sind dankbar und stiften zugunsten seines Kontos. Das Konto schwillt an wie der Schwanz eines Bruders bei einer Geldheirat. Na ja, entschuldigt sich Eddon-22-mog bei sich selbst, ist doch wahr. Nichts ist geiler als Geld. Sie würden ihren Retter mit Reichtümern überhäufen. Vor seinen Augen zucken Träume von einem Riesenhaufen Geld und goldumrandeten Kontoauszügen vorbei. Er funkt Casbah Masaki ein weiteres Mal an – keine Reaktion.

Jetzt rennt er, seine Füße patschen zwischen den fremdartigen Pflanzen, und sein Atem wird flach und hastig. Er gerät, während er schneller läuft, als gesund für ihn ist, in einen erhitzten, angstzitternden Zustand. Sein Herz schlägt so heftig, dass er stehen bleiben muss und sich sekundenlang zusammenkrümmt. Würde ihm die Furcht nicht die Kehle zuschnüren, müsste er kotzen.

Er geht weiter, laufen kann er nicht mehr, und er tut etwas Unvorstellbares: Er stellt den Sender in seinem goldschimmernden Halsband auf eine der verbotenen Notfallfrequenzen. Die darf man nicht benutzen. Niemals. Es drückt ihm die Luft ab, und er muss schlucken, ehe er sich meldet. Er sagt alles, was geschehen ist, dass er die Station nicht an dem Platz sieht, an den sie gehört; er weiß, dass jedes Wort auf diesen Frequenzen aufgezeichnet wird. Das fressen alles die gierigen Maschinen in den tiefsten Kellern der Station, jene Apparate, die niemals wieder etwas von dem hergeben, was sie gespeichert haben. Er bittet um Antwort. Das ist unprofessionell, das bringt keinen Profit. Er weiß das, und es ist ihm egal. Seine Beine laufen ohne sein Zutun weiter. Ihm wird ganz anders, als er auf diesen heiliggesprochenen Frequenzen keine Antwort bekommt. Sein Herz verlässt den angestammten Platz und erzeugt einen pulsierenden Schmerz in seinem Hals, dicht neben dem Kehlkopf.

Als er endlich um das letzte wirre Gebüsch biegt und Casbah Masaki in sein Blickfeld gerät, stockt sein Atem, er stolpert. Alle Träume von einem Riesenhaufen Geld und goldumrandeten Kontoauszügen rutschen in sich zusammen. Entsetzt starrt er auf die Gebäude der Station – oder, besser gesagt, auf das, was von ihnen übrig ist. Zerstörung. Vernichtung. Auflösung. Die Kuppel ist ein Skelett aus dürren Sparren, das sich trotzig in den grauen Himmel reckt. Niemand ist zu sehen, kein einziger Bruder ist dabei, das Chaos zu ordnen. Heruntergefallene Abdeckungen liegen durcheinander; einst haben sie das Dach gebildet. In den Gehwegplatten vor dem Eingang haben sich grindige Öffnungen aufgetan, die anklagend in den regenverhangenen Himmel blicken. Und da unten ist Finsternis, Stille und nichts, was nur zur leisesten Hoffnung Anlass gibt. Keine goldumrandeten Kontoauszüge. Dies ist das Ende, Eddon-22-mog weiß das.

Die Erkenntnis trifft ihn wie ein Donnerschlag.

Seine Aktien sind im freien Fall. Die Wertpapiere sind billiger als das Papier, auf dem sie gedruckt sind. Die Konten sind nicht bloß gelöscht – sie sind nichts mehr wert. Eddon geht weiter, den gewohnten Weg, als wäre alles noch da.

Er geht gemessenen Schrittes durch die Kuppel, von der nur ein Skelett übrig ist, und er steigt die Stufen in die tieferen Regionen von Casbah Masaki hinab. Die Beleuchtung arbeitet lediglich stellenweise, trotzdem gibt es genug Licht, um zu erkennen, was passiert ist.

Jemand – oder etwas – hat die Station entdeckt. Oder die Gefahr der Entdeckung ist plötzlich zu groß geworden. Die Brüder liegen alle miteinander aufgereiht im Schlafsaal, tot, die Blicke der starren Augen auf die goldene Scheibe der Bruderschaft gerichtet, wie es sich gehört. Ob männlich oder weiblich, alle haben ihren Halsring abgenommen und ihn unter die mächtige schimmernde Scheibe gelegt. Geopfert. Eddon begreift, was geschehen ist, bloß nicht, warum es geschah. Die Bruderschaft hat Casbah Masaki terminiert. Die Aktivitäten wurden eingestellt, und alle Mitglieder der Goldenen Bruderschaft haben ihre Herzen zum Stehen gebracht. Wie die Novizen in den Tod kommen, ist deren Problem. Es sind schließlich nur Novizen. Und die Technik hat denselben Befehl, sich selbst aus der Welt zu schaffen. Als Eddon durch die bereits verfallenden Räume geht, findet er die Körper der anderen Novizen, alle drei. Einer hat den Strom eines Kondensatriden durch seinen Kopf geleitet, ehe der Apparat sich in schwärzlichen Sand verwandelte. Die anderen beiden haben sich die Schutzpellen vom Leib gerissen und die Drogenvorräte der Brüder geplündert; im Rausch taten sie Dinge, an die nur zu denken sich Eddon verbietet. Es ist gleichgültig. In den Decken und Wänden der Station gluckert und zischt es.

Die überall eingebauten Kanister mit Chemikalien und Mikroorganismen zerbersten einer nach dem anderen, und Casbah Masaki tritt in einen künstlich beschleunigten Zerfallsprozess ein. Als Eddon einen der Rechner sieht, dessen Gehäuse aufklafft und weitgehend verrottete Innereien freilegt, begreift der Novize, dass er im Moment das einzige lebende Wesen ist, das es in der Station gibt, einmal abgesehen von gierigen Einzellern, die Chips, Schaltkreise, Bildwände und Speicher auffressen. Sogar die Maschinen in den tiefsten Kellern der Station, jene Apparate, die alles fressen und niemals wieder etwas von dem hergeben, was sie gespeichert haben, werden in schleimigen Brei verwandelt. Eddon wirft durch die zerlöcherte Wand einen Blick auf das Allerheiligste, den gewaltigen Modulator, der so viele geheimnisvolle Nachrichten empfangen und gesendet hat. Dieses Ding ist natürlich besonders verräterisch, und die Säure hat bereits tiefe Löcher in das Aggregat genagt. Aus den Innereien der Maschine steigt Dampf auf. Eddon findet eine angegilbte, noch nicht zerfallene Botschaft, eine Kopie des Terminierungsbefehls. Es gibt nur wenige Nachrichten, die für so wichtig gehalten werden, dass ihnen die Ehre zuteil wird, ausgedruckt zu werden. Zwar zersetzen sich die Ränder bereits zu flockiger Asche, aber er kann den Text noch lesen. Ein Weltenkreuzer des Flottenkommandos ist im Orbit dieses Planeten aufgetaucht. Der Planet wird abgesucht werden. Das ist allerdings wichtig. Eddon nickt und lässt die Kopie fallen. Auf dem rissigen Boden zerbricht das Blatt, als wäre es aus serafimischem Porzellan gewesen. Das Flottenkommando ist die letzte Partei, die hiervon erfahren soll, das weiß sogar er als Novize. Er öffnet gewisse Dateien, die in den unter seiner Haut eingepflanzten Speicherbänken gesichert sind, und sein Bewusstsein rast durch die schweigenden Gebirgszüge aus abrufbereiter Information, ehe er findet, wonach er sucht. Das wirre Geschnatter von Kommunikation. Ein Gewimmel von Funksprüchen und Datenübertragungen. Darüber das majestätische Rauschen der Bildübermittlung und das Knattern der Codes. Der typische elektromagnetische Lärm, den das Flottenkommando überall verbreitet, wo einer der Weltenkreuzer auftaucht. Genau der Anlass, Casbah Masaki zu terminieren.

Bleibt nur die Frage, auf welche Art ich sterben will, denkt Eddon, und als ein paar Räume weiter ein Stück der vermodernden Decke herabstürzt, wird ihm klar, dass er auf keinen Fall in diesem Loch lebendig begraben werden will. Er steigt vorsichtig die Reste der Treppe hinauf. Als er sich oben gedankenlos etwas zu essen aus dem Vorratsfach der Novizen besorgen will, schlägt ihm durchdringender Verwesungsgeruch entgegen. Natürlich. Und vollkommen zwecklos, es mit dem Vorrat der Brüder zu versuchen, der bis heute unantastbar für einen Novizen war. Der stinkt genauso. Gedankenfrei geht Eddon Schritt für Schritt den Weg zurück.

Er geht dorthin, wo er seinen Weg unterbrochen hat, und von da aus schreitet er seine Tour ab wie eine Maschine. Er sammelt die Dateien mit den Messprotokollen ein, komplettiert seine Sammlung völlig nutzloser Information. Diese Daten wird niemals jemand auswerten. Dennoch will er sie haben. Er nimmt den Messgeräten die Chips mit den Identifikationen ab und stopft sie säuberlich zu den eigenen an seinem Gürtel, in jene kleinen Taschen aus Titan, die alle Novizen haben. Diese Titantaschen loszuwerden, ist der Traum jedes Novizen. Es geschieht an dem Tag, da das Konto ausreicht, um sich aus dem Status eines Novizen hochzukaufen in den eines Bruders. Eddon-22-mog gibt es nicht mehr, er wird kein Bruder werden. Nie. Er ist einundzwanzig Jahre alt und wird sterben. Bald. Die sinnreich gezüchteten Erreger haben sich auch auf seiner Pelle eingenistet und verwandeln die Chips in den Titantaschen zu Matsch. Eddon schreitet all die Messstationen ein weiteres Mal ab und berührt eine nach der anderen. Sie sinken langsam hinter ihm zusammen, als schmölzen sie in der gemächlichen Hitze unsichtbarer Feuer. Er blickt sich nicht um. Bei den letzten beiden Messstellen beginnt seine Schutzhülle sich aufzulösen und hängt herab wie bei einem Reptil, das sich häutet. Das Titan der Novizentaschen wird zu einem grauen Brei und rinnt unangenehm heiß an seinen Beinen herunter. Die hauchdünne Körperhülle, die ihn Zeit seines Lebens umgeben hat, ist weg. Eddon hat das Gefühl, dass sein Körper einer wesentlichen Stütze beraubt ist, dass er auseinanderfließt. Er spürt Fett an sich herunterhängen. Er kennt das nicht, er ist es gewöhnt, in eine straff sitzende Folie eingepackt zu sein. Er ist zum ersten Mal in seinem Leben nackt, soweit er sich erinnern kann. Als er stehen bleibt und seinen Körper abtastet, der sich plötzlich völlig ungewohnt anfühlt, spürt er, dass sogar die Insignien der Bruderschaft sich verflüchtigen. Die goldenen Ringe, die in seine Haut eingelassen sind und den einen und den anderen Körperteil umspannen, werden weich und nachgiebig.

Seine Vergangenheit, sein Rang, seine Zukunft – alles das verschwindet und lässt etwas zurück, mit dem er nichts zu tun haben möchte. Der Wind kühlt seine Geschlechtsteile ab. Seine Hoden beginnen zu schmerzen. Er achtet nicht darauf. Er wird sie nicht brauchen, es wird nie eine erquickliche Geldheirat geben, keine Investitionen in die Zukunft. Alle seine Investitionen sind in die Gesamtvollstreckung gegangen; 22-mog getilgt, alle Verfahren mangels Masse eingestellt. Eddon starrt auf die Reste von Casbah Masaki hinunter. Das ist ein Loch, aus dem merkwürdig gefärbte Dämpfe aufsteigen. Schon jetzt kann niemand mit Sicherheit nachweisen, wer da etwas installiert hatte, selbst wenn es noch Jahre dauern wird, bis die letzten Spuren der Station vollständig getilgt sind. Ich zersetze mich auch, denkt Eddon, und während seine Insignien verschwinden, verabschiedet er sich von seinem Namen, seinem Rang und seinen Hoffnungen.

Er aktiviert in seinem vernetzten Hirn ein Programm und verwendet es für Zwecke, für die es eigentlich nicht gedacht war. Alle seine implantierten Speicher werden neu initialisiert, alle Informationen vernichtet und durch köstliche, kühle Leere ersetzt. Weg mit den Messdaten dieses feuchten Planeten, weg mit den Erinnerungen an die Regenwelt. Die Beine geben unter Eddon nach, als seine Fähigkeit dahinschwindet, mit einem Netz in Kontakt zu treten und seine internen Speicher und elektronischen Gehilfen zu konsultieren. Das war einer der wichtigsten Teile seines Lebens. Er fühlt sich, als habe man eines seiner wesentlichsten Körperteile mit einem sauberen, schmerzlosen Schnitt abgetrennt.

Sogar sein Name, Eddon-22-mog, kommt ihm fremd und belanglos vor. Wessen Eddon? Und was für ein »mog«? Was soll die 22, so alt ist er doch gar nicht. Er liegt auf dem kalten nassen Boden – ein völlig neues Gefühl –, und er schließt die Augen, als sanfte kühle Finger an ihm zupfen und ihn ganz langsam, fast zärtlich unter die Erde ziehen.

5. Die Vergangenheitsform von Sein

Die Maschine, die Elizas Armstumpf in ihre elektronischen Innereien gesaugt hatte, passte so perfekt in dieses Zimmer, dass es Eliza schwindelte. Die kaum spürbaren Berührungen der Sensoren auf und in der alten Wunde hatten mit der Gleichgewichtsstörung nichts zu tun. Der Übergang von den nässetriefenden Ebenen Vilms in die durchperfektionierte Inneneinrichtung der Armorica war zu schnell gegangen. Es presste ihr die Luft ab, als hätte man ein Seil straff um ihren Hals geschlungen. Eben hatte sich Eliza Simms mit Typen in Hochsicherheitsklamotten gestritten, die partout nicht begreifen wollten, wieso nicht alles, was zwei Beine hatte, schnurstracks in die Evakuierungsshuttles rannte. Dann hatte sie verhindert, dass aufgebrachte Vilmer auf einen ahnungslosen Techniker losgingen, der ein Gestrolch weggebrannt hatte. Er brauchte Platz für die Installation irgendeines hochtechnologischen Wunderdingsdas. Natürlich war der Mann vollkommen ahnungslos gewesen, dass es sich bei dem unansehnlichen Gewächs um eines der hoffnungsvollsten Projekte der Forschungsgruppe Rätselfrüchte gehandelt hatte. Seine Dummheit hatte ein paar Ohrfeigen verdient, das gab Eliza gern zu. Angesichts der Lage hätte es allerdings nicht zur Entspannung beigetragen, wenn die Vilmer die Spezialisten des Flottenkommandos windelweich prügelten. Auf solche Nachrichten reagierten die Typen in den großen Büros von Atibon Legba ausgesprochen nervös. Noch nervöser würde es sie machen, wenn sie Aufzeichnungen von einer solchen Prügelei bekämen. Mit der richtigen Kombination von merkwürdigen Fruchtsäften konnten Vilmer wie die Berserker kämpfen, und das musste auf A.L. niemand wissen. Je weniger die Bürokraten über Vilm wirklich wussten, desto besser war es. Kurz nach der vereitelten Schlägerei hatte

Eliza die Techniker von Vilm Village angewiesen, die Daten-Kommunikation mit der Armorica abzubrechen, weil die Leute im Orbit beharrlich versuchten, die Kontrolle über die Rechner auf dem Planeten zu bekommen. Das wäre ihnen ohne Weiteres gelungen, wenn die Vilmer das System nicht im Lauf der Jahre so weit verändert und umgeschrieben hätten, dass es mit dem, was auf Weltenkreuzern üblich war, nicht mehr viel gemein hatte. Sie hatten aus dem wenigen, was ihnen nach dem Absturz und dem Abschalten jenes verhängnisvollen Programms geblieben war, eben alles herauskitzeln müssen, mit den seltsamsten Methoden. Eliza hatte nie begriffen, was da passiert war.

Jetzt saß sie an einem Hochleistungsgerät, das den Zustand einzelner Moleküle in ihrem Körper prüfte, und diskutierte mit einem Typen im Sterilanzug. Die Umgebung war vollkünstlich, mit abgerundeten Kanten und voller Technik, die in Wänden und Schränken versteckt war und sich selbst meldete, wenn sie gebraucht wurde. Eliza atmete eine Luft, die schal und flach und abgestanden schmeckte, viel zu trocken und viel zu oft durch die Wiederaufbereitungssysteme gejagt. Die Umgebung war auf schmerzhafte Weise altvertraut und ungewohnt. Alles war in zarten Pastelltönen gehalten, abgeglichen auf die Stimmungen der einzelnen Bereiche. Die Flure und Aufzüge waren babyblau, und die meisten Quartiere nervten ihre Bewohner mit lindgrün und zartrosa. Die Zentrale, dachte Eliza, würde komplett in einer Farbe gehalten sein, die nur jemand als eierschalenweiß bezeichnen würde, der im Leben kein Ei gesehen hatte. In der Oosterbrijk hatte jahrzehntelange Benutzung die Farben ausgelaugt, und neue Teile stachen durch ihre Buntheit unangenehm hervor, machten alles scheckig und verblichen, hier und da sogar schmutzig. Die Armorica dagegen war so neu, dass es in den Augen wehtat. Wahrscheinlich hatte dieses Schiff als wirrer Haufen Bauteile bei Atibon Legba im Vakuum gehangen, als die Oosterbrijk längst abgestürzt war. Dieser Weltenkreuzer hatte keine Geschichte. Allein der Anblick dieser unschuldigen Perfektion stieß in Elizas Erinnerung Türen auf, von deren Existenz sie nichts geahnt hatte. Diese Uniformen, in denen die athletischen Körper irgendwelcher Sicherheitskräfte steckten, erinnerten sie an die breite behaarte Brust Lafayettes. Wahrscheinlich waren unter einigen dieser Uniformen gefährliche Kämpfer versteckt, hervorgebracht von der Auswahl. Auf dem Weg hierher hatte Eliza ein Paar gesehen – einen riesigen, muskelbepackten Mann mit einer wahren Walküre von einer Frau, unglaublich groß und mindestens genauso stark. Unter den dünnen Hemdsärmeln zeichneten sich dicke Bizepse ab. Diese beiden Kraftpakete mit ihren Metallsohlen an den Schuhen hatten Eliza daran erinnert, dass sie seit Jahren keinen einzigen Karnesen gesehen hatte. Sie hatte vergessen, dass es diese an eine ebenso überschwere wie eisige Welt gewöhnten Leute allenthalben zu warm fanden. Sie hatte glatt vergessen, wie die Schwerweltmenschen aussehen. Noch beeindruckender als Lafayette. Sie durfte nicht daran denken, dass auf Atibon Legba Karnesen und viel merkwürdigere Typen in großer Anzahl herumliefen.

»Eines verstehe ich nicht«, sagte der Mann mit dem kahlgeschorenen Schädel, der sich als Doktor Schyberg vorgestellt hatte, »wie konnte nur ein denkender Mensch dieses Gewebe derart verletzen. Das sieht aus, als habe Ihnen jemand mit einer stumpfen Axt den Arm abgehackt.«

Eliza schüttelte energisch den Kopf; die Maschine summte warnend und bat mit einer hektisch blinkenden Leuchtschrift, sich still zu verhalten.

»Nein, keine Axt«, sagte sie, »sehr viel besser war es zugegebenermaßen nicht. Ein medizinisches Erste-Hilfe-Notbesteck, und eine Geflügelschere aus der Küche, mit Gammastrahlung keimfrei gemacht. Wir hatten sonst kaum Verwendung für Geflügelscheren.«

Der Arzt reagierte zunächst nicht. Eliza dachte, er hätte ihre Antwort absichtlich überhört, dann erkannte sie, dass der Mann um seine Fassung rang. »Geflügelschere«, flüsterte er. »Unvorstellbar. Schnipp-schnapp, wie? Und keine Stilllegung der Nervenbahnen, natürlich.«

»Schnipp-schnapp«, wiederholte Eliza, »das nicht gerade. Schwester Gerda hat sich sicherlich alle Mühe gegeben. Aber sie hatte weder eine entsprechende Ausbildung noch eine halbwegs funktionierende Ausrüstung.«

»Schwester Gerda«, murmelte der Arzt.

»Ja«, sagte Eliza, »und als man ihr jemanden brachte, dessen Arm von innen heraus zerfetzt worden war, bei dem Knochensplitter aus aufgerissenem Fleisch ragten, da hatte sie keine andere Möglichkeit, als wegzuschneiden, was kaputt war. Ganz einfach.«

»Einfach?« Doktor Schyberg sah seine Patientin entsetzt an. »Diese Dame hat Sie mit ihrem stümperhaften Herumgeschneide auf Lebenszeit verstümmelt. Ich hätte einen neuen Arm aus Körpergewebe wachsen lassen und verpflanzen können ... Die hoffnungslos zerstörten Nervenbahnen machen das allerdings sinnlos. Der neue Arm würde nur an Ihnen hängen und über kurz oder lang in Fäulnis übergehen. Dabei ist die Versiegelung solch freiliegender Nerven gar nicht schwer. Man muss sie nicht behandeln wie gebrauchtes Lametta. Ich sollte diese Gerda oder wie sie heißt anzeigen. Sollte ich. Ist ja gemeingefährlich.«

Eliza sah den Arzt mit einem Blick an, der empfindsamere Kreaturen augenblicklich in eine Kröte verwandelt hätte. »Das lassen Sie schön bleiben«, sagte sie leise. »Sonst werden Sie sehr schnell wissen, wie sich gebrauchtes Lametta fühlt. Haben Sie mich verstanden?« Der Sterilanzug drehte ihr den weißen Rücken zu und bewegte sich erst einmal gar nicht; dann drehte sich Doktor Schyberg zu Eliza um und schaute sie an. Sein Gesicht war etwas blasser geworden.

»Ich wollte nicht ...«, sagte er, schluckte und sah rasch wieder auf seine Anzeigen.

»Mag sein«, sagte Eliza, »dass Sie nicht wollten. Sie haben aber. Sparen Sie sich Urteile über Sachen, von denen Sie keine Ahnung haben. Vor allem, wenn Sie die Umstände nicht kennen.

Wir hatten auf diesem Planeten Zustände, die Sie sich nicht vorstellen können. So etwas kriegen Sie auf Atibon Legba nie im Leben zu sehen. Schwester Gerda hat mir mit der verdammten Geflügelschere das Leben gerettet. Das ist die Tatsache. Haben Sie das jetzt endlich verstanden?«

Doktor Schyberg musterte Elizas hagere Gestalt, als habe sie eben gerade erst den Raum betreten. Dann entschuldigte er sich wortreich, als hätte er extra für solche Zwecke eine vorbereitete Rede auswendig gelernt. Hatte er sich vorsorglich im Rechnernetz ein paar Benimmregeln für den Umgang mit rückständigen Schiffbrüchigen zusammensuchen lassen? »Bleiben Sie bitte an Ort und Stelle«, setzte er hinzu, »ich bin gleich wieder da«, und kaum waren diese Worte gesprochen, rauschte er aus dem Zimmer.

Ärzte, dachte Eliza und legte die Verachtung einer gelernten Zentralierin in dieses eine Wort. Ein bisschen erschreckend war er, dieser Rückfall in alte Gewohnheiten aus einer Zeit, in der man als Zentralier niemanden an seinen erlauchten Körper ließ als einen ebenfalls zu den Zentraliern gehörenden Mediziner oder sich, noch besser, dem aus einer Zusammenschaltung des gesamten ärztlichen Wissens der Menschheit bestehenden Rechnernetz anvertraute. Unwillkürlich hielt sie Ausschau nach einer der roten Linien, doch leider war in diesem Raum keine in Sicht. Wieso leider? Eliza schüttelte den Kopf, was die Maschine wiederum mit Ermahnungen, das Verhalten des Patienten betreffend, quittierte. Ein Summer quäkte. Der Apparat bettelte darum, seine Sprachprozessoren benutzen zu dürfen. Das fehlte noch, dachte Eliza, ein hochtechnologisches Ding, das mich vollquatscht. Da halte ich lieber still. Das tat sie, und das beruhigte die Maschine, die ihre Arbeit tun wollte. Sie holte mühsam Luft. Diese maschinell aufbereitete Gasmischung im Weltenkreuzer mochte allen medizinischen und biologischen Erfordernissen entsprechen, das änderte nichts daran, dass ihr im Vergleich zur feuchten und immer bewegten Atmosphäre Vilms die Luft hier drin tot und verfault vorkam.

Eliza dachte an das heillose Chaos, das die Leute von der ARMORICA unten auf Vilm angerichtet hatten. Zuerst war es schiere Begeisterung gewesen, als aus den seit Jahren schweigenden Funkgeräten plötzlich menschliche Stimmen drangen, auch wenn die verzerrt und undeutlich waren. Die Älteren hatten getanzt vor Freude, während die Jüngeren, wie immer umringt von den Eingesichtern, die quarrenden Botschaften aus der Welt oberhalb der Wolken mit spöttischer Zurückhaltung kommentierten. Da fiel dem einen ein, dass er mal eine Schreilenpopulation gefunden habe, deren heiseres Gegröle genauso geklungen habe, und ein anderes vorwitziges Vilmkind fand, dass das da den Störungen verdammt ähnlich sei, die man voriges Jahr für Funksignale gehalten habe und die sich als Folge eines schweren Gewittersturms in den unerforschten vilmschen Tropen herausgestellt habe. Manch einer wollte mit jedem Watt Sendeleistung antworten, das Vilm zur Verfügung stand. Adrian Harenbergh dagegen hatte in seiner sturen Art darauf bestanden, das Identifikationssignal des Weltenkreuzers erst zu überprüfen, ehe man von der Oberfläche sendete. Ein wütender Aufschrei war das Ergebnis.

Eliza hatte, zusammen mit Mechin, auf die respektlose Jugend geschimpft und das durcheinanderquirlende Volk aus Menschen und Sechsbeinern ermahnt, sich doch gefälligst darüber zu freuen, dass ihr Status als Schiffbrüchige endlich ein Ende habe.

Tonja hatte sie kopfschüttelnd angesehen. »Aber«, hatte sie gesagt, »ich bin keine Schiffbrüchige, weißt du. Ich bin hier geboren. Kannst du dich daran erinnern?«

Eliza war still geworden. Sie konnte sich daran erinnern. Und sie musste daran denken, dass mittlerweile die meisten Menschen auf dem Regenplaneten hier zur Welt gekommen und aufgewachsen waren. Sie dachte daran, dass den Vilmern die Früchte, die man von den Gestrolchen ernten konnte, inzwischen hervorragend schmeckten. Sie dachte an die wundervollen und oft ein wenig unheimlichen Fähigkeiten, die manche dieser Früchte in den Vilmkindern freisetzten. Und Eliza musste daran denken, dass aus den Menschen auf dieser Welt etwas geworden war, das den Ankömmlingen unheimlich erscheinen musste. Die Leute, die da als Retter kamen, konnten kaum wissen, wen und was sie da retten wollten. Und als Helfer in der Not waren sie ohnehin spät dran. Etliche Jahre war man ohne solche Helden ausgekommen. Die Not war zu lange ein Zustand gewesen, mit dem man sich arrangiert hatte. Und das Ergebnis war vermutlich von der Sorte, die Atibon Legba gar nicht schmeckte. Das war der Augenblick gewesen, in dem sie Mechin angeblickt und in den Augen des Arztes den Zweifel gesehen hatte. Hätte die Einarmige Eliza die Macht dazu besessen, sie hätte eine Auszeit genommen und erst darüber nachdenken wollen, ob sie sich retten lassen wollte. Dann war alles Schlag auf Schlag gegangen und hatte niemandem die geringste Zeit gelassen, über irgendetwas nachzudenken. So ungefähr musste es sein, wenn ein Vilmer Zeitbeeren aß und die Welt plötzlich an ihm vorbeihastete.

Dunkle Maschinen, geformt wie die Teufelsrochen in Elizas Datensammlungen ausgestorbener Tiere, donnerten aus den Wolken und überflogen Vilm Village und das Dritte Dorf. Kurz danach landeten erste Shuttles und verwandelten mit ihren Triebwerken ganze Gestrolchgruppen in knisternde Asche. Die Vilmer versuchten, den Neuankömmlingen begreiflich zu machen, dass sie sich etwas vorsehen sollten bei der Landung. Noch während die Leute auf die glatte Metalloberfläche der Flugkörper einredeten, pflügte ein Großraumshuttle eine drei Kilometer lange Schneise zwischen das Dritte Dorf und das Gebirge. Die in jahrelanger Arbeit gehegten und gepflegten Pfade in das Absturzgebiet, die inzwischen breite, mit festen Pflanzenteppichen ausgelegte Straßen waren, verwandelten sich innerhalb von Sekundenbruchteilen in zerbrochene Äste und Pflanzenbrei. Eine Koppel zahmer Rehschweine wurde vom heißen Gas eines Bremsstrahls getroffen und in Sekundenschnelle pulverisiert. Dann öffneten sich die Luken der gelandeten Raumfahrzeuge, und Leute mit dem Emblem der Armorica auf den luftdichten Anzügen stürmten heraus. Sie hatten wunderlicherweise die neuesten Errungenschaften der Waffentechnik von Atibon Legba geschultert, und sie besetzten in Windeseile alles, was sie für strategisch wichtige Punkte hielten. Sie hatten vor nichts Respekt, abgesehen von den Leuten, die ihnen nachfolgten, keinerlei Markierungen an ihrer Kleidung trugen und sich bewegten wie Raubkatzen in Menschengestalt. Niemand sprach es aus, aber das mussten die Elite-Killer der Auswahl sein. Die Technologie des Militärs breitete sich im Regen unaufhaltsam aus. Panzerungen klappten auf, und aus dem gewölbten Buckel des Großraumshuttles stiegen die waffenstarrenden Kuppeln der Geschütztürme auf, um wie witternde Raubtiere mit ihren Sensoren die Umgebung abzusuchen. Die Vilmer staunten über diese vollkommen sinnlose Demonstration moderner Technik, da wurden sie über Lautsprecher aufgefordert, sich in die medizinischen Notfalleinrichtungen an Bord der Evakuierungsshuttles zu begeben. Als wäre jemand auf der ARMORICA der Meinung, das Leben auf der Regenwelt habe alle Menschen unrettbar geistig umnachtet, folgten detaillierte Erklärungen, wie man diese Notfalleinrichtungen finden könne. Sogar das genaue Aussehen der Einstiege wurde beschrieben. Alles in einer Lautstärke, die selbst die Schreilen auf Tage verstummen ließ.

Niemand hatte vorher darüber gesprochen, weil keiner damit gerechnet hatte, die ersehnten Rettungsmannschaften würden sich benehmen wie Heeresverbände bei der Erstürmung einer Maschinenfeste – die Vilmer ihrerseits reagierten alle auf dieselbe Weise. Wenige Minuten nach der Landung starrten die Retter mit ihren Multifrequenzvisieren in den Regen hinaus und sahen: nichts. Die zu rettenden Leute glänzten durch Abwesenheit und selbst die beste Restlichtverstärkung brachte kein anderes Bild als das eines unbeeindruckt fallenden Regens. Hier und da wurden demonstrativ Jalousien heruntergelassen und Fensterläden verriegelt. Die Bevölkerung Vilms, Menschen und Eingesichter, hatte sich in die Quartiere zurückgezogen. Einige hatten begonnen, die schlimmsten Schäden, die von den Rettern angerichtet worden waren, behelfsmäßig zu beheben. Die medizinischen Notfalleinrichtungen blieben leer. Niemand meldete sich. Die ratlosen Soldaten konnten nicht wissen, dass die von Kaktuswurzeln und anderen Drogen erweiterten Sinne einiger Vilmer jeden ihrer Schritte spürten; niemand blieb unbeobachtet. Erst Stunden nach dem heuschreckenartigen Einfall der Weltenkreuzer-Technologie fand sich in einem der schneeweiß leuchtenden medizinischen Räume eine tief verhüllte Gestalt ein, die einen Zettel mit dem daraufgekritzelten Namen »Anna Calandra« ablieferte und sich in medizinische Behandlung begab. Aber diese traurige, offenbar von jahrelangen Schmerzen verkrümmte Gestalt konnte niemandem von der ARMORICA irgendwelche Antworten geben, weil die vollautomatisierte Quarantänestation augenblicklich in Hektik verfiel. Das Gerät versetzte die verschleierte Dame schnurstracks in Heilschlaf, umgab sie mit einem hochsterilen Kokon und versiegelte alles eilig. Danach verlangte das medizinische Expertensystem, die Patientin schnellstens in eine spezialisierte Klinik auf Penta V zu bringen.

Die Maschine, an die Eliza Simms angeschlossen war, gab ein befriedigtes Geräusch von sich und ließ den Armstumpf frei. Über den Bildschirm lief eine Mitteilung, dass sich das Gerät für die Zusammenarbeit bedanke und weitere Auskünfte der behandelnde Arzt erteilen würde. Schleimer, dachte Eliza und stand auf. Sie konnte sich in diesen Räumen nicht wohlfühlen. Natürlich waren alle Fußböden eben, die Wände in freundlichen Farben gehalten, die Beleuchtung dem Spektrum der guten alten Sonne so weit es ging angenähert, und wohin man sah, drängte sich dem Blick eine dieser widerlichen Grünpflanzen auf. Dieses Grün stimmte einfach nicht. Es war zu grell. Genau wie die Tönung der Wände und Decken, das sollten eigentlich alles zarte Pastelltöne sein – und doch kamen Eliza diese Farben kunterbunt und knallig vor. Liegt es an mir, fragte sie sich, haben mich ein paar Jahre Vilm süchtig gemacht nach Regen und Nebel? Kann sein. Und süchtig nach richtiger Luft, nicht diesem labberig riechenden Zeug, das einem Atemnot verursacht.

Doktor Schyberg tauchte wieder auf, entschuldigte sich für sein Wegbleiben und dachte überhaupt nicht daran, die ausgedruckten Berichte des Apparates zur Kenntnis zu nehmen, die ordentlich aufgestapelt im Auffangkorb lagen. Natürlich nicht, begriff Eliza, als sie die rasche Handbewegung des Arztes sah, diese Ausdrucke wandern ungelesen ins Archiv, keiner wird sie jemals lesen, der Kerl hat sich eben mit einem kurzen Kontakt zur roten Linie sämtliche Untersuchungsergebnisse direkt ins Gehirn stopfen lassen, angereichert mit den Datenbankinformationen über vergleichbare Fälle und allerlei Kommentaren der IN-Rechner, mal abgesehen von den Meinungen der Kollegen, die gerade im Netz sind. »Wollen Sie von mir eine Diagnose wissen oder ...«

Eliza unterbrach den Mann sofort. »Die Diagnose dürfte ziemlich klar sein, oder? Der Arm ist schließlich seit Jahren ab.«

»... oder möchten Sie erst mit dem Kapitän sprechen?«

Eliza verstummte. Mit dem Kapitän der ARMORICA reden? Warum sollte sie? Obwohl – so ohne Weiteres kam man nicht an den Mann heran. Sie hatte ihn erst ein einziges Mal gesehen, als er die Vilmregierung besucht hatte, die praktisch aus Tina bestand. Ein langaufgeschossener Schwarzer mit ergrauendem Haar, dessen Gesicht wirkte, als würde er allzu gern grübeln. Für Zentralier war der Schiffskapitän, den sie von Mission zu Mission vor die Nase gesetzt bekamen, seltsamerweise immer wie ein Heiliger gewesen, eine Institution, deren Worte zu bezweifeln niemandem anstand. Über dem Kapitän konnte nur ein Lotse stehen, wenn sich überhaupt etwas zwischen einem Kapitän und Gott selbst befinden konnte, und die Gegenwart eines Lotsen an Bord war extrem selten. Die VILM VAN DER OOSTERBRIJK war immer ohne Lotse und meistens ohne Kapitän geflogen, was an der häufig recht simplen Natur ihrer Aufgaben lag. Und daran, dass die OOSTERBRIJK nicht gerade zu den Prachtstücken des Flottenkommandos gehört hatte ...

Der Arzt hatte seiner Patientin eine Frage gestellt, die vom Herrn des Weltenkreuzers selbst gekommen war, und er würde sich nicht rühren, erkannte Eliza, ehe er eine Antwort bekommen hatte. Sie sah Doktor Schyberg an; der wartete geduldig. »Erst der Kapitän«, sagte Eliza, »dann die Diagnose. Wie auch immer die aussehen soll.«

Doktor Schyberg nickte und berührte mit der Linken einmal kurz die rote Linie. »Da entlang, bitte«, sagte er. Eliza wusste, dass damit ihre Antwort im Moment des Kontaktes durch das Netz gegangen war und die Zentrale oben bereits informiert war, dass sie kommen würde. Wundervolle Effizienz des Zentralen-Systems, dachte sie, warum sagt niemand diesen Leuten, dass sie sich gefährlich nahe am Status eines besseren Telefons befinden?

Im Aufzug, der mit rasender Geschwindigkeit und ohne Zwischenhalt durchfuhr, konnte sie sich daran erinnern, dass sie selber einmal so gewesen war, so effizient, so selbstverständlich ihre Privilegien genießend, so dumm. Damals war ihr nicht aufgefallen, dass die Luft schal und dünn war; niemals hatte sie verzweifelt nach Atem ringen müssen. Der Anblick der Zentrale selbst traf Eliza wie ein Faustschlag zwischen die Augen. Die Zentrale der ARMORICA war größer als die der OOSTERBRIJK, und die Anordnung der Abteilungen war anders; der Eindruck von Macht und Kompetenz jedoch, den der Raum ausstrahlte, war derselbe. Natürlich stimmte auch der Farbton, jenes betrügerische Weiß. In Elizas Kopf spulte sich ein Film ab, ein alter, den sie nur zu gut kannte: She Tsi und Grégoire Lafayette bekämpfen einander mit Lichtblitzen, eine giftiggrüne Feuerwand reißt schreienden Leuten das Fleisch von den Knochen, Flugmaschinen verbrennen in den Blitzen des Oniskus-Mondes, eine kleine Plastiktüte mit sechseinhalb Pfund Staub. Und dazwischen und davor und danach: der kopflos umsinkende Körper, aus dessen Faust ein greller Strahl leuchtet. Eliza sah die Schatten von unvorstellbaren Ungeheuern aus den Schmutzrändern verblichenen Kunststoffs kriechen. Die Fläche zwischen den Schultern, aus deren Mitte eine unregelmäßige rote Fontäne entspringt. Genau das hatte Eliza in einer solchen Zentrale gesehen. Es war ihr in tiefe Schichten der Erinnerung eingebrannt ... und sie hatte gedacht, dieses alte Ungeheuer wäre exorziert. Falsch. Es hatte nur geschlafen, versteckt in einem unbeleuchteten Winkel. Sie schüttelte den Kopf, um diese Bilder loszuwerden; von der Seite sah Doktor Schyberg sie unsicher an, als wäre er sich nicht sicher darüber, wen er da zu seinem Kapitän brachte. Eliza schob die unliebsamen Erinnerungen beiseite, als sie sah, wie der Arzt eine rote Linie kontaktierte, wahrscheinlich um dem ganzen Netz mitzuteilen, was für merkwürdige Reaktionen die verwilderte einarmige Frau an den Tag legte. Sie zwang sich, ruhig zu atmen, ungeachtet der dumpfen Schmerzen, die sich in ihrem Brustkasten ausbreiteten.

Als sie dem hochgewachsenen Befehlshaber gegenüberstand, war sie heilfroh, dass der – wie alle Kapitäne – nicht das Brandmal der Verkabelung in der Handfläche trug. Der Mann hatte das gewisse Etwas; obwohl er in einem Saal stand, der mit Tonnen von Hochtechnologie vollgestopft war, und fast hundert Menschen hier arbeiteten, gab er Eliza das Gefühl, allein mit ihr zu sein, nur mit ihr zu sprechen. Alles andere war unwichtig. Sogar die Beklemmung ihrer Lungen schmerzte weniger. Die Augen des Kapitäns waren dunkel und ruhig und konzentriert. Er achtete nicht auf Elizas knochige Figur und ihre kurzgeschnittenen blonden Haare; er schaute ihr in die Augen.

»Sie wollten mich sprechen?«, sagte Eliza, und Tullama schüttelte langsam den Kopf. »Ich hatte eher das Gefühl«, entgegnete er, »dass Sie mich etwas fragen wollen – oder sollten, um genau zu sein.«

»Ich wüsste nicht, was«, sagte Eliza, die keinen Grund sah, mit ihrer Meinung hinterm Berg zu halten. »Ihre Leute sind auf dem Planeten eingefallen wie die Heuschrecken, wie bis an die Zähne bewaffnete Heuschrecken. Die Vilmer wurden behandelt wie ein Wurf Jungschweine, die sich verlaufen haben und durch ein Seuchenbad zurück in den Stall getrieben werden müssen.«

»Sie haben eine blumige Ausdrucksweise«, sagte Tullama.

»Sie haben schlecht beratene Zentralier«, sagte Eliza. Sie fühlte mehr, als sie sah, wie Doktor Schyberg neben ihr Luft holte, und hätte sie hinübergeschaut, wäre ihr des Mediziners tiefrote Gesichtsfarbe aufgefallen. Ganz so, als wäre er es und nicht sie, dem die Atemluft des Raumschiffs Schwierigkeiten bereitete.

»Wenn meine Informationen stimmen«, sagte Tullama, seine Stimme wurde leiser, »dann sind Sie auch einer, Eliza Simms.«

»Ich war es einmal«, sagte Eliza, und sie zuckte unwillkürlich die Schultern, was wegen des Armstumpfes etwas seltsam aussah. »Zusammen mit dem Arm ist mir die gesamte Installation abhanden gekommen. Oder, um es weniger blumig auszudrücken, wenn Ihnen das mehr zusagt: Die Implantate sind bei einer unklugen, indes wichtigen Aktion explodiert. Durch Überlastung, vermutlich. Das Zeug ist schuld daran, dass ich einarmig bin.« Tullama antwortete nicht, er blickte zu Doktor Schyberg hinüber. Der räusperte sich und trat einen Schritt vor; man hatte ihm das Wort erteilt, er durfte sprechen.

»Natürlich wird man Ihnen eine Prothese anpassen«, sagte er, »das dürfte keine Probleme geben. Leider ist es durch die ... äh ... ungewöhnlichen Umstände des damaligen Unfalls nicht möglich, aus körpereigenem Gewebe einen neuen Arm wachsen zu lassen und zu replantieren. Die natürlichen Nervenbahnen sind so weit zerstört, dass er einfach nicht anwachsen würde, und ...«

»Ersparen Sie uns die Einzelheiten«, sagte Tullama, »kommen Sie zum Wesentlichen.« Doktor Schyberg wechselte ohne Schwierigkeiten das Thema und kam auf Elizas gesunden Arm zu sprechen. Zuerst konnte Eliza nicht fassen, was man ihr vorschlug; dann schlug ihre Wut in Zweifel um und in Verlockung. Der Arzt sprach von völlig intakten Nervenbahnen ihres rechten Arms, von ihrem ausgezeichneten Gesamtbefund und davon, dass es angesichts der vor etlichen Jahren durchgeführten Abstimmung ihres Nervensystems problemlos möglich sein müsse, die Adapter für das Zentralier-Kommunikationssystem in die rechte statt in die linke Hand zu implantieren, einschließlich der Verstärker, Umsetzer, Datenpuffer, Programmspeicher, die im Unterarm ein komplettes neues Interface bilden würden. Langer Rede kurzer Sinn, man bot ihr die Möglichkeit, die längst aufgegebene Existenz als Zentralier wiederzugewinnen, dort weiterzumachen, wo sie der Absturz der VILM VAN DER OOSTERBRIJK aus der Laufbahn gestoßen hatte. Man bot ihr neben einer High-Tech-Prothese eine komplette Neuinstallation der vor Jahren verglühten Netztechnik in ihrem Körper an. Eine Hintertür in die verschlungenen Pfade von Atibon Legba. Eliza war sprachlos und starrte erst Doktor Schyberg, dann Tullama an. Fast vergaß sie zu atmen. Der Kapitän lächelte und entließ den Arzt mit einer beiläufigen Handbewegung. Eliza konnte es kaum fassen, wie gut der Mann spurte. Der Arzt trollte sich, als habe ihn ein Geist retour in seine Flasche gewünscht, und trat wieder zurück. »Sie sind überrascht«, sagte Tullama.

Eliza nickte; sie musste sich bei jedem Atemzug anstrengen, um überhaupt Luft zu holen. Es war besser, gar nichts zu sagen, als dass ihr vor all diesen Leuten mangels Sauerstoff die Stimme den Dienst verweigerte.

»Darf ich Ihnen etwas zeigen?«, fragte der Kapitän. »Sie verstehen dann besser, was ich von Ihnen will.« Er wies auf eine Tür, die sein privates Siegel trug, sein Quartier; natürlich hatte der Kapitän eines Weltenkreuzers einen direkten Zugang aus seiner Wohnung in die Zentrale. Eliza hatte nichts dagegen, die Zentrale zu verlassen, aus deren Winkeln ihr jeden Augenblick wieder die Erinnerungen entgegenspringen konnten. Nachdem sie beide in die Privaträume hineingegangen waren, stellte Eliza fest, dass die Beklemmung ihrer Lungen sich schlagartig besserte. Es mochte an den Pflanzen liegen, die überall üppig und ungepflegt aus Behältern und Schalen quollen; die Existenz von all der Flora machte die Luft weniger tot. Mit den gestylten Chlorophyll-Dekorationen da draußen hatten diese Blumen wenig gemeinsam. Nachdem Eliza so tief duchgeatmet hatte, dass sie ein kurzes Schwindelgefühl spürte, erkannte sie, dass Tullama da drinnen eine verkleinerte Ausgabe der Zentrale hatte installieren lassen, eine private. Alle wichtigen Anzeigen und Bildschirme waren da, und auf den meisten Konsolen standen Kakteen. Die gewölbte große Wand wurde beherrscht von einer dreidimensionalen Projektion, die sich von denen auf den kleineren Monitoren der Zentrale deutlich unterschied. Das war eine derart detaillierte Darstellung, wie sie Eliza nie gesehen hatte. Die Farben waren brillant und klar, und selbst winzige Objekte waren scharf erkennbar. Man brauchte solche aufwändigen Einrichtungen nicht, wenn man in seinem eigenen Hirn aus allen Informationen ein Bild von beliebig hoher Auflösung erzeugen lassen konnte. Für einen Zentralier war das nicht gedacht. Deswegen fühlte sich Eliza bei diesem Anblick sicher vor dem Angriff der alten schrecklichen Bilder: Tullamas Privatzentrale erinnerte wenig an die Zentrale eines Weltenkreuzers, und schon gar nicht an die der OOSTERBRIJK. In der hatte es weder Pflanzschalen noch exotische Bonsaibäume gegeben.

Die riesige Bildwand zeigte den näheren Kosmos. Da leuchtete der Planet Vilm, unverkennbar wolkenverhüllt. Die grauflockige Kugel schwebte majestätisch und geheimnisvoll vor Sternenkonstellationen, die Eliza vollständig unbekannt waren. Beinahe hätte sie gedacht, durch ein riesiges Fenster direkt ins Weltall zu blicken. Farbige Symbole waren in das Bild eingeblendet, sie markierten den Standort von Satelliten, Bodenstationen, startenden und landenden Raumfahrzeugen. Am Rand wurde die Bildwand gesäumt von einem Dutzend kleinerer Projektionen. Da liefen die Buchstabenreihen der Schiffsberichte; da zeigte eine unablässig kreisende Kamera die Wolkenwände, die sich gerade über das Dritte Dorf wälzten; da sprudelten Messwerte über Skalen und Diagramme; da wurden in rascher Folge Ansichten aus allen möglichen Bereichen des Weltenkreuzers eingeblendet; da pflückten ein paar Vilmkinder unbekümmert Früchte von Gestrolchen; da liefen Echtzeitsimulationen der gravitronischen Felder im umgebenden Raum. Und so weiter. Tullama ließ Eliza erst einmal staunen. »Das war es nicht, was ich Ihnen zeigen wollte«, sagte er. »Obwohl es, zugegebenermaßen, beeindruckend ist.«

»Das ist es«, sagte Eliza und riss ihren Blick von dem Panorama los. In dem Raum war sonst nicht viel Bemerkenswertes, abgesehen von dem überall wuchernden Grünzeug. Ein paar Türen, na klar, hier würde Tullama wohl weder schlafen noch essen. Dort mussten die eigentlichen Wohnräume liegen. Einige Konsolen standen verloren zwischen Minipalmen und allerlei grünen Ranken herum. Nur ein sehr schlichtes Schaltpult im Innern einer halbdurchsichtigen Kugel fiel sofort auf: So etwas brauchte man für abgeschirmte Gespräche mit dem Flottenkommando auf Atibon Legba. Ein Einrichtungsgegenstand allerdings passte überhaupt nicht in den Raum hinein – die lebensgroße Skulptur eines nackten Menschen, die so aufgestellt war, als würde sie unverwandt auf die Bildwand schauen. Man hatte alle Pflanzen und Bäumchen sorgsam so aufgestellt, dass ein freies Blickfeld zu der Luxus-Bildwand entstand, als würde der steinerne Mann das Geschehen verfolgen wollen. Reflexionen von den Sternen, Raumfahrzeugen und Planeten tanzten auf dem matt polierten Material des Kunstwerks.

»Das ist kein Standbild«, sagte Tullama, »das ist nicht einmal künstlich. Zwar ist es vollkommen albern in dieser Situation, aber ich stelle Ihnen trotzdem vor: Christoff Masurat. Der Lotse.«

Eliza starrte erst Tullama, dann die reglose Gestalt an. Natürlich hatte sie gehört, dass der Lotse der ARMORICA von der Steinstrahlung getroffen worden und zu Silikat erstarrt war, und sie hatte nie bezweifelt, dass Abgesandte des Flottenkommandos den Mann längst weggeschafft hatten, in ein Sanatorium, ein Labor auf Penta V, eine Bestattungsanstalt, was auch immer. Nie wäre sie auf die Idee gekommen, der Lotse wäre nach wie vor an Bord. Und viel weniger hätte sie gedacht, der Kapitän würde einen petrifizierten Leichnam in seinen privaten Räumen aufstellen.

»Es hätte wenig Sinn, ihn irgendwohin zu bringen. Und es würde nicht seinem Willen entsprechen.« Eliza warf Tullama einen entsetzten Blick zu. »Nein, nein, natürlich kann er nicht sprechen«, sagte Tullama hastig. »Schließlich ist er tot, jedenfalls nach so ziemlich allen Definitionen, die unsere Mediziner dafür parat haben. Er hat allerdings äußerst detaillierte Anweisungen hinterlassen, ein sehr ausführliches Testament. Ich versuche, mich daran zu halten, solange es nur geht.«

Eliza ging nah heran. Hätte sie nicht gewusst, dass das ein echter menschlicher Leib war, den eine unverständliche Kraft hatte unbeweglich und steinern werden lassen, sie hätte es für die außerordentlich kunstvolle Arbeit eines Bildhauers gehalten. Es war nicht so, dass die Perfektion des modellierten Leibes fehlerfrei gewesen wäre. Die Zehennägel und Fingernägel sahen aus, als wären sie kürzlich geschnitten worden; am linken Schienbein waren die Vertiefungen einer alten Narbe zu sehen; ein Leberfleck an der Hüfte wölbte sich einen halben Millimeter hervor; jeder Muskel, jede Sehne war sichtbar; jedes Detail absolut lebensecht; auf der Brust kräuselten sich steinerne Haare; am Hals steckte ein letzter Pulsschlag in den Adern fest; der Mund war leicht geöffnet, sodass man hinter den Lippen Zähne und Zunge sehen konnte; da war eine hervortretende Vene auf dem Penis; der Schatten einer Tätowierung auf beiden Bizepsen; der Bauchnabel war ein unvollständiger Halbmond; und wenn man im richtigen Winkel auf die leicht abstehenden Ohren sah, schimmerte das Licht der Bildwand hindurch. Gerade diese kleinen Abweichungen von der Vollkommenheit machten es glaubhaft, kein Bildwerk vor sich zu haben, sondern tatsächlich einen versteinerten Mann.

»Ich fasse es nicht«, sagte Eliza, »der Lotse, in Stein verwandelt wie vom bösen Zauberer in einem dieser alten Märchen ... Warum ist er nackt?«

»Seine Kleidung ist nicht mit ihm versteinert. Außerdem wollte er es so. In den letzten Tagen bereitete ihm Kleidung zusätzliche Pein, der Wärmehaushalt stimmte nicht mehr, irgendetwas in der Art.«

»Ist es nicht unwürdig, ihn so auszustellen? So … entblößt?«

Tullama lächelte. »Er kam ursprünglich von Billabong, das ist eine ziemlich warme Welt, in der Nacktheit sowieso als nicht weiter bemerkenswert betrachtet wird.« Der Kapitän wurde wieder ernst und stopfte die Fäuste in die Taschen seiner Uniform, als er weitersprach. »Und außerdem – je weiter der Prozess voranschritt, desto rascher entfernte er sich von allem, was wir für normal und angemessen halten. Auch und vor allem was seinen Geist betrifft. Zum Schluss tat es weh, mit ihm zu reden.«

Eliza umrundete den erstarrten Mann einige Male, wobei sie sorgsam den Grünpflanzen auswich, dann sah sie Tullama ins Gesicht. »Und jetzt«, sagte sie, »würde ich gern wissen, warum Sie mir das … ihn gezeigt haben.«

Tullama ließ sich in den Sessel vor einer der Konsolen fallen und legte die Hände auf die dunklen Tastaturen, als wolle er irgendwelche komplizierten Befehle eingeben. »Christoff wollte diese letzte Aufgabe unbedingt erfüllen, das hatte er sich fest vorgenommen – die Überlebenden der VILM VAN DER OOSTERBRIJK finden und retten, das eine noch, dann ist Schluss. So etwas in der Art. Nachdem er die ersten Signale aufgespürt hatte, einfach durch Glück, wurde er in diesen Raum gebracht und hat ihn nie wieder verlassen. Es ging nicht mehr. Der Prozess beschleunigte sich dramatisch, als hätte jemand auf den Knopf für schnellen Vorlauf gedrückt. Oder als hätte Christoff mit purer Willenskraft etwas oben am Berg aufgehalten, was wie eine Lawine hinunterstürzte, als er losließ. Ein Feind, der sich lange an den Toren hatte aufhalten lassen, aber dann umso schneller die Stadt überrannte, als er erst einmal eingelassen worden war.«

Eliza betrachtete die Gestalt Christoffs und sagte nichts.

»Er wollte sehen, was vorgeht«, sprach Tullama weiter, »und deshalb sind hier diese Installationen. Er wollte alles wissen, was die Überlebenden der OOSTERBRIJK und Vilm betrifft. Er hat alles beobachtet und gehört, was geschehen ist.« Tullama blickte irgendwie ängstlich zu den Augen der Statue hinauf. »Womöglich tut er das jetzt noch«, sagte er. »Wir haben keinerlei Erfahrungen mit diesem Zustand. Könnte sein, dass er da drin noch lebt, oder etwas von ihm.«

Eliza schaute der Statue ins Gesicht und suchte nach einem Funken Leben in den steinernen Kugeln der Augäpfel. Eigenartigerweise wirkten die etwas feucht, als habe sich ein wenig Tränenflüssigkeit erhalten oder als wäre der Fels sorgsam poliert. Es war außerordentlich schwer, daran zu glauben, dass im Innern dieses Dinges aus geädertem Fels etwas oder jemand lebte.

»Und ich habe ihm versprochen«, sagte Tullama, »sein Vorhaben zu verwirklichen, die Überlebenden der OOSTERBRIJK zu retten. Ich konnte nicht ahnen, dass die sich gar nicht retten lassen wollen.« Tullama schüttelte den Kopf, kreuzte die Arme vor der Brust und sah die Einarmige Eliza an, als er weitersprach. »Ich stehe dieser Situation hilflos gegenüber. Deswegen biete ich Ihnen diese Implantation an, auf Kosten der ARMORICA, und danach könnten Sie so etwas wie der Vermittler sein zwischen uns und denen dort unten. Sie sind früher Zentralierin gewesen und wissen, was alles mit diesem Status verbunden ist. Sie wissen auch, dass Sie gewisse Möglichkeiten auf Atibon Legba hätten.«

»Das weiß ich«, sagte Eliza, »das weiß ich nur zu gut.« Sie wusste auch, was eine solche Operation kostete; fast alle Zentralier arbeiteten in den ersten zwölf bis fünfzehn Jahren ihres verdrahteten Daseins nur dafür, die Einpflanzung der Instrumente zu bezahlen. Danach, so war die Planung der meisten, sollten andere Zeiten anbrechen. Eliza wusste es inzwischen genauer.

Sie drehte sich zu Tullama um. Der sah sie erwartungsvoll an. Und fast hatte sie das Gefühl, auch die Steinfigur des nackten Mannes hinter ihm würde sie anblicken. Du liebe Güte, dachte Eliza, und ihr habt keine Ahnung, mit wem ihr euch da anlegt; ich weiß es selber kaum. Ich bin froh, wenn ich Luft bekomme. »Ich brauche Bedenkzeit«, sagte sie.

»Natürlich. Kein Problem. Nehmen Sie Kontakt mit mir auf, wenn Sie so weit sind. Einfach ins Netz gehen und meinen Namen sagen. Die Rechner werden Sie sofort zu mir durchstellen.« Eliza wusste, was das bedeutete. Irgendein halbschlaues Programm kreiste in den Datenbahnen des Weltenkreuzers und lauerte auf den Namen Tullama, ausgesprochen mit ihrem gespeicherten Stimmmuster. Sie nickte.

»Doktor Schyberg müsste die Vorbereitungen inzwischen abgeschlossen haben«, sagte Tullama und geleitete Eliza freundlich, aber unmissverständlich zur Tür. »Lassen Sie sich die Prothese anpassen und gehen Sie wieder hinunter. Ich höre von Ihnen.«

Damit stand Eliza plötzlich allein im Gewimmel der Zentrale, ein idiotisches Lächeln im Gesicht, und starrte betäubt auf die Bildschirme, deren Darstellungen jetzt flach, detailarm und farblos wirkten. Die ätzende Luft umgab Eliza von allen Seiten, und beim Gedanken daran, dieses trockene und feindliche Gas einzuatmen, taten ihr alle Rippen weh.

Doktor Schyberg kam mit langen Schritten auf sie zu und komplimentierte sie zurück in den Aufzug, ehe sie zur Besinnung kommen konnte. Glücklicherweise hatte Eliza die Zentrale der ARMORICA verlassen, ehe ihr die verhassten Erinnerungen wieder gegenwärtig werden konnten, und sie atmete erst im Aufzug weiter, in dem die Luft weniger nach Tod roch, sondern nach dem sündhaft teuren Eau de Toilette des Arztes. Kurze Zeit später hing ihr ein hochkompliziertes Ding aus Elektronik, Mikromechanik und fleischfarbenem Kunststoff an der Schulter und zuckte unmotiviert. Angeblich Hochtechnologie von Atibon Legba. Eliza beäugte es misstrauisch. Das sollte ein neuer Arm sein? Dieses Etwas, das sich von allein in einem irgendwie gestörten Rhythmus bewegte?

»Das ist eine Frage des Trainings«, sagte Doktor Schyberg und hantierte an der Einstellung des Kunstarms herum. »Das Kunstglied und Ihr Gehirn müssen sich erst aneinander gewöhnen, sich langsam aufeinander einspielen. Ich empfehle ein regelmäßiges Training, täglich zwei Stunden, und einen wöchentlichen Besuch in der Rehabilitation.«

Eliza tat die Schulter jetzt bereits weh von dem ungewohnten Gewicht. Dazu kam, dass sich ihre Lungenflügel wund anfühlten. Endlich wieder vilmsche Luft atmen! Eliza kam sich vor, als sei sie von einem tierhaften Apparat angefallen worden, und die Vorrichtung habe sich an ihrem Körper festgebissen. Fast spürte sie die elektronischen Fänge, die sich in ihr Innerstes bohrten. Die ganze Zeit über behinderten sie die unkontrollierten Bewegungen des neuen Arms, der auf Signale reagierte, die Eliza nicht steuern konnte. Die Finger krümmten und streckten sich, das Handgelenk rotierte, und der Ellbogen war unaufhörlich dabei, zu irgendwelchen Aktionen anzusetzen. Eliza regulierte die Empfindlichkeit der Prothese auf ein Minimum herunter, sodass von dem Zucken nur noch ein leichtes Vibrieren übrig blieb.

Unbehaglich durchlief sie die strengen Kontrollen, um in das Shuttle zurück nach Vilm steigen zu dürfen. Dabei begegneten ihr wieder Karnesen, und sie konnte es nicht lassen: Eliza starrte die Schwerweltmenschen an, als habe sie nie einen gesehen. Das waren die einzigen Leute gewesen, mit denen sogar Lafayette sich nicht anlegen wollte. Auch das beste Auswahl-Training brachte einem nicht bei, wie man über drei Zentner Mann in die Knie zwingen sollte, die selbst zwanzig Minusgraden gegenüber völlig unempfindlich waren. Das war umso unmöglicher, da Karnaleute ständig am Essen waren, weil ihr Stoffwechsel jederzeit auf Hochtouren lief. Deren Kampfdroge ist das siebente Frühstück gegen halb elf, hatte Grégoire gescherzt. Seit wie vielen Jahren hatte Eliza keinen dieser erstaunlichen Fleischberge gesehen? Wie groß war eigentlich der Teil ihres Lebens, der zu Vilm gehörte? Und wem gehörte der Rest? Und wieso kamen ihr die aufdringlichen bunten Symbole, die jeder an Bord des Weltenkreuzers an der Brust und am Oberarm auf die Kleidung aufgenäht trug, so albern und entwürdigend vor? Hatte sie nicht selbst einst Tag für Tag ein farbig leuchtendes Logo getragen? Eliza wachte erst aus dem Grübeln auf, als eine wie zum diplomatischen Empfang aufgedonnerte und aufdringlich nach synthetischen Blüten riechende Dame am Abflug sie nach ihrem Status befragte. Auf Atibon Legba pflegte man sich zu den Zeiten bestimmter Modediktate derart aufzubrezeln. Sogar Zentralier machten solchen Unsinn mit, wie Eliza sah.

»Eliza Simms. Zentralierin, nicht wahr, meine Liebe?« Dabei blickte der Luxus-Zerberus auf eine halbdurchsichtige Projektion, die plastische Buchstaben praktisch wie aus dem Nichts in der Luft erscheinen ließ. Wie modern, dachte Eliza, das muss ein Vermögen gekostet haben. Und der ganze Aufwand nur, um unwissende Reisende zu beeindrucken. Zentralier brauchten so was nicht. Die Bilder, die ein Kontakt mit der roten Linie im eigenen Bewusstsein erscheinen ließ, waren allem überlegen, was Technik auf die Bildschirme auch der besten Systeme zaubern konnte.

»Ich war früher einmal eine von euch, das stimmt«, sagte Eliza und berührte mit der gesunden Hand die rote Linie, die an der Wand entlang vorbeiführte, worauf natürlich überhaupt nichts passierte. »Das ist vorbei.«

»Ich verstehe nicht. Sie sind doch Zentralierin?« Die Dame ließ nochmals lange Datenreihen vorüberlaufen und runzelte ihre gepuderte Stirn. Die Wirklichkeit wagte es, nicht mit ihren Dateien übereinzustimmen.

Eliza lächelte und nahm die Hand von der Kontakterlinie. »Vergangenheitsform, meine Liebe«, sagte sie und ging. Das Shuttle würde in wenigen Minuten ablegen. Drei Stunden später, wieder in Vilm Village angekommen, löste sie als Erstes das Folterinstrument von ihrer Schulter und fragte sich, ob sie sich je an dieses von Krämpfen geschüttelte Gebilde gewöhnen würde. Sie atmete tief durch und spürte, wie die letzten Reste der toten Luft der ARMORICA aus ihren Lungen gespült wurden. Hier konnte sie wieder etwas atmen, das nach Erde, Regen und riesigen düsteren Pflanzen roch und feuchter war, als es die Klimakontrollen eines Weltenkreuzers je zulassen würden. Dann beeilte sie sich, so rasch wie möglich zu Tina zu kommen, die auf ihren Bericht wartete. Sie durfte nicht vergessen, dachte

Eliza, mit Adrian Harenbergh zu sprechen, ob er ihr diese ungezogene Prothese ein wenig ändern würde.

Und sie durfte nicht vergessen, sich bei Gerda wegen der Geflügelschere zu bedanken.

6. Besuchen Sie den Regenplaneten!

Kevin war als Erkunder besonderer Art an Bord der Armorica unter Tullama gewesen und nutzte die erstbeste Gelegenheit, das um Vilm kreisende Raumschiff zu verlassen und den Boden der Regenwelt zu betreten. Er flog mit einem routinemäßig pendelnden Gleiter und meldete sich bei niemandem ab. Der Reporter hatte keinen Vorgesetzten, war lediglich der fernen Hauptredaktion auf Atibon Legba verantwortlich. Nur irgendwo in der Zentrale der Armorica war er registriert. Kevin wusste, dass die Zentralier sich um einen Mann wie ihn nicht kümmerten; er trug keine eingepflanzten Flüstermaschinen im Arm. Und seitdem er den todgeweihten Lotsen interviewt hatte, galt sein Status als unantastbar, zumindest was diesen speziellen Weltenkreuzer betraf. In Vilms Hauptstadt – das hochtrabende Wort ließ ihn lächeln – verbrachte er kaum ein paar Stunden. Es sah sehr menschlich, sehr normal und sehr vertraut dort aus, fand er, einmal abgesehen von dem unmöglichen Wetter. Seine Aufzeichnungsgeräte, Sensoren und Kameras, die sich wie farbig leuchtende Blütenblätter um seinen Kopf entfalteten, stellten nach einigen Stunden in der feuchten Luft Vilms ihren Dienst für immer ein, und Kevin war gezwungen, auf weniger moderne Technik zurückzugreifen. Er traf eine Gruppe von abenteuerlich und für diese Witterung völlig unzulänglich gekleideten Frauen und Männern, die in ihre Siedlung zurückkehrten, und als er sie bat, ihn in ihr Dorf zu führen und dort für eine Weile aufzunehmen, willigten sie ohne langes Überlegen ein. Auf diese Art gelangte er in die jüngste Siedlung Vilms, die nicht einmal einen Namen hatte. Man nannte sie einfach das Dritte Dorf.

Im Haus der Familie Cass kam er unter. Es war ein kleines Zimmer in einem umgebauten Container, den man mit einer Zugmaschine aus dem Gebirge gezerrt hatte. Alle Häuser waren umgemodelte und ausgebaute Dinge, die als Wohnung zu benutzen niemandem eingefallen wäre, als sie Teile des Weltenkreuzers waren. Kevin durchstreifte das Dorf und fotografierte die skurrilen Bauten aus möglichst ungewöhnlichen Perspektiven. Allen Aufnahmen war eins gemeinsam: Immer waren die Objekte auf diesen Bildern nass. Die Triebwerksdüse, die zum zweistöckigen Iglu ausgebaut war und die pfiffige, aus unzähligen Röhren bestehende Behausung, die an eine Raffinerie erinnerte. Im Zwischenraum zweier paralleler, aufrecht in den Boden gerammter Panzerplatten gab es eine Unterkunft, in der alle Räume nur zweihundertzwanzig Zentimeter breit waren, dafür allerdings achtzehn Meter lang; sieben davon übereinander. Da war ein aus gezackten Panzerungsbruchteilen gefügtes Haus, das einem Puzzle glich, und jener plumpe Kasten von einem Container, in dem Kevin wohnte. Die Bilderserie, die sich aus diesen pittoresken Appartements ergab, war einfach allerliebst. Völlig unbrauchbar war das kleine Zelt unter einer gigantischen, schräg aufgespannten Plane, das Zelt, in dem Carl Carlos hauste. Viel zu dunkel. Hätte ihm an diesem ersten Tag ein Flaschenteufelchen geweissagt, dass keines der Bilder je den Regenplaneten verlassen würde, Kevin hätte den Reisebehälter des vorwitzigen Propheten verächtlich zerschlagen.

Der Hausherr, Hubert Cass, war ein wortkarger Kerl, der Kevin gewähren ließ und ihn nie fragte, was ein kräftiger Mann wie er untätig trieb im Dritten Dorf. Früh war er fort, wenn Kevin augenreibend aus seinem Zimmer kam, und abends kam er einsilbig und müde wieder. Er war auf den Feldern beschäftigt, wo das Dritte Dorf einheimische Pflanzen anbaute. Die Vilmer ernteten merkwürdig aussehende Knollen und bereiteten eine Art Tinktur daraus, doch fand Kevin nie heraus, wozu sie diente. Manchmal gab es erregte Diskussionen über besonders abstoßend geformte Feldfrüchte, bei denen Kevin nicht die Bohne verstand, worum eigentlich sich der Streit drehte. Es interessierte ihn auch nicht. Er streifte in der Umgebung umher. Immer in Sichtweite der Gebäude, sicherheitshalber. Man hatte ihm gezeigt, wie rasch eine gewisse einheimische Tierart damit war, organische Stoffe zu vertilgen. Man nannte diese Kreaturen Wurbls, und das Benehmen dieser Tiere war eine widerwärtige Angelegenheit. Kevin hatte gesehen, was mit einem auf den Boden gelegten Stück Fleisch geschah. Haarige Tentakel tasteten sich aus dem feuchten Erdreich und befingerten den Köder. Widerliche augenlose Körper kamen zutage. Angeekelt und fasziniert zugleich hatte Kevin zugesehen, wie das Fleisch innerhalb von wenigen Minuten und nahezu lautlos zerrissen, zerquetscht, ausgesogen und unter die feuchtigkeitsgesättigte Krume gezerrt wurde. Mit einem schlafenden Menschen, versicherte man ihm, würde es ebenso gehen. Die abscheulichen Wesen tauchten immer in genau der Anzahl auf, die nötig war, um eine gegebene Masse zu beseitigen. Angeblich hatte es Tote gegeben, bedeutete man dem Fremden, und Tiere im eigentlichen Sinne des Wortes seien es auch nicht. Kleiner Schönheitsfehler, diese Scheusale, dachte Kevin, der würde sich beheben lassen. Solche Viecher konnte man mit eigens zu diesem Zweck gezüchteten Mikroben ausrotten oder, wenn man denn unbedingt ein nasses Paradies haben wollte, mit dem Import einiger genmanipulierter Katzen kurzhalten. Katzen konnten so fruchtbar sein.

Die Leute wussten gar nicht, was sie hier hatten. Ein fast unbewohnter Planet mit einer eigenartigen Stimmung, die sich in den Prospekten bestimmt gut machen würde. Was für ein herrlicher Gegensatz, verglichen mit den auf Hochglanz polierten Urlaubswelten. Mit dieser Welt ließe sich gewiss ein Haufen Geld verdienen. Kevin konnte sich die Zeilen ausmalen: Besuchen Sie den Regenplaneten! Eine einzigartige Welt aus Melancholie und unberührter Natur ... Die Gegend, in der sich abschalten lässt, Hektik und Stress von Ihnen abgleiten und entspannter Ruhe weichen ... Wo der Nebel still und friedlich über sanfte Hügel streicht und Sie dem Geheimnis ewigen Regens lauschen ... Lesen Sie den Sonderbericht von Kevin! Seinen Nachnamen hatte Kevin selbst fast vergessen – »Kevin« war ein Markenzeichen für überraschende Berichte in den von Menschen konsumierten Medien, die man ebenso irreführend wie beharrlich die irdischen Medien nannte, auch wenn Kevin natürlich selbst niemals die Erde besucht hatte oder je die Chance haben würde, das zu tun. Als die ARMORICA überstürzt gestartet war, hatte er eine Chance gewittert und war mitgeflogen. Nach den Strapazen auf Magub fand er, dass er ein wenig Ruhe verdient hatte. Die Suche nach den vermuteten geheimnisvollen Fremden war anstrengend gewesen und hatte eine schöne Story abgegeben. Zwar keine Außerirdischen, aber all die seltsamen Fast-Pflanzen und Beinahe-Tiere, die mit ihren elektrischen und magnetischen Ausstrahlungen so verheerend auf empfindliche Elektronik wirkten. Auf der ARMORICA war Kevin mit dem Lotsen Christoff Masurat bekannt geworden. So kam man, wenn man Glück hatte, ohne eigenes Zutun an wilde Geschichten. So ein Lotse erlebt was, wenn auch die meisten der Geschichten, die Kevin zu erzählen wusste, aus dritter Hand stammten. Wen interessierte das, wenn man nachweislich ein Interview mit dem Mann geführt hat. Der unerklärliche Tod Christoffs hatte einen ebenso erschütternden wie sensationellen Schlusspunkt geliefert. So was wollten die Leute. Der Bericht über Vilm, meinte Kevin, sollte da eins draufsetzen.

Man machte es ihm allerdings nicht leicht. Er spürte, dass er nur ein Ankömmling war. Immer wieder versuchte er, mit den Leuten ins Gespräch zu kommen, jenen Punkt zu erreichen, wo die Distanz zum Fremden vergessen würde und für ihn die Sache interessant. Einstweilen musste er sich damit begnügen, zu fotografieren und auf den Speicher zu sprechen, was er hörte und was er zu erraten glaubte. Neben der Pflanzung mit ihrem unklaren Zweck gab es diese Touren ins Gebirge, in den Trümmerhaufen der VILM VAN DER OOSTERBRIJK, aus dem Jahre nach dem Absturz immer noch etwas herausgeholt wurde. Diese Fischzüge in die tote Technik boten Ansatzpunkte für Gespräche, die Kevin zu nutzen gedachte. Wie zufällig trieb er sich auf dem Weg herum, den die Vilmer aus dem Dritten Dorf in Richtung Schrottlandschaft genommen hatten, als eine Gruppe Einheimischer zurückkehrte. »Guten Abend! Na, Glück gehabt?« Sein Tonfall klang nicht ganz echt, das merkte er gleich. Die anderen hielten nicht an.

»Wie man es nimmt«, murmelte einer, »das hat übrigens mit Glück nichts zu tun.«

»Nein?« Kevin schloss sich, ohne eine Sekunde der Überlegung, dem langsamen Schritt der Gruppe an und zockelte hinterher. Für einen Augenblick spielte er mit dem Gedanken, dem vor ihm Gehenden, mit dem er sprach, einen Teil der Last abzunehmen, er verwarf jedoch diese dämliche Idee. »Wieso, geht ihr denn nicht auf gut Glück ins Gebirge?«

»Nein. Wir wissen, wohin wir gehen. Und warum.«

»Woher denn?«

»Die Regierung gibt uns die Aufträge. Sie haben einen Computer, der ausrechnet, was wahrscheinlich wo hingewürfelt worden ist. Marek macht das. Er ist ziemlich gut.«

»Aha ... und ihr geht los und holt heraus, was die, äh, die Regierung gerade will.« Diese Regierung zu akzeptieren, fiel Kevin schwer, und der andere spürte das und schwieg. Wie primitiv, dachte Kevin, da leben sie praktisch von einem riesigen Schrotthaufen und haben eine Regierung, die sie auf die Suche schickt. Wonach eigentlich? Er musterte die Traglasten, konnte sich jedoch keinen Reim machen auf die gefüllten Rucksäcke und die kantigen, mit Planen verspannten Traglasten. Irgendwelche Geräte wohl, alle sorgfältig verpackt. Das könnten sie einfacher haben, dachte Kevin. Die Lager der ARMORICA waren prall gefüllt, wenn auch nicht jedem und nicht zum Nulltarif zugänglich.

Stunden später setzte er sich auf einen knarrenden Sessel neben Hubert Cass, der wie jeden Abend allein vor der Tür saß, unter einem windschiefen Vordach. Dann schauten sie beide eine Weile in die Dämmerung, wo im ewigen Regen allmählich die Dunkelheit herankroch und meistens eines dieser hundeähnlichen Tiere in Sichtweite herumhockte. »Regnet es tatsächlich immerzu auf Vilm? Oder gibt es auch mal besseres Wetter?«, fragte Kevin und ärgerte sich über seine selten dämliche Frage. Er klang wie ein Tourist, den das viele Wasser im Ozean störte.

»Es soll Tage geben, an denen die Sonne scheint, aber sie sind sehr selten. Ich habe noch keinen erlebt«, gab Cass ungerührt zurück.

»Ihr sucht doch Geräte aus dem Gebirge, oder?«, fragte Kevin und merkte abermals, wie ungeschickt er war. Die ungewohnte Kälte kroch in seine Kleidung und machte ihm zu schaffen. Kevin ärgerte sich über seine Dummheit. Das aus eisigem Wasser bestehende Wetter beeinträchtigte seine Intelligenz.

Cass blickte ihn an, als wäre er bei etwas gestört worden, das sich weit weg abgespielt haben musste. »Nicht nur«, sagte er dann.

»Was noch? Ich will nicht neugierig sein, ich könnte möglicherweise helfen ...«

Cass betrachtete den Fremden ungerührt. »Das ist nicht notwendig.«

»Es gibt da eine Art elektronischen Taster, mit solchen Dingern kann man die meisten Apparate auf einige Entfernung hin gezielt orten, auch wenn sie ausgeschaltet oder defekt sind.« Noch während Kevin sprach, war draußen, hinter dem herunterprasselnden Regen und über den Wolken, die Nacht angebrochen, und Cass stellte den alten Klappstuhl, den er jeden Abend benutzte, in seinen Verschlag. Danach verschwand er, ohne etwas zu seinem Gast zu sagen. Kevin sah ihm verblüfft nach und schüttelte den Kopf. Nun denn, dachte er, es sind Wilde. Etwas beschädigt. Etwas seltsam im Kopf von dem Absturz und den einsamen Jahren auf diesem Planeten. Etwas verwirrt vor lauter Wurbls. Vielleicht sind ja schädliche Substanzen in den hässlichen Früchten, die sie voller Begeisterung ernten. Vielleicht sind die alle ein bisschen gestört, so wie Carl Carlos junior, der einen berühmten Menschen wie Kevin einfach komplett ignorierte.

Am nächsten Morgen erwachte Kevin von einem ungewohnten Geräusch. Er blieb liegen und versuchte herauszufinden, was ihn geweckt hatte. Alles war still. Da war kein Geräusch. Natürlich: Es regnete nicht, das stete Tröpfeln und Rinnen war verstummt. Das Dauergeräusch des Planeten fehlte. Kevin griff sich hastig den bereitliegenden Apparat. Von diesem ungewöhnlichen Ereignis musste er rasch Aufnahmen machen. Er hatte angenommen, dass es immer regnete; dass es gelegentlich Pausen gab, hatte ihm niemand gesagt. Nun ja, gesagt schon. Er hatte es nicht geglaubt. Draußen schimmerte fahles Frühlicht, und eilig ziehende Wolken sahen stumpf und faserig aus. Wie fotografiert man die Abwesenheit von Regen? So etwas brachte einem niemand bei. Kevin schoss einige Weitwinkel-Aufnahmen und ließ die Linse sich in Normalposition begeben, um eigenartige Farbeffekte am Rande der Lichtung festzuhalten. Als er wieder aus dem Fenster sah – er hatte für Sekunden auf seinen Apparat geschaut – stand jemand dort. Kevin war mucksmäuschenstill, nur sein Apparat summte leise, als er Aufnahme um Aufnahme machte.

Es war Tom, der dort stand, der älteste Sohn der Familie Cass. Er war nicht das leibliche Kind von Hubert, aber das nahm keiner so genau auf Vilm, wo es nach dem Absturz kaum noch vollständige Familien gab. Tom war splitternackt und seifte sich mit langsamen Bewegungen ein. Das hundeartige Tier, das natürlich in der Nähe war, lag flach auf dem schlammigen Boden und hatte den Kopf erhoben, als wittere es die Wolken. Kevin ließ, ohne einen Gedanken daran zu verschwenden, den Apparat weiterlaufen. Irgendwie hatte er geahnt, dass die Kinder auf Vilm sich von Gleichaltrigen auf anderen kolonisierten Welten unterschieden. Jetzt, durch den Sucher seiner Kamera, wurde es ihm klar. Der Dreizehnjährige dort zeigte einen gedrungenen und untersetzten Körperbau, als würde er täglich stundenlang schwer trainieren. Dabei hatte Kevin hier noch nie Kinder Sport treiben gesehen. Hier spielte jeder bloß mit seinem Hund herum. Und man konnte Tom kaum ein Kind nennen. Das dort war ein junger Mann; geschätzt mindestens sechzehn Jahre, man konnte ihm gern zwei, drei mehr geben. Durch Kevins Kopf schossen Gedanken an frühere Reife bei Naturvölkern, Anpassung an raue Umweltbedingungen und seltsame Bräuche, die bei isolierten Menschengruppen entstanden. Während er Tom ein ums andere Mal aufnahm, erinnerte er sich an etwas, was er über den Körperbautyp bei Eskimos und die Zusammenhänge zwischen Gravitation, Kälte und verkorkster Genetik auf Karna gelesen hatte. Widrige Bedingungen erschaffen starke Menschen, hatte es geheißen. Tom richtete sich auf, sah allerdings nicht zu Kevins Fenster, sondern zum Himmel hinauf. Dort tauchten ständig neue Farben auf, genauer gesagt Tönungen von Grau, die sich in den dahinziehenden Wolken jagten. Kevin machte Großaufnahmen vom leer wirkenden Gesicht des Jungen, von geschlossenen Augen, leicht geöffneten Lippen, bebenden Nasenflügeln. Als ob er etwas wittert, dachte Kevin, warum habe ich die Einzelbildmaschine in der Hand und nicht die andere. Toms Brustkorb hob und senkte sich, als er beide Arme streckte und die Handflächen gegen den Himmel kehrte, die Finger gespreizt. Lächelnd bemerkte Kevin, dass der Junge einen enormen Steifen bekommen hatte. Besuchen Sie den Regenplaneten, dachte er, urwüchsige Natur und geheimnisvolle Kulte der Eingeborenen erwarten Sie! Wolkenbeschwörungen und schleierhafte Riten, die einem fremdartigen Menschenvolk körperliche Kraft und stoische Gelassenheit verleihen! Irgend so ein Zeug, das einem schneller abgekauft wird, als man sich neues ausdenken kann. Tom legte den Kopf zurück, und Kevin hätte heilige Eide darauf geleistet, dass der Regen in genau dem Moment vom Himmel zu stürzen begann, da der Junge die Augen öffnete. Das herabprasselnde Wasser spülte den Schaum von Toms Körper, der sich unter dem heftigen Schauer beugte und streckte und räkelte, als stünde er unter einer warmen Dusche und nicht mitten in einem Platzregen, der bestenfalls vierzehn Grad »warm« sein konnte. Kevin dachte an überhaupt nichts mehr, sondern fotografierte nur noch den Jungen, der sich im Regen wusch, mit Bewegungen, die fließend und weich waren, fast tänzerisch. Der seltsame Hund ließ den Kopf sinken und musterte nacheinander die Pflanzen der Umgebung.

Kevin bemerkte nicht, dass am Rande des sogenannten Waldes Hubert Cass stand, in einen dunklen Umhang gehüllt und zwischen den Gestrolchen kaum sichtbar. Cass betrachtete das Fenster, hinter dem sich die Gestalt eines fotografierenden Mannes abzeichnete. Er stand vollkommen still, sodass man ihn nur schwer erkennen konnte.

Kevin lief später lange grübelnd durchs Dritte Dorf. Sind das, überlegte er, noch Menschen oder bereits Außerirdische, sie sind so anders. Auf eine völlig andere Weise, als es beispielsweise die Karnesen sind. Es fielen ihm Details auf, die er bisher kaum beachtet hatte. Die Bewegungen der Kinder etwa. Es gab eine Menge Kinder, und die meisten waren nach der Katastrophe geboren. Alle zeigten geschmeidige raubtierhafte Bewegungen. Kevin folgte in einer Anwandlung von Übermut einem schätzungsweise neun oder zehn Jahre alten Mädchen durch den »Wald«. Er versuchte es wenigstens. Die Kleine hängte ihn ohne Schwierigkeiten ab. Sie fiel in einen rhythmischen und kraftsparend wirkenden Trab, den Kevin nur ein paar Minuten lang nachahmen konnte. Dann zwangen ihn dumpfe Schmerzen in den Schenkeln zum Aufgeben. Er blieb stehen, sah sich um und atmete scharf ein.

Das dritte Dorf war verschwunden. Überall standen stumm jene monströsen Büsche, die Gestrolche genannt wurden und genauso wenig vertrauenerweckend aussahen, wie der Name klang. Kevin hatte keine Ahnung, wohin er sich wenden sollte. Alle Richtungen sahen gleich aus: klitschnasse Gestrolche. Weiche, feuchte Erde. Und keine Spuren. Ein Tier blickte Kevin an. Er kannte es nicht, und er konnte nicht einschätzen, ob es gefährlich war, es hatte immerhin die Größe eines Hundes. Einen Augenblick lang hatte Kevin Angst. Das Tier kam ein paar Schritte näher und erstarrte. Kevin fühlte plötzlich beißende Leere in seinem Magen, wilden Hunger und eine rasche Schwäche. Dann war das vorbei, ehe Kevin sich wundern konnte, hatte er doch ausgiebig gefrühstückt. Das Tier warf sich herum und trottete fort. Kevin lief nach einer kurzen Schrecksekunde hinterdrein. Am Hals des

Tieres hatte er eine metallene Plakette gesehen. Wurden hier einheimische Lebewesen domestiziert? Langsam wundere ich mich über gar nichts mehr, dachte Kevin, als er hastig dem Tier folgte. Er wunderte sich dann doch, als ihn das Tier bis zum Dritten Dorf führte und verschwand, als sei es von einem Sumpfloch verschlungen worden.

Später fiel Kevin die Ähnlichkeit dieses Tiers mit dem auf, das bei dieser seltsamen Waschung im Regen neben dem Jungen gelegen hatte. Er fragte Tom danach. »Sicherlich hast du ein Eingesicht getroffen«, sagte der Junge und sah Kevin forschend in die Augen.

»Sind das Haustiere?«

»Nein, Freunde«, sagte Tom knapp und drehte sich unhöflich um, ehe Kevin seine nächste Frage stellen konnte, in der es um ein merkwürdiges morgendliches Duschbad ging.

Woher, dachte Kevin, als er dem Jungen verdrießlich nachsah, hatte Tom gewusst, dass es einen Regenguss geben würde, der zum Duschen reichte? Und wieso hatte der Zeitpunkt so genau gestimmt? Besuchen Sie den Regenplaneten, wo Kinder das Wetter steuern können und mit wilden Tieren befreundet sind! Hier lernen Sie joggen, dass Ihnen Hören und Sehen vergeht! Hier können Sie fremdartigen Wesen in Menschengestalt beim Verhexen der Wolken zuschauen! Oje, dachte Kevin, diese Leute muss man vor etwas retten, was sie nie gesehen haben ... Eine Story liegt in der Luft. Im Regen. Das wäre eine bessere Geschichte als die sensationellen Reportagen damals bei der Wiederentdeckung Karnas, all das aufregende Bildmaterial von einer Welt, auf der sich die Menschen an dreifache Erdschwere angepasst hatten. Und auf Vilm wäre es nicht so gefährlich, das aufzunehmen; die temperamentvollen Karnesen hatten manchen Reporter übel auseinandergenommen, als sie dahinterkamen, mit was für schlüpfrigen Kommentaren die Aufnahmen von ihren seltsamen Sportarten ans zahlende Volk gebracht wurden. Mit den gigantischen, eingeölten Muskelbergen beiderlei Geschlechts, die ihre Gravitationsübungen machten, konnte man ganz andere Dinge als nur Sport illustrieren. Kevin musste an die mit Preisen überschütteten Berichte von Galdäa denken, an all diese überaus merkwürdigen Staaten, die unbegreiflich und absolut fremdartig waren, als lägen sie jeder für sich auf einem anderen, eigenen Planeten. Dagegen waren die schönsten Bilder von Magub oder von Oniskus nur Dutzendware. Kevin spürte jene Aufregung im Magen, mit der sich die wirklich guten Ideen ankündigen. Man müsste herausfinden, was vor sich geht, dachte er. Wie soll ich mit meinen Geräten hantieren, ohne aufzufallen? Es wäre keine Schwierigkeit, alles zu analysieren und Beweise für eine Veröffentlichung zusammenzubekommen, dass hier nicht alles mit rechten Dingen zugeht, dass Unduldbares geschieht. Meine Apparate sind das Modernste, was es gibt, und die Vilmer beten Steinzeittechnik an. Nun ja, nicht Steinzeit. Unzeitgemäß, völlig veraltet. Und sie freuen sich über jedes Stück antiquierter Technik, das sie mühselig aus dem Gebirge herausschleppen ...

Kevin dachte kaum daran, dass sich die meisten seiner Apparate auf der ARMORICA befanden; er bemerkte nicht die aufmerksamen ruhigen Augen, die jeden seiner Schritte registrierten. Er wusste nicht, dass sich gegen Mittag im Dritten Dorf wie zufällig ein Dutzend Bewohner zusammengefunden hatte, mit denen Hubert Cass davon sprach, dass und was da jemand fotografierte und dass er, Hubert, nicht gut finde, was da vor sich gehe. Ein Wort gab wenige andere, man ging ebenso gelassen auseinander, wie man zusammengekommen war. Doch die Zahl der Augen, die auf Kevin achteten, nahm zu.

Das Bild des die Wolken beschwörenden Tom hatte Kevins Aufmerksamkeit auf die Kinder gelenkt; vermutlich waren die zugänglicher als die Erwachsenen. Er merkte sich bevorzugte Spielplätze und tauchte wie zufällig dort auf. Einige der hiesigen Spiele blieben ihm allerdings schleierhaft. Viele drehten sich um Fabelwesen, die Regendrachen genannt wurden und mit den Wolken zu tun haben sollten. Oft sammelten die Kinder runzlige Früchte aus den Pflanzen und brachten ausgesucht abartige Exemplare zu den Größeren. Eins der beliebtesten Spiele bestand darin, unter großem und für Kevins Ohren schmerzhaftem Geschrei in eines der Gestrolche hineinzurennen und es anschließend möglichst rasch wieder zu verlassen. Blieb der Mitspieler, den die anderen fasziniert und irgendwie angstvoll beobachteten, länger als einige Minuten in dem Gestrolch, brach die ganze Horde in das Gewächs ein und holte ihn heraus. Manchmal galt es als besondere Mutprobe, langsam und lässig aus dem Gestrolch herauszuspazieren. Als er wieder allein war, baute sich Kevin vor einem solchen Gestrolch auf. Sollte was dran sein? Er spürte eine lästige Unruhe. Hatte er Furcht vor diesem undurchdringlichen Haufen von verfilzten Pflanzen, von denen überall Tropfen herabfielen? Na gut, es mochten allerlei Tiere darin hausen, fremde Wesen, faszinierende Kreaturen wie jenes unheimliche Eingesicht. Kevin trat näher. Da waren schmale Pfade getreten, die sich ins Innere des Gestrolchs wanden. Sie sahen still und tückisch aus. Nach wenigen Schritten wurden sie zu düsteren feuchten Tunneln im Gewirr. Hineingehen? Nein. Kevin zog die Kamera hervor und machte ein paar Aufnahmen, veränderte die Einstellung des Farbfilters, sodass die drohende Stimmung dieser Pfade zur Geltung kommen konnte. Besuchen Sie den Regenplaneten, wo Sie sich gruseln können! Besuchen Sie den Regenplaneten, wo die Kinder mit dem Grauen Einkriegezeck spielen! Lassen Sie doch die Aufnahmen mit den karnesischen Vierzentnerfrauen beim Bizepsrollen einfach liegen! Ein irrsinnig lauter Schrei direkt neben seinem Ohr ließ Kevin einen Satz machen, und als er nach dem Verursacher des Lärms Ausschau hielt, entdeckte er, etwa zwanzig Meter entfernt, ein kleines Tier an einem Ast hängend. Von diesen Mistbiestern hatte er erzählen hören. Schreilen wurden sie genannt, und es soll Leute gegeben haben, die beim Geheul solcher Kreaturen bleibende Hörschäden davongetragen hatten.

Tom und das Eingesicht mit jener Metallplakette am Hals standen und beobachteten aus vier aufmerksamen Augen Kevin, der über seinem Apparat die Umgebung vergessen hatte und versuchte, die abartige Hässlichkeit der Schreile perfekt in den Speicher zu bekommen, während in seinen Ohren ihr Gebrüll nachklang.

»Was ist Schlechtes daran, wenn er die Gestrolche fotografiert?«, fragte Tom seinen Vater später.

»Nichts. Schlecht ist, wie er fotografiert. Was er aussucht. Der Blick, mit dem er uns sieht.«

»Was will er überhaupt hier?«

»Weiß ich nicht. Interessiert mich nicht. Keinen von uns. Uns geht nur an, was er hier tut.«

Tom schaute zum Himmel auf, von dem vereinzelte dicke Tropfen herabfielen, und sein Eingesicht schaute im selben Moment nach oben. In den Wolken waren Schlieren in einem bestimmten Grauton aufgetaucht. »Morgen wird es Nebel geben«, sagte Tom dann.

»Das wird gut sein«, erwiderte Hubert Cass und setzte leise hinzu: »Und nützlich.«

»Der Fremde verteilt manchmal Spielzeug an die Kleinen«, sagte Tom.

»Was ist das für Spielzeug?«

Tom holte ein buntes Etwas aus der Tasche des Overalls und reichte es seinem Vater. Der hob das Ding prüfend an die Augen und musterte es. »Hast du gesehen, wie er es den Kleinen gab?«

»Ja: Sie spielten Wurbl-Ärgern, hinten am doppelten Gestrolch. Vorhin, als der warme Strichregen fiel. Die meisten hatten nur so dünne Spieloveralls an, es war ja nicht kalt ...«

»Ich weiß. Fast siebzehn Grad.«

»Er fotografierte sie, wie sie die Wurbls herausholten und ein bisschen herumschubsten, du kennst das ja. Dann gab er ihnen das Zeug da ... nein, er warf es so hin. Eine Handvoll von dem bunten Geglitzer.«

»Er warf eine Handvoll davon hin?«

»Ja ... Von da an hörten sie zu, wenn er was sagte. Ich konnte es nicht verstehen, er sortierte die Kleinen auseinander, in kleinere Gruppen.«

»Die er danach fotografierte.«

»Einmal die in den dünnen total durchnässten Overalls, hinterher die in den geflickten Sachen.«

»Die anderen nicht?« Das Gesicht des Mannes war völlig unbewegt. »Was war dann?«

»Er hatte da so ein Gerät. Sah aus wie eine Punktsonde, nur größer. Damit zielte er auf die Wurbls, und die wurden verrückt.«

»Wie sah das aus?«

»Na, sie zuckten so seltsam und fingen an, einander gegenseitig aufzufressen, bei lebendigem Leibe. Als wären sie wahnsinnig geworden.« Hubert Cass sah seinen Sohn eindringlich an; in seinen Augen stand ein Ausdruck, der den Jungen erschreckte. »Natürlich haben die Kleinen die verrückten Wurbls schnell umgebracht, ehe sie Schaden anrichten konnten«, sagte Tom rasch.

»Wir wissen alle, was mit den irrsinnig gewordenen Eingesichtern geworden ist«, sagte Cass sehr leise, und Tom fröstelte, als er sich erinnerte. Niemand im Dritten Dorf dachte gern daran zurück. Man sprach nicht davon, und selbst die Regierung war ahnungslos, was das betraf. Besser so.

»Das hat er auch fotografiert, wie die Kleinen die verrückten Wurbls töteten«, sagte Hubert Cass; der Satz war keine Frage, sondern eine Feststellung. Einige Minuten Schweigen folgten. Tom ahnte, worauf sein Vater hinauswollte. »Morgen wird es neblig sein, sagst du.«

»Na, sicher.«

»Morgen kommt der Gleiter. Der Fremde wird zurück in die Hauptstadt wollen.« Das wussten alle; nie war die Rede davon gewesen, Kevin länger als eine Woche zu beherbergen. Hubert Cass stellte einige Überlegungen an, deren Ergebnis am Abend allen im Dritten Dorf bekannt war. Einen Bürgermeister gab es in der Siedlung nicht, wenn man allerdings einen hätte wählen müssen, wäre es sicher Hubert Cass gewesen.

Am nächsten Morgen hatte Kevin früh seine Sachen zusammengepackt und stand vor dem Container. Mehr als einen kleinen Koffer und die Tragetasche, gefüllt mit Datenspeichern und Bildkonserven, hatte er nicht dabei. Er wartete auf Tom, der ihn zum Landeplatz des Gleiters bringen sollte. Seine Gedanken waren bei dem Artikel, den er als Erstes verfassen wollte und der sich mit den Daten beschäftigen sollte, die von den als buntes Spielzeug getarnten Sensoren geliefert worden waren. Interessante Daten, wirklich. Kevin verschwendete keine Sekunde seiner Überlegungen an die Möglichkeit, dass Hubert Cass die elektronischen Winzlinge als das erkannt haben könnte, was sie waren. Er dachte nur an Fakten und Folgerungen und den Staub, den er wieder einmal aufwirbeln würde. Etwa damit, dass das vermeintlich neunjährige Kerlchen, das ihn beim Lauf zwischen den Gestrolchen so locker und buchstäblich im Regen stehengelassen hatte, erst vor Kurzem seinen vierten Geburtstag gefeiert hatte. Oder damit, dass die Körpertemperatur der vilmschen Kinder sieben Grad unter normal lag und sein Minicomputer jede medizinische Diagnose der Kinder verweigerte; auf dem Bildschirm war die lächerliche Aufforderung erschienen, sämtliche Patienten müssten per Notdienst zur nächsten Erste-Klasse-Klinik geschafft werden. Die Werte mussten weitab von der Norm sein.

Wo bleibt nur der Bengel, der Gleiter müsste bald kommen. Besuchen Sie den Regenplaneten, auf dem sich eine einzigartige primitive Zivilisation entwickelt! Besuchen Sie den Regenplaneten, auf dem es Regenanbeter gibt und süße kleine Kinder kaltblütig Tiere umbringen, als wäre es ihre höchste Pflicht! Spüren Sie das Erschauern vor dem Fremden in Menschengestalt! Kaufen Sie die erstaunliche Reportage von Kevin! Die größte Sensation seit den wiederentdeckten Aufnahmen von den Oktogon-Kriegen und den verbotenen karnesischen Bändern! Was für ein Aufsehen, würde die Erdregierung nach Kevins sensationellen Berichten beschließen, dass Vilm eine Gefahr sei. Oder den Planeten unter Quarantäne stellen. Zum Reservat erklären. Zur Besichtigung freigeben wie jene den Südseeinseln auf der alten Erde nachempfundenen Wasserplaneten, wo die Nachfahren irgendeiner Zurück-zur-Natur-Bewegung Kanu fahren, mit nichts bekleidet außer Lendenschurzen, wenn überhaupt. Erst einmal muss ich hier wegkommen und die Artikel schreiben, dachte Kevin. Mit einem wird es nicht getan sein, das muss man langsam ankochen, da steckt Potenzial drin. Mit kleinen Rätseln anfangen und Stück für Stück dicker auftragen. Jedenfalls habe ich die Überschrift: Besuchen Sie den Regenplaneten!

Zwischen den Gestrolchen kroch Nebel in dünnen Schwaden, die in größerer Entfernung die Landschaft völlig ins Ungewisse entrückten. Kein Tom zu sehen. Kevin wandte sich zum Container zurück, aber der war verschlossen, fiel ihm ein, da war niemand zu Hause. Er fröstelte, es war kühl heute, sogar für die Verhältnisse Vilms. Ein bekanntes Geräusch übertönte das feine Rauschen des in die Nebelbänke fallenden Regens. Der Gleiter kam, der war mit Elektronik vollgestopft, den störte der Nebel nicht. Verflixt, wohin muss ich gehen, wo ist der Landeplatz der Gleiter hier? Das Sirren des Gleiters wurde zum grellen Zischen, als die unsichtbare Maschine in den Standflug überging. Kevin sah sich nervös um. Nebel umgab ihn. Fein, undurchdringlich, eiskalt. Kevin nahm sein Gepäck und ging hastig in die Richtung, die ihm das Geräusch des landenden Gleiters wies. Der Ton wurde mächtiger und tiefer, je weiter sich die Maschine zum Boden senkte. Plötzlich kam der Klang von rechts, Kevin machte einen Bogen um ein besonders großes Gestrolch und beeilte sich. Dann kam das Stöhnen der auslaufenden Aggregate von hinten, und Kevin begriff, dass ihn die vertrackte Akustik des Nebels narrte. Oder waren es die Gestrolche, die ihn in die Irre laufen ließen? Die ungewöhnliche Kühle dieses Tages?

Kevin blieb keuchend stehen. Der Gleiter war gelandet und verstummt. Darin wartete ein bequemer und vor allen Dingen warmer Sitzplatz, der ihn zurück in die Zivilisation bringen würde. Da gab es eine Heizung, die man bis zum Anschlag aufdrehen konnte. Eben Zivilisation. Hier irgendwo in der Nähe. Aber wo? Und in welcher Richtung lag das Dritte Dorf? Er fuhr zusammen und drehte sich um. Da stand kein Eingesicht, das ihn zur Siedlung hätte zurückbringen können. Da war nichts als feucht schimmernde Gestrolche und Nebel. Der wolkenverhangene Himmel war verschwunden in einem Schleier, der unten und oben ununterscheidbar verwischte. Und die Gestrolche sahen absolut identisch aus; Kevin wusste nicht mehr, an welchem er eben gerade vorbeigegangen war. So stand er eine Weile, während er Blut in den Ohren rauschen hörte und seinen Herzschlag schmerzhaft in der Kehle spürte. Die Wärme entwich seinen Kleidern und machte einer unangenehmen Kühle Platz. Das können sie doch nicht machen, dachte er, und als das Summen der Aggregate wieder anhob, wollte er seinen Ohren nicht trauen. Die Maschine würde ohne ihn starten. Kevin schlug sinnlose Haken in der verhüllten Landschaft, die ihn nirgendwohin führten – ehe er aufgab und lauschte, wie schätzungsweise kaum zweihundert Meter entfernt der Gleiter sich in den Himmel schwang und davonflog. Der Reporter hatte nicht einmal ein Stück Tragfläche gesehen, als er sich die Frage vorlegte, wie in drei Teufels Namen er zum Dritten Dorf heimkehren sollte. Dort könnte er bei Cass auf den nächsten Transport warten. Hoch oben, unsichtbar in einem dunstverhangenen Himmel, verklang das Geräusch des Gleiters, und Kevin starrte ratlos auf Pflanzen, die genauso aussahen wie die, an denen er vor etlichen Minuten vorbeigegangen war.

Nachdem Kevin mehrere Stunden lang versucht hatte, sich an die konkreten Schritte seines Herumlaufens zu erinnern und so den Weg zu finden, gestand er sich ein, dass er hoffnungslos in die Irre gegangen war. Ich kann etliche Meilen vom Dorf entfernt sein, dachte er, und es überlief ihn kalt. Er breitete eine Plastikplane aus – er hatte Angst vor den tastenden Beinen der Wurbls – und bereitete sich auf die Nacht vor, die bald anbrechen musste. Sein Gepäck nutzte ihm nichts. Die Taster, mit denen er die Kinder ausspioniert hatte, besaßen nur geringe Reichweite.

Keine Chance, dass er mit ihnen das Dritte Dorf hätte orten können oder irgendetwas anderes, das weiter als zehn Schritte entfernt lag. Kevins einzige Hoffnung bestand darin, dass es morgen klar wäre und die Siedlung in Sichtweite. Oder, dachte Kevin, die Vilmer suchen mich; allerdings bin ich für die mit dem Gleiter abgeflogen. Wie dem auch sei, die vordringlichste Aufgabe des Moments war schnell formuliert: Er musste irgendwie die Nacht überstehen. Überleben, dachte Kevin ... Diesen Gedanken verbot er sich sofort. Um Wurbls fernzuhalten, faltete er die Plane, so weit wie es ging, auseinander. Zwar bedeckte sie auf diese Weise ein großes Stück durchweichten Landes, sodass er sich vor den tödlichen Wuselwesen sicher glaubte. Allerdings war seine Schlafunterlage dadurch so dünn geworden, dass sie sich anfühlte, als liege er auf dem bloßen Erdboden. Und der war so weich, dass Kevin glauben konnte, er liege ohne Abschirmung direkt im Schmutz. Mittlerweile brach die Dunkelheit herein, und gemeinsam mit dem immer dichter werdenden Nebel ließ sie die Welt rings um Kevin verschwinden. Kalt wurde es, dass der Reporter laut mit den Zähnen klapperte, obwohl er ein Kleidungsstück nach dem anderen aus dem Gepäck geholt und angezogen hatte. Es war ganz normales Reisegepäck, und es enthielt weder ein Heizgerät noch andere High-Tech-Maschinchen für kühle Nächte. Nach dieser Nacht, an die Kevin sich sein Lebtag nicht mehr erinnern wollte, war er todmüde und völlig durchgefroren. Er hatte nicht geschlafen, während die Kälte in seinen Körper sickerte und ihm Krämpfe verursachte. Er war sich nicht sicher, ob seine Hoden jemals wieder ihre natürliche Größe erreichen würden. Unheimliche Geräusche hatten ihn verschreckt, markerschütternde Schreie, die klangen, als würde ein Kind langsam geschlachtet. Kevin fand diesen Vergleich grausig, aber passend für seine geistige Verfassung. Nicht nur wegen der Kälte und des entsetzlichen Gekreischs tat er kaum ein Auge zu – einige Male schrak er hoch, weil er einen forschenden Blick auf sich ruhen spürte, und in einem besonders bestürzenden Moment der Panik sprang er auf und schrie sich die Seele aus dem Leib, weil er spürte, dass ihn etwas oder jemand berührte.

Am Morgen entdeckte er zweierlei: Die Spuren im weichen Boden verrieten, dass Eingesichter in der Nacht da gewesen waren, Dutzende davon. Oder ein einziges war immerzu herumgelaufen. Immer um ihn herum. Das musste es gewesen sein, was ihn fast in den Wahnsinn getrieben hatte. Der Nebel war fort und einem leichten Nieseln gewichen. Der Reporter war völlig durchweicht worden, während er irgendwann doch in einen flachen Schlaf gefallen war. Und Kevin sah in der Nähe den Mast des Landeplatzes emporragen. Das verdammte Ding war mit einem bequemen Spaziergang von drei Minuten zu erreichen. Er musste gestern im Nebel mehrmals nahe daran vorbeigetappt sein. Ächzend vor Kälte und der Schwierigkeit, sich mit seiner klammen Kleidung zu bewegen, kletterte Kevin hoch. Von diesem Mast aus konnte man das Dritte Dorf sehen, und in kaum einer halben Stunde war Kevin dort. Alle Flüche und Schimpfwörter, die er kannte, verbrauchte er auf diesem Weg, und das Gewicht seines Gepäcks, das sich inzwischen mit kaltem Wasser vollgesogen hatte, ließ ihn mehrmals straucheln und lang hinschlagen.

Der Container der Familie Cass im Dritten Dorf war verschlossen. Es war zu früh, um anzunehmen, es seien alle unterwegs. Der Reporter holte tief Luft – ruhig, ganz ruhig, halt an dich, Kevin – und ließ seine Last in den Dreck klatschen. Alles darin, was nass werden konnte, war nass.

»Bitte?«, quarrte eine unerkennbare Stimme aus der Sprechanlage, nachdem Kevin geklingelt hatte. Die Klingeln an den hiesigen Behausungen waren ihm bereits am ersten Tag merkwürdig vorgekommen. »Hier ist Kevin, es muss ein Irrtum passiert sein. Tom hat mich gestern nicht abgeholt ...«

»Ja?«

»... und so habe ich den Gleiter verpasst. Ich musste sogar die Nacht draußen verbringen, weil ich des Nebels wegen das Dorf nicht finden konnte.« Keine Antwort. »Ich muss wohl eine Woche länger bei Ihnen bleiben. Lassen Sie mich bitte herein?«

»Tut mir leid. Das Zimmer ist belegt.« Die verzerrte Stimme klang keineswegs, als tue ihr irgendetwas leid.

Kevin holte tief Luft. »Dann ein anderes ...«

»Ein anderes haben wir nicht.«

»Das können Sie doch nicht machen, Cass!«, rief Kevin erbost. Er bekam keine Antwort. Das Bereitschaftslämpchen der Sprechanlage war erloschen. Kevin starrte es ein paar Minuten lang hilflos an. Besuchen Sie den Regenplaneten, dachte er, freundliche Leute, es pladdert, Sie sind pitschnass und frieren sich Arsch und Eier ab, besuchen Sie diese Welt, es lohnt sich, primitive Sitten werden Sie tief beeindrucken. Es macht mehr Spaß, als auf Karna in klirrender Kälte von einem Jugendlichen verprügelt zu werden, der zwei Meter zehn groß und mit seinen zweihundertachtzig Pfund lange nicht ausgewachsen ist. Kevin drehte sich um. Er würde mit keinem Mitglied der Familie Cass jemals wieder ein Wort wechseln.

Eine halbe Stunde später hatte er es sich anders überlegt. Weder die Leute in dem igluähnlichen Haus noch die in dem seltsamen Bau aus lauter Röhren hatten ihm die Tür aufgemacht. Auch in dem Puzzle-Haus aus Panzerbruchteilen wies man ihn erbarmungslos ab. Eisig blieb die Luft, und dem Reporter war, als würden seine Geschlechtsteile nicht nur vor Kälte immer weiter schrumpfen. Das Dritte Dorf war vermeintlich mit Fremdlingen völlig überbelegt. Was war los mit diesen Wilden, dachte Kevin wütend, was wollten sie von ihm? Sollte er verfaulen, den Abflug der Armorica verpassen? Kevin fragte nochmals bei Cass nach, von dem kam nichts als die trockene Bemerkung, er solle selbst herausfinden, warum plötzlich alle Zimmer belegt und alle Häuser voll ausgebucht wären. Da stand er. Der Regen, der zu allem Übel seit dem Morgen heftiger geworden war, schlug in stetiger Beharrlichkeit herab. Du musst die kommende Woche herumbringen, sagte sich Kevin. Eine Woche. Sechs solche Nächte wie die vergangene. Fast hätte er bedauert, dass er kein Funkgerät besaß, mit dem er die Armorica hätte um Hilfe bitten können.

Er hatte es selbst so gewollt, war stolz darauf gewesen, nicht zur Besatzung des Weltenkreuzers zu zählen, keinem Befehl zu unterliegen, Erkunder besonderer Art zu sein. Auf eigene Rechnung. Und insbesondere Tullama zu nichts verpflichtet. Verbittert, unterkühlt und patschnass verließ er das Dritte Dorf. Er spürte die Augen der Leute in seinem Rücken und marschierte in die Richtung des Gebirgszuges. Dort in irgendeinem geeigneten Trümmerstück gedachte er die sieben Tage zuzubringen. Noch eine Nacht im Dreck würde ihn umbringen, das spürte er. Den ganzen langen Weg schimpfte er halblaut vor sich hin und sagte sich, dass halbwegs bescheuert sein müsse, wer mutterseelenallein über die Oberfläche eines fremden Planeten stapfe und dabei mit sich selber rede. Am Nachmittag desselben Tages ging ihm auf, wie lausig seine Kalkulation war: Er hatte kaum Lebensmittel. Er hatte Heidenangst vor nächtlichen Spukgestalten. Er hatte Horror vor seltsamen Schreien in der Dunkelheit. Er hatte im Überfluss Wasser, in Stiefeln, Haaren und sämtlichen Kleidungsstücken. Selbst seine Unterwäsche war durchnässt. Seine Nieren schmerzten wie Steine, die ihm jemand in den Rücken geschossen hatte. Und wer sollte ausschließen, dass die Vilmer den dichten Nebel nicht herbeiriefen, um ihn am Gleiter vorbeitappen zu lassen, dieses und das nächste Mal und so weiter? Und, etwas simpler, dass sie den Gleiter nicht per Funk abbestellten?

Mit solchen Grübeleien verbrachte Kevin seine erste Nacht im Gebirge, dem Trümmerhaufen, der früher ein riesiges Raumschiff gewesen war. Am Rande eines geborstenen Segmentes, das teilweise ausgeschlachtet worden war, richtete er sich in etwas ein, das eine Schleusenkammer gewesen sein musste. Genau betrachtet, war es nichts weiter als eine Höhle. Die Rückwand war eine große, hoffnungslos verkeilte Luke; die Seitenwände bestanden aus Löchern und durcheinanderhängenden Kabeln, das Dach war aus schrundigem Metall und der Fußboden aus schlüpfrigem Gummi. Der Reporter weigerte sich, darüber nachzudenken, was sich hinter der Luke verbergen mochte. Er wusste, dass nur die wenigsten Opfer des Absturzes geborgen, weggebracht und beerdigt waren. Immerhin, dachte Kevin, fällt mir nicht ständig dieser unausstehliche Regen auf den Schädel wie eine perfide Wasserfolter, und wenn ich Glück habe, kann ich in diesem Loch meine Montur ein bisschen trocknen. Natürlich kam er wieder kaum zum Schlafen. Was ihn wachhielt, war nicht das Getön der Dickichte, sondern das Stöhnen und Scheppern des Gebirges selbst. Da bewegte der Wind lose Konstruktionen, verbogene Gestänge rieben sich kreischend aneinander. Der Regen floss laut in den Ruinen. Es tröpfelte, rieselte und gurgelte unaufhörlich ins Tal. Irgendwo sammelte ein instabiles Blech das Wasser, bog sich unter der zunehmenden Last und goss schließlich den Teich als dröhnenden Wasserfall in die Trümmer hinunter, um hernach nach oben zu schwingen und sich erneut zu füllen. Obwohl Kevin vor dem Regen geschützt war, trockneten seine Sachen nicht. Sie umgaben seinen Leib wie kalte Bretter, und seine Haut war an manchen Stellen völlig gefühllos. Trotzdem schlief Kevin einige Stunden, erschöpft und vom Herabschlagen des Wassers gestört. Er träumte wildes Zeug von nässetriefenden geflügelten Ungeheuern, die ihm im Vorbeifliegen jeden Fetzen wärmender Kleidung vom Leibe rissen und unter schaurigen Schreien im Nebel verschwanden.

Kevin erwachte vom blechernen Klang sich entfernender Schritte und hielt sie für eine Sinnestäuschung. Jeder einzelne Knochen tat ihm weh; in die Gelenke hatte jemand Bleisand gefüllt. Nach mehreren mühseligen Stunden der Suche – seine Sachen sogen sich hurtig wieder voll Feuchtigkeit – hatte er einen Havariesatz gefunden, der von den Leuten aus dem Dritten Dorf übersehen worden war. Wahrscheinlicher, dass sie das Ding liegengelassen hatten, weil das Verfallsdatum längst abgelaufen war. Die Nahrung würde für zwei Tage reichen; der beigepackte Spiegel erschreckte Kevin mit einer unansehnlichen Fratze, die er mühsam als seine eigene erkannte: übernächtigt, fahl, mit geröteten Augen, eingefallenen Wangen und Zweitagesbart. In diesem Augenblick, da er sich über sein verändertes Antlitz wunderte, spürte er, dass ihn jemand anstarrte. Er drehte sich um und blickte geradewegs in die Augen eines Eingesichts, die ihn ungerührt fixierten.

»Sie brauchen sich nicht zu fürchten«, sagte Tom, der auf dem Grat gegenüber stand, als wäre er behaglich aus einer verborgenen Luke gestiegen, »sie tut keinem was. Nicht mal Ihnen. Kann ich herunterkommen?«

Kevin nickte sprachlos. Tom sprang in das Chaos der regentriefenden Trümmer hinab und war in wenigen Minuten bei Kevin, auf Wegen, die zu gehen der Reporter nicht gewagt hätte und die er nicht wiederfinden könnte, obwohl er Tom bei der halsbrecherischen Tour zugeschaut hatte. Als Tom neben Kevin stand, atmete der Junge kaum schneller, trotz der eben vollbrachten akrobatischen Übung durch das bemooste Durcheinander aus Trümmern, zerrissenem und verbogenem Metall. Er trug eine kurze Hose mit mehrfach gekreuzten Gurten über Brust und Rücken, an denen kleine Taschen und ein flacher Tornister befestigt waren. Die Nässe, die auf seinen bloßen Schultern und Beinen glänzte, war Regenwasser und kein Schweiß. Kevin lief es kalt den Rücken hinunter, als er das sah. Das einzige Kleidungsstück Toms, das dem Wetter halbwegs angemessen schien, waren die soliden Stiefel, mit dicken Sohlen und bis über die Mitte der Scheinbeine hoch geschnürt. »Ich hab Ihnen was mitgebracht«, sagte Tom und warf den Tornister ab, »was zu essen, trockene Decken und so.«

Kevin starrte auf die Decken, auf den Weltenkreuzer-Standardoverall und die wunderlichen Früchte, die von den Kindern hier in Massen gegessen wurden, obwohl sie widerlich aussahen. »Weiß dein Vater davon?«, fragte er.

»Natürlich nicht.« Tom ließ sich vor der Schleusenhöhle nieder und strich mit gewohnter Bewegung Regentropfen aus dem Gesicht. Sein Haar war kurzgeschnitten wie das aller Vilmer, es war praktischer so. Kevin mit seinen durchfeuchteten Locken trug eine kalte Badekappe auf dem Kopf, die immer schwerer und steifer wurde. Er griff nach einer Decke und schlang sie um seinen zitternden Körper. Seine Finger konnten das flauschige Material kaum festhalten. »Wie hast du mich nur gefunden?«

Tom lächelte. »Nicht ich«, sagte er und wies auf das Eingesicht, das sich nicht bewegte, »sie hat dich gefunden.«

Ein Rätsel mehr, dachte Kevin resigniert, kommt es darauf noch an? Brauchen wir mehr Geheimnisse, seit Orsini und Bomarzo und die Garnisonen mit ihnen verschwunden sind? Und wieso habe ich das Gefühl, das Tier würde aufpassen, was ich mache? Egal. »Wie ist das mit meiner Abreise?«, fragte er.

»Ganz einfach. Sie wollen nur deine Aufnahmen. Alle.«

»Meine Aufnahmen?«

»Die, auf denen einer im Regen duscht; die, auf denen die Schleichwege im Gestrolch sind; die, auf denen Kinder geflickte nasse Overalls tragen, deine Spielzeuge aus dem Matsch suchen und Wurbls töten. Überhaupt alle Aufnahmen. Alle, ohne Ausnahme.«

Kevin starrte den Jungen mit offenem Mund an. Erst jetzt fiel ihm auf, dass der ihn geduzt hatte. »Dein Vater schickt dich, stimmt's?«, sagte er ärgerlich.

»Nein«, wiederholte Tom ruhig, »ich habe nur zugehört.«

»Was passiert, wenn ich nichts herausgebe?«

Der Junge wies mit einer stillen und umfassenden Geste auf die Höhle, in der sie einander gegenübersaßen; deine Höhle, sagte diese Bewegung, feine Höhle. Prima Höhle, kannst du behalten. Toms Ruhe hatte etwas Urzeitliches. Er wirkte hineingeboren in diese Welt, in der er, ohne zu zittern, so gut wie nackt, nur mit dieser lächerlichen kurzen Hose und ein paar Riemen aus Rehschweinleder bekleidet im kalten Regen sitzen konnte. Die Tropfen perlten an Toms Körper ab und überzogen die völlig weiße Haut mit demselben feuchten Schimmer, der auch auf allem anderen lag.

»Wird wieder Nebel sein, wenn der Gleiter das nächste Mal kommt?«, fragte Kevin leise; er hatte aufgegeben.

Tom zuckte kaum merklich mit den Schultern und antwortete nicht. Hätte er grinsend bejaht, wäre es Kevin wohler zumute gewesen. Er hätte die Schuld an dieser Situation auf Vilm oder Hubert Cass oder auf etwas Unbekanntes schieben können. So blieb es eine Geschichte, in der er selbst eine Rolle spielte, wenn es ihm auch nicht klar war, welche.

Als sie zusammen hinunter ins Dritte Dorf gingen, tauchte Tonja auf, die Kevin flüchtig kennengelernt hatte und die wie alle anderen Vilmkinder weit älter aussah, als sie war, und auf jedem Schritt von einem dieser hundeartigen Tiere begleitet wurde. Normalerweise hätte Kevin dem Anblick des Mädchens mehr Aufmerksamkeit gewidmet, trug doch Tonja nicht mehr als Tom am Leib. Der Reporter registrierte, dass Tonjas straffe Brüste von den gekreuzten Lederriemen hübsch eingerahmt wurden und ihre Schultern kaum schmaler waren als die Toms, aber das drang erst später in sein Bewusstsein, als alles vorbei war. Jetzt machte ihm der unebene Boden unter seinen Füßen zu schaffen, musste sich Kevin auf Tom oder auf Tonja stützen, um nicht auszugleiten und zu stürzen. Die Haut der Kinder war unterkühlt und glatt, unter ihr arbeiteten feste Muskeln. Kevin schlotterte vor Kälte, während sich die Sprösslinge der Wolkenwelt wohlfühlten. Der Reporter dagegen war mehr tot als lebendig, als er in überraschend kurzer Zeit wieder ins Dritte Dorf zurückkehrte. Seine Gelenke protestierten bei jeder Bewegung. Ein ums andere Mal schlugen böse Krämpfe ihre Zähne in das ausgekühlte Fleisch seiner Schenkel.

Hubert Cass ließ den Fremden nicht wieder in sein Haus. Auf der Schwelle nahm er die Speicher an sich, in denen Tausende Einzelbild-Aufnahmen hoher Auflösung, mehrere Stunden Film in Breitbildqualität und Dutzende Stunden gesprochene Notizen aufbewahrt waren. Kevins gesamtes Material blieb in dem Container zurück. Wie schreibe ich meinen Artikel, dachte Kevin, wer glaubt mir etwas, wenn ich ohne ein einziges Bild dastehe, ohne Aufzeichnungen? Und wer bezahlt mir etwas für

Geschichten, die ich nur mit Erinnerungen und einer gediegenen Lungenentzündung belegen kann? Vor allem, wenn sie so unglaublich wie diese sind. Besuchen Sie den Regenplaneten, der ist wirklich phantastisch, Sie müssen mir lediglich glauben, was ich erzähle, so verrückt es klingen mag ... Das geht nicht. Selbst die wildesten Geschichten von Karna konnte er mit ärztlichen Attesten über gebrochene Rippen und blaue Flecken belegen, die von einer unglaublich großen Hand stammten. So brütete Kevin einige Stunden. Er saß im Klappstuhl unter einem Zeltdach am Rande des Landeplatzes, in zahlreiche Decken gewickelt. Er hatte Zeit zum Grübeln, während langsam etwas Wärme in seinen Leib zurückkehrte und seine Hoden schmerzten, als hätte er einen bösen Tiefschlag kassiert.

Noch am selben Tag kam ein Gleiter und holte Kevin ab, der in regelmäßigen Abständen von einem rasselnden Husten geschüttelt wurde. Zum Abschied hatte er von Cass eine Handvoll bunter Dinger bekommen, mit den Worten, solche Spione würden auf Vilm nicht gebraucht. Kevin war nicht sicher, ob der Satz die elektronischen Winzlinge betraf oder ihn. Natürlich funktionierte nichts in den High-Tech-Miniaturen, und die Speicherbausteine in ihnen waren leer. Nicht einfach gelöscht oder überschrieben, nein, man hatte sie neu initialisiert, sodass sie so blütenrein waren, als seien sie fabrikneu. Besuchen Sie den Regenplaneten! Besuchen Sie den Regenplaneten. Kevin war nicht sicher, ob er den Artikel schreiben wollte. Im Gleiter trank er vor dem Start mehrere Schalen beruhigenden Äthyltees, frisch und stark und aus einem der besten utragenorianischen Labors. Er konnte die flache Schale kaum festhalten, weil seine Hände zitterten. Die bunten Schlieren auf der Oberfläche des Getränks bildeten merkwürdige Muster. Kevin starrte den aus der Fassung geratenen Tee eine Weile an, dann legte er seine heiße Stirn an die Scheibe des Bullauges und schaute so lange zur Oberfläche Vilms hinunter, wie er etwas davon sehen konnte. Besuchen Sie den Regenplaneten.

7. In die Finsternis

Endlich, nach endlosen Minuten, ging das Schott abermals auf, und das Eingesicht stürzte in den Raum zurück, aus dem es ausgesperrt gewesen war. Tom spürte, wie die Welt wieder in Ordnung kam und die grauenhafte Dunkelheit zurückwich, die seine Sicht verschleiert hatte. Er umschlang seinen pelzigen Körper und suchte verzweifelt nach Ruhe und Ordnung für die Gedanken. Die wenigen Augenblicke, in denen diese überaus stabile Wand aus Panzerlegierung zwischen seinem zweibeinigen und seinem sechspfotigen Körper gewesen war, verschwammen in seiner Erinnerung zu einer Episode voller Entsetzen und Schatten. Die Pfoten klammerten sich in der Kleidung des Menschenkörpers fest, alle sechs. Das Gebiss schlug laut vernehmlich mit den gelben Zähnen aufeinander, und erst nach langen Sekunden, in denen Tom sich schmerzhaft verkrampfte, kehrte die Wahrnehmung seiner Situation in sein Bewusstsein zurück. Und die Situation hatte sich leider nicht verändert. Er saß nach wie vor in diesen Räumen fest, in die ihn Neugier und die Tücke einer unverständlichen Technik geführt hatten. Es war erst Stunden her, dass er bei seinen Streifzügen durch die entlegeneren Gebiete des westlichen Tieflandes auf dieses merkwürdige Artefakt gestoßen war. Zwar hatte er es zunächst für ein Shuttle gehalten, das Ding hatte indessen völlig anders ausgesehen als alle Shuttles, die er bisher gesehen hatte. Zum einen hatten die Fahrzeuge, die er kannte, nicht diesen seltsamen schwarzen, schwammigen Belag auf ihrer Außenhülle. Nichts, was er kannte, ließ den ewigen vilmschen Regen so glatt und rückstandslos abperlen wie dieses Zeug. Und die Fluggeräte des Flottenkommandos waren nicht so gedrungen, duckten sich nicht so, hatten nicht so gerundete Konturen. Das Flottenkommando hatte wenig im Sinn mit Design, für die

Oberen von Atibon Legba musste Technik einfach nur funktionieren, und das tadellos. Dieses rabenschwarze Objekt dagegen war voller geschwungener Rundungen, und es hatte zwischen den Gestrolchen gehockt, als würde es sie jeden Augenblick anfallen und fressen. Na gut, das Ding hatte ausgesehen wie die technikgewordene Heimtücke ... Aber war das Design eines Fluggerätes etwa ein Grund, nicht hineinzugehen, wenn die Luken weit offen standen? Für Tom nicht. Er war neugierig. Es war ein Rätsel, was ein solcher Apparat so weit ab von Vilm Village und dem Gebirge zu suchen hatte. Und Rätsel mussten gelöst werden. Kaum waren Toms Füße und Pfoten im dunklen Innern der Maschine, schlossen sich Luken und jaulten Aggregate auf. Ein jäh einsetzender Andruck wie von rascher Beschleunigung zwang Mensch und Eingesicht an den Boden der lichtlosen Kabine. Dort wurden ihre Körper tief in das weiche Material gepresst, und als die Flugmaschine mehrmals ihre Richtung änderte, behielten die Mulden, in denen sie lagen, ihre Form bei. Andrucksessel, die ihre Form jedem Wesen anpassen, das sich in der Kabine befindet, dachte Tom, und die Schlussfolgerungen daraus sahen nicht freundlich aus. Wer so etwas in einen Gleiter einbaute, rechnete mit den verschiedenartigsten Besuchern, und er rechnete damit, dass die Besucher nicht in der Lage oder nicht willens waren, sich während des Fluges vernünftig zu benehmen.

Ich stecke in einer verdammten Falle, erkannte Tom, und in einer Welle von schwarzer Panik wurde er von Fluchtreflexen erfasst, irgendwohin rennen, nur weg, fort, aus der gefährlichen Nähe der großen Springwölfe mit ihren zähnestarrenden Gebissen und ihrer furchterregenden Geschwindigkeit ... Glücklicherweise war er unfähig, auch nur eine Pfote zu bewegen, sonst hätte er sich verletzt, ehe er den tierischen Furchtanfall seines vilmschen Teiles unter Kontrolle bekam. Er dachte an die majestätische Landschaft Vilms, an die vielfarbigen Wolken, den Regen in all seinen dutzenden Formen, und langsam legte sich die Panik. Tom hatte nicht gewusst, dass sich im Innern seines Wesens eine solche Angst vor den Raubtieren der Gestrolche verbarg.

Später kam die Flugmaschine, die ihn entführt hatte, irgendwo an und wurde an irgendetwas Größeres angekoppelt. Tom lag still und lauschte, spürte, wie Metall auf Metall rieb, Halterungen einrasteten, Luft einströmte. Dann wurde es hell, und die Luke ging auf – es war die Luke, durch die er hineingekommen war, aber was jetzt dort lag, hatte mit dem feuchten Boden Vilms und den merkwürdigen Gestrolchen des westlichen Tieflandes nichts zu tun. Stattdessen starrte er in eine Fortsetzung des Raumes, in dem er sich befand. Kammern voller grauschwarzem Zeug an Boden, Wänden und Decken, verbunden durch enge Durchgänge wie den, der sich eben aufgetan hatte. Das Eingesicht war sofort durch die geöffnete Luke gesprungen, und als sie sich geschlossen hatte, hatte Tom zum ersten Mal Verzweiflung gespürt.

Er starrte auf das dunkelgraue gummiähnliche Material, das beide Seiten des Schotts bedeckte, und obwohl er das Ding von beiden Seiten zugleich sah, war der Anblick derselbe. Porös wie ein Schwamm, gab das merkwürdige Zeug erst dann dem Druck von Hand oder Pfote nach, wenn man eine Weile auf dieselbe Stelle drückte. Absorption von Energie, dachte Tom, wer hier drin einen Tobsuchtsanfall bekommt, hat wenig davon, abgesehen von den Verletzungen, die er sich selbst beibringt. Und auf der Außenhülle eines Gleiters dürfte ein solches Material zwar die Flugeigenschaften beeinträchtigen, die Maschine selbst jedoch nahezu unsichtbar machen. Das alles, dachte Tom, ist abgekartet, ist geplant; er drehte sich um und musterte sein Gefängnis, während seine andere Hälfte auf der anderen Seite des Schotts dasselbe tat. Identische Räume, die beide ein und dasselbe grauenvolle Detail aufwiesen: Es war nur ein Körper in ihnen. Tom war getrennt. Zwar konnte er sein anderes Ich spüren, konnte sehen, was die anderen Augen sahen ... Das war nicht dasselbe. Das war überhaupt nicht dasselbe. Panik jaulte tief in ihm, und Nacht brach herein. Er rollte sich verzweifelt zusammen und wimmerte. Endlich, nach endlosen Augenblicken, ging das Schott auf, und das Eingesicht stürzte zurück in die Kammer, aus der es ausgesperrt gewesen war. Die Welt kam in Ordnung, und die grauenhafte Dunkelheit wich zurück. Tränen brannten in Toms Augen.

»Ist Ihnen klar, dass wir ein Experiment anstellen, dessen Verlauf für dieses Wesen tödlich sein könnte?«

»Das ist uns vollkommen bewusst. Dieses Risiko gehört zu den Gründen für die außerordentliche Geheimhaltung in dieser Sache. Aber die anderen Gründe, die es gibt, sprechen nicht dagegen, das Experiment durchzuführen. Im Gegenteil, sie zwingen uns, dieses Risiko einzugehen.«

»Ich bin nicht sicher, ob ich verstehe, was Sie damit meinen. Man hat mich nur unvollständig eingeweiht.«

»Das liegt in der Natur der Sache.«

»Wie soll man Forschungsarbeit leisten, wenn man die Gründe der eigenen Arbeit nicht kennt?«

»Sie erliegen einem Missverständnis. Wir treiben keine Forschung. Wir führen ein Experiment durch und dokumentieren es für unsere Auftraggeber. Es steht uns weder zu, seine Durchführbarkeit zu diskutieren, noch haben wir über moralische Implikationen nachzudenken.«

»Und damit sind Sie zufrieden?«

»Natürlich. Wenn es der Bruderschaft dient – und meinem eigenen Fortkommen im Orden –, führe ich den Auftrag selbstverständlich aus. Selbst wenn er, wie in diesem Falle, mit einigen ungewöhnlichen Nebenbedingungen verbunden ist. Sehen Sie, das Wesen ist aus dem Koma erwacht, in das es die Wiedervereinigung gebracht hatte.«

»Wenn ich die Anzeigen richtig interpretiere, hat es sich weniger um ein Koma gehandelt als um einen Neuaufbau von Interaktionen. Die Stoffwechselaktivitäten des Wesens sind während des Komas, wie Sie es genannt haben, auf einem hohen Niveau stabil geblieben.«

»Richtig. Kein Koma. Also hat es eine Verbindung zwischen den beiden Einheiten gegeben, als das Schott geschlossen war.

Haben die Instrumente irgendeine Kommunikation zwischen den beiden aufgezeichnet?«

»Nein. Jedenfalls keine, die die Rechner als solche erkannt haben. Die gesammelten Datenmengen sind gewaltig.«

»Die Auswertung überlassen wir weisungsgemäß anderen.«

»Sind Sie damit wirklich zufrieden?«

»Zufrieden? Zufrieden bin ich, wenn ich meinen Kontostand sehe. Lassen Sie uns mit dem Experiment fortfahren und die beiden Einheiten nochmals trennen, und zwar diesmal mit der Maximalvariante.«

»In Ordnung. Versuchsaufbau zwei. Trennung durch achtzig Zentimeter Spezialstahl, massiv, beidseitig mit einem Meter Absorbermasse beschichtet. Los geht's.«

Tom spürte die Veränderung, ehe er sie sah. Ein dumpfes Erzittern ging durch den Fußboden. Unter oder neben diesem Raum arbeiteten schwere Maschinen. Da öffneten sich noch mehr Schotts, einige davon so dick, dass die von ihnen freigegebenen Öffnungen wie Tunnel wirkten. Andere Durchgänge schlossen sich. Ich bin eine Ratte im Labyrinth, dachte Tom und fletschte unbewusst die Zähne. Dann überraschte ihn ein schnatterndes Geräusch; es stammte von seiner menschlichen Hälfte. Es war kalt, was dem Eingesicht kaum etwas ausmachte, aber wo Tom kein Fell hatte, war er so gut wie nackt. Er trug nur seine kurze Hose aus Rehschweinleder. Zwar war die Regennässe auf seinen bloßen Schultern und Beinen inzwischen getrocknet, aber die Temperatur in diesen unheimlichen Kammern war mittlerweile weit unter das gefallen, was er von Vilm gewohnt war. Das einzige Kleidungsstück Toms, das der Kälte hier widerstand, waren die soliden Stiefel. Wenn ich erfroren bin, dachte Tom, sind wenigstens meine Füße warm. Er beschloss, sich zusammenzunehmen, und näherte sich vorsichtig dem nächstliegenden Durchgang. Sich zusammennehmen war wörtlich gemeint; seine beiden Körper blieben dicht beieinander, auf Tuchfühlung, so wie er es als Kind gemacht hatte, wenn ihm etwas nicht geheuer gewesen war. Will nannte diese Verhaltensweise »im dunklen Keller pfeifen und singen«, wenn auch Tom nie verstanden hatte, was das besagen sollte. Er fühlte sich sicherer, wenn das Fell an der Haut seiner Beine rieb. Es war ein gutes Gefühl, im Fall aller Fälle seinen Kopf zwischen die Knie stecken zu können.

Er spähte mit all seinen Augen in einen Tunnel. Überall dieses schwärzliche Zeug. Tom hustete, nicht weil es im Hals kratzte, sondern einfach, um zu hören, wie das klang. Er hörte keinerlei Echo. Der Schall wurde genauso geschluckt wie alles andere. Offensichtlich, dachte Tom, absorbiert dieses merkwürdige Produkt alle Arten von Energie – das würde die Eiseskälte hier drin erklären. Und es würde erklären, warum niemand von solchen Fluggeräten etwas wusste – die schwarze Schicht würde alle Signale verschlucken, egal ob Radarimpulse oder andere Scanningverfahren verwendet wurden. Ideal für alles, was im Verborgenen passieren soll. Verstohlene schwarze Flugkörper, unsichtbar und von keinem Bildschirm angezeigt. Plötzlich erschien vor Toms Mund ein weißes, geisterhaftes Ding, das ebenso schnell verschwand, wie es aufgetaucht war. Tom zuckte zusammen. Dann erkannte er, dass dieselbe gespenstische Erscheinung auch vor dem Maul des Eingesichts erschienen war. Er starrte sich selbst in die Augen und atmete schwer – und in diesem Moment wurde ihm der Zusammenhang klar. Es war so kalt, dass die warme, feuchte Luft aus seinen Lungen in der kälteren und trockeneren Luft in diesen verflixten Kammern kondensierte und sichtbar wurde. Er hatte von diesem Effekt gehört, lange her, in jenen Zeiten, da die Einarmige Eliza den Vilmkindern versucht hatte beizubringen, dass es oberhalb der Regendrachen mehr gab als nur das Nichts.

Wie kalt ist es, überlegte Tom, irgendwo um die null Grad herum, glaube ich. Er betrachtete seine menschliche Gestalt durch die Augen des Eingesichts; was er sah, war nicht gut. Die Haut verfärbte sich bläulich. Hier und da zuckten Muskeln unkontrolliert. Unterkühlung, dachte Tom, gar nicht gut. Er schaute sich um, ob es nicht irgendetwas gab, das Wärme spenden könnte. Was er sah, ließ seinen Atem stocken. Am Ende eines der Tunnel, die von den geöffneten Schotts gebildet wurden, lag ein großer Stapel flauschiger Decken. Den Impuls, schnellstens loszulaufen, unterdrückte Tom sofort. Das sah nach einer verdammten Falle aus. Der Tunnel war zu eng, um seine beiden Körper zugleich durchzulassen. Tom zwang sich, in aller Ruhe über das Problem nachzudenken. Die Schotts hatten, als ihre gewaltigen Massen in den Boden sanken, eine bestimmte Geschwindigkeit gehabt; und die Kammern waren untereinander verbunden. Tom sann nach und nahm dabei die Fähigkeiten des Eingesichts zu Hilfe. Es gab mindestens drei Wege von hier zu dem Ort, wo die Decken lagen, und die Zeit, in der die trennenden Wände in den Boden hinabgesunken waren, würde wohl kaum länger sein als die Zeit, die sie benötigten, um sich wieder nach oben zu schieben. Tom wendete das Problem in seinen Gedanken hin und her. Es müsste reichen – das Eingesicht konnte hinrennen, sich eine oder mehrere der Decken schnappen und zurückkehren. Das vilmsche Tier war schneller als die schwerfälligen und gewichtigen Barrieren. Und es konnte eigentlich nicht passieren, dass alle Durchgänge zugleich geschlossen wurden. Schließlich waren sie einer nach dem anderen geöffnet worden. Davon auszugehen, jemand beobachte ihn und seine Reaktionen, kam ihm paranoid vor. Aber diese ganze Situation war abnormal.

Tom betrachtete die Wände seines Gefängnisses mit betonter Gleichgültigkeit. Dann fing er an, mit den Fingern in dem schwarzgrauen Zeug herumzubohren, um die unsichtbaren Beobachter – sollte es sie geben – mit Schauspielerei in Sicherheit wiegen. Seine Zähne klapperten. Dann jagte das Eingesicht wie ein Blitz durch den Tunnel und stürzte sich auf die Decken. Es lief darüber hinweg, während die kleinen mittleren Pfoten an seinem Bauch zupackten und drei Decken mitnahmen; das Eingesicht wendete, indem es an der Wand entlangrannte, und nahm Kurs auf seinen menschlichen Widerpart. Für den Bruchteil einer Sekunde begegneten sich die Blicke der beiden Wesen, die in Wirklichkeit eines waren. Dann war der Tunnel geschlossen, und das Eingesicht prallte schmerzhaft gegen eine unnachgiebige Wand aus dunkelgrauer Materie. Nach einem Augenblick voll rasender Panik spürte Tom, dass er noch in einem Stück und ganz war – wenn auch seine beiden Körper wiederum von verschiedenen Seiten auf ein undurchdringliches Hindernis starrten. Es war eine Falle, erkannte er, und zwar eine ziemlich perfide Falle. Das Schott war nicht einfach geschlossen worden. Die komplette Decke des Durchgangs war heruntergefallen, und sie war so massiv, wie man sich das nur vorstellen konnte. Alle anderen Wege hatten sich in demselben Sekundenbruchteil auf dieselbe Weise verschlossen. Tom konnte die Echos der Erschütterungen spüren, die das Herabkrachen von so viel Masse verursacht hatte. Er steckte in einer Falle fest, das war unbestreitbar. Jemand oder etwas testete ihn. Versuchte herauszufinden, was geschah, wenn man die Bestandteile eines Vilmers voneinander trennte. Tom knirschte mit den Zähnen, und sein Atem stand in einer dichten Dampfwolke vor Mund und Maul. Wenn ich denjenigen in die Pfoten bekomme, dachte er, dann kann er erleben, dass die Wilden auf diesem Planeten verdammt gemein werden können. Hätte ich nur ein paar Rätselfrüchte dabei, dass ich euch das Grübeln lehren könnte.

»Der zweite Teil des Experiments hat tatsächlich funktioniert. Ich hätte nicht gedacht, dass das gutgeht.«

»Es ging um einen der grundlegendsten Triebe überhaupt, den der Selbsterhaltung. Das funktioniert immer.«

»Wenn ich mir nicht vorgenommen hätte, derlei Fragen nicht zu stellen, müsste ich mich erkundigen, ob Sie so etwas schon öfter gemacht haben.«

»Gute Vorsätze soll man einhalten.«

»Sie sagen es.«

»Erstaunlich ist zumindest, wie lange es gedauert hat, bis das Wesen die geplanten Maßnahmen zu seinem Schutz vor der Kälte ergriffen hat. Die Temperatur lag längst weit unter seinem normalen Lebensspektrum. Wahrscheinlich ist die Toleranzbreite unterschätzt worden.«

»Wir sollten die Temperatur auf ein für seine Verhältnisse erträgliches Niveau anheben.«

»Oh, Sie überraschen mich. War das Mitleid?«

»Mitleid? Nein, bestimmt nicht. Es könnte die Ergebnisse verfälschen, wenn wir bei diesem Unterkühlungs-Szenario bleiben. Wenn unsere Auftraggeber etwas nicht gebrauchen können, sind es verfälschte Ergebnisse.«

»Ich heuchele Beruhigung. Die Erwärmung der Testvorrichtung wird einige Zeit benötigen, etwa fünfzehn Minuten. Was übrigens meinten Sie, als Sie von ungewöhnlichen Nebenumständen sprachen, die dieses Experiment mit sich bringt?«

»Für unsere Verhältnisse ungewöhnlich, meinte ich.«

»Da ich davon herzlich wenig weiß, interessiert es mich trotzdem. Wenn es Ihnen nicht zu aufdringlich erscheint.«

»Es kostet nichts, oder? Also kann es mir nicht aufdringlich erscheinen.«

»Manchmal erscheint es mir so, als ob wir zwar die gleiche Sprache, jedoch ein ganz anderes Gefüge von Bedeutungen und Nebenbedeutungen benutzen.«

»Darauf hat man mich vor dieser Mission hingewiesen.«

»Tatsächlich.«

»Um es genauer auszudrücken, die Wahl für diesen Auftrag fiel unter anderem auf mich, weil ich nach Meinung der Bruderschaft eine gut entwickelte Fähigkeit besitze, mit semantischen Konfusionen fertig zu werden. Sie selbst sind der beste Beweis dafür, dass dem so ist.«

»Ach wirklich? Inwiefern?«

»Sie leben noch.«

»Bitte?«

»Manche, wenn nicht die meisten meiner Confratres hätten Sie für die eine oder andere Bemerkung, die Sie gemacht haben, ohne Federlesen terminiert.«

»Was bin ich beruhigt. Wenn ich richtig informiert bin, steht der Begriff Terminierung bei Ihnen euphemistisch für Mord.«

»Sie haben auf eine bestimmte Art recht – auf eine andere Art haben Sie gerade von der gewissen Fähigkeit profitiert, die ich erwähnte.«

»Das bringt mich zurück auf meine Frage nach den ungewöhnlichen Nebenumständen, die dieses Experiment mit sich bringe. Was verstehen Sie darunter?«

»Dieses Vorhaben ist besonders bedeutsam. Seine Durchführung stellt ein beträchtliches Risiko dar. Deswegen werden alle Personen, die damit zu tun haben, einer besonderen Behandlung unterzogen. Wenn Sie so wollen, werde auch ich nach Beendigung dieser Arbeit terminiert.«

»Das meinen Sie doch wohl nicht ernst.«

»Ja und nein. Natürlich werde ich meine Existenz nicht auf die Weise beenden, die Sie im Sinn haben. Bloß mein Name, meine Konten und meine bisherigen Verdienste werden verlöschen. Was die Bruderschaft und ihre Bibliotheken betrifft, werde ich nie existiert haben. Meine physische Existenz jedoch wird unter einem neuen Namen, einer neuen Kontonummer weitergeführt.«

»Das ist eine ziemlich umständliche Art, von der Schaffung einer neuen Identität zu reden.«

»Das finden Sie.«

»Unser Wesen da drin hat inzwischen fast seine normale Betriebstemperatur erreicht.«

»Fast. Lassen Sie ihm Zeit.«

»Ja, ja, Sie wollen unverfälschte Ergebnisse.«

»Richtig. Aber, sagen Sie, gibt es auf Atibon Legba nicht ähnliche Sicherheitsvorkehrungen, was heikle Missionen wie diese betrifft?«

»Darüber kann ich Ihnen nichts sagen.«

»Das sagt mehr über Sie und Ihre Oberen aus, als Sie sich vorstellen können.«

»Gehören solche Einschätzungen zu Ihrer Mission?«

»Natürlich.«

»Wir sollten das Experiment zum Abschluss bringen.«

»Ist Ihnen aufgefallen, dass die Stressreaktionen auf die zeitweilige Trennung des Wesens geringer ausgefallen sind als beim ersten Mal? Obwohl die Trennung dieses Mal gründlicher war?«

»Das ist mir aufgefallen. Eine erstaunlich hoch entwickelte Anpassungsfähigkeit.«

»Wir werden sehen, ob das Wesen sich an das abschließende Experiment anpassen kann. Ich bezweifle es.«

Tom rang verzweifelt darum, nicht den Verstand zu verlieren. Er kämpfte um den Kontakt mit seinem Ich auf der anderen Seite der Barriere. Er beschwor die stärksten Erinnerungen, um nicht das einzubüßen, was ihn ausmachte. Er dachte an jenen geheimnisumwitterten Tag, an dem er das wahrhaftige Nest der Regendrachen seinen Freunden zeigte und die anderen ihm zu den Wesen gefolgt waren, die sie vervollständigt hatten. Er dachte an Sdevan und Will und Marja, die mit ihm im willkommenen Regenguss die einzige Möglichkeit entdeckt hatten, wirklich ein Wesen dieser Welt zu werden. Er dachte an eine Art von Explosion; keine, die zerriss und zerfetzte, sondern eine, die zusammenfügte, wenn auch nicht mit weniger Wucht. Die Erinnerung half, den dünnen Faden festzuhalten, der seine Teile miteinander verband. Rund um ihn tobten die unsichtbaren Schrecken einer Dunkelheit, an die Tom keinen Gedanken verschwenden wollte. Sollte dieser Faden zerreißen, das wusste er, dann würde diese Düsternis alles verschlingen, was von ihm übrig war. Kaum hatte er wahrgenommen, dass die beißende Kälte im Raum einer angenehmeren Temperatur wich. Das war unwichtig. Wichtiger war, dass die massiven Stempel, die ringsum alle Durchgänge verschlossen, sich mit einem dumpfen Rumpeln vom Boden lösten und hoben. Eine verborgene Maschinerie wuchtete die tonnenschweren Schotts empor, sodass die Tunnel frei wurden; der Weg war kaum breit genug für ein Eingesicht, als sich Tom durchquetschte und die heranbrandende Dunkelheit ein weiteres Mal vertrieb. Zitternd drängten sich die beiden Körper aneinander, und sie hatten keine Zeit, sich zu freuen. Eine Welle würgender Übelkeit erfasste ihn, ähnlich wie bei den Experimenten mit der Karamelkose. Keiner hatte gern mit dieser Rätselfrucht experimentiert, sie brachte Unordnung in die Bindung der beiden Körper. Der Augenblick der Rückkehr ins Normale war erleichternd, drehte einem jedoch den Magen um. Die Erinnerung daran war flüchtig. Tom hatte nur einen Gedanken: Was mochte als Nächstes kommen? Was für eine Gemeinheit hatten die unsichtbaren Beobachter nun vor? Was würden sie der wehrlosen Ratte, die in ihrem Labyrinth umherirrte, noch antun?

Tom erfuhr die Antwort, kaum dass er sie in seinen Gedanken formuliert hatte. In dem schwammartigen schwarzen Stoff, mit dem alle diese Räume ausgekleidet waren, öffnete sich eine kleine Klappe, aus der sich ein mehr als fingerdickes Rohr hervorschob. Tom bemerkte die Bedrohung erst, als das Ding bereits auf ihn zielte. Ein ploppendes Geräusch ertönte. Tom hatte nicht die Chance, etwas zu untenehmen. Ein Bolzen wurde mit großer Gewalt aus dem Rohr geschleudert, durchschlug die pelzige Haut Toms an der Schulter, durchquerte den länglichen Muskel, der bei allen sechsbeinigen Lebewesen Vilms die Funktion des Herzens ausübte, und nagelte den getroffenen Körper an den schwarzen Untergrund. Das Eingesicht zuckte unkontrolliert mit den sechs Beinen; die milchige Körperflüssigkeit trat aus der Wunde und tropfte herab. Ich bin getroffen, dachte Tom, ich blute. Er spürte keinen Schmerz, nur ein ungewohntes Gefühl; ganz so, als stehe er neben sich und sehe sich zu. Ich sehe mir selbst beim Sterben zu, dachte Tom. Er dachte nicht an Hilfe. Bereits der Gedanke, jemand oder etwas in diesen Folterkammern könnte auf einen Hilferuf reagieren, war lächerlich. Tom hatte keine Zeit, um sie an so vergebliches Tun zu verschwenden. Er hielt seinen felligen Körper in den Armen, und er erinnerte sich an den Spion, den die Vilmer aller seiner Bilder und Aufzeichnungen beraubt hatten. Der Mann war verzweifelt gewesen, als Tom ihn im Gebirge aufgespürt hatte, schlotternd und durchnässt und übernächtigt. Und doch, in all seinem Elend hatte in seinen Augen der zornige Trotz gestanden. Nun erst recht. Auch wenn der Typ dann sang- und klanglos verschwunden war, dieses Funkeln in seinem Blick hatte Tom nie vergessen können. Es hatte ihm Angst gemacht. Und er hatte geglaubt, es verstehen zu können. War dies eine späte Folge von dem, was geschehen war? War es ein Irrtum, als Will meinte, den Mann und seine aufdringlichen Apparate auf immer losgeworden zu sein? Dieser Apparat hier war aufdringlicher. Er ging so weit zu töten. Nur um etwas herauszufinden.

Tom wurde schwächer und konnte sich nicht mehr halten; der schwere Körper entglitt langsam seinen Händen. Vorsichtig ging Tom in die Knie. Er zitterte am ganzen Leib. Eine der empfindlichen Mittelpfoten streckte sich, so weit es ging, und berührte ein Knie. Nie wieder im Regen duschen, dachte Tom, damit ist es vorbei. Erinnerungen flatterten durch sein Bewusstsein, trafen ihn wie die Tropfen eines Regengusses. Jener Tag, an dem er vollständig wurde und den heftigsten Schauer Vilms sah, den er je erlebt hatte. Die staunende Freude, die seltene Sonne; das Lachen, als er das wärmende Licht spürte und diesen gleißenden Ball am Himmel sah – an einem tintig dunkelblauen Himmel, der durch ein Loch in mattgrauen Wolken leuchtete, das sich in wenigen Augenblicken schließen würde. Auf beiden Seiten zugleich um ein Gestrolch herumlaufen, so schnell wie es geht. Der sanft brennende Geschmack von Rotschoten in Blattröhrensaft, und das wirbelnde Gefühl im Hinterkopf. Das scharfe Gehör, mit dem man hören konnte, was auf der anderen Seite einer gepanzerten Wand gesprochen wurde. Das Spiel mit Wurbls am Rande des Gebirges. Die Wut der Einarmigen Eliza, wenn sie wieder einmal etwas überhaupt nicht verstanden hatte. Das Klingen seines Inneren beim Ausprobieren einer neuen, unbekannten Rätselfrucht. Die juckende Narbe am Hals, dicht an der Kehle, genau da, wo der Arzt ihm den Hals aufgeschnitten hatte.

All das rauschte als unzusammenhängender, chaotischer Film durch Toms Bewusstsein, und er spürte, wie das Leben aus ihm herausrann. Er erinnerte sich an sein Experiment, die Wirkung der Kaktuspflaume am eigenen Körper zu erfahren. Er kannte die Funktionen seiner physischen Existenz. Er wusste, wo sein Herz schlug und wie die langgestreckte Pumpe arbeitete, die das milchfarbene Blut durch den Körper des Eingesichts trieb. Und so wusste er auch, dass diese Pumpe mit letzten verzweifelten Bewegungen ihre Arbeit einstellte und stehenblieb. Seine Erinnerungen, seine Wünsche, seine Ängste schwanden dahin. Das Eingesicht starb, und Tom hatte keinerlei Zweifel, dass er damit als Person starb. Es mochte ein unverletzter Körper mit allen äußeren Kennzeichen eines Homo sapiens übrig bleiben. Das würde jedoch nicht Tom sein. Seine Erinnerungen und sein Leben würden ausradiert werden. Tom dachte an Lukas und Toron, die auf eine gewisse Weise unsterblich geworden waren. Ihm würde das verwehrt bleiben. Da war kein wildes Eingesicht, um den vakanten Platz zu besetzen – und natürlich war die Technik der Rätselfrüchte noch lange nicht so weit, dass man Torons Erlebnis einfach so nachvollziehen könnte. Tom spürte beim Gedanken an die beiden keinerlei Gefühl. Kein Bedauern. Er hielt den pelzigen Körper so fest, dass alle seine Muskeln schmerzten, und bemerkte mit wachsendem Entsetzen, dass ihm immer größere Teile seiner Erinnerungen und Fähigkeiten fehlten. Vor wenigen Augenblicken hatte er eine mörderische Wut auf diejenigen gespürt, die ihm dies antaten. Jetzt war da nichts mehr. Keine Wut, kein Ärger. Wo er Gefühle erwartete, war eine grausige Schwärze. Eine so tiefe Dunkelheit, dass man sie anfassen konnte. Und jede Berührung würde wehtun. Das wusste er. Und Tom erfasste, dass rings um ihn Mauern aus düsterer Finsternis emporwuchsen und immer näher rückten. Er selbst verwandelte sich in eine dünne

Folie, die an dieser Mauer klebte und langsam fadenscheinig wurde. Auch die Wirklichkeit wurde seltsam flach. Tom schaute auf den leblosen Körper in seinen Händen, und die Hände waren so furchtbar weit entfernt. Sie ließen das Eingesicht los. Milch wurde von dem schwammartigen schwarzen Zeug aufgesaugt. Der schöne Kopf mit den weit offenen Augen schlug auf dem Boden auf. Die Augen bewegten sich nicht. Tom schrie, und er schrie so laut, wie er es niemals getan hatte. Es tat so weh, so höllische Schmerzen, das Dunkel tat so weh. Es war eine Qual, von der Dunkelheit berührt zu werden. Tom schrie und ging in die Finsternis hinein.

»Offensichtlich überschreitet die ultimative Trennung die Anpassungsfähigkeit des Wesens völlig.«

»Offensichtlich. Stellen Sie bitte die Tonwiedergabe ab. Oder wenigstens leiser. Das Gebrüll ist nicht auszuhalten.«

»Die Frage ist, ob sich unser Studienobjekt wieder beruhigen wird oder nicht. Wenn es sich tatsächlich um eine duale Lebensform handelt, dann ...«

»Wir sind von der Annahme ausgegangen, dass es sich um eine nur tertiäre Funktionen einschließende Anpassung handelt. In derselben Art wie die Abhängigkeit vom Kollektiv auf Utragenorius.«

»Nein. Ich glaube, dies ist völlig anders.«

»Völlig anders?«

»Utragenorianer sind vollkommen unglücklich, wenn man sie von ihrem Kollektiv trennt, aber sie überstehen die Trennung. Ziemlich unbeschadet sogar, abgesehen von Depressionen und anderen psychischen Beeinträchtigungen. Bei denen ist das sozial bedingt. Eine Gewohnheit, wenn Sie so wollen. Änderungen der Gewohnheiten werden nicht gern gesehen. Stellen Sie sich vor, ich würde Sie zwingen, hier so nackt zu sitzen wie ich.«

»Das meinen Sie doch wohl nicht ernst.«

»Ich habe es nicht vor, wenn Sie das meinen. Die Analogie ist nichtsdestotrotz zutreffend. Jetzt beginnt eine neue Phase, sehen Sie.«

»Ich sehe es. Ist ja widerlich. Was tut er da? Was soll das, um Gottes willen? Die Päpste mögen mir verzeihen. Was für ein Gezappel. Schauen Sie sich das an. Er hat sich beschmutzt, total eingeschissen. Und er schreit immer noch.«

»Die motorische Aktivität ist enorm. Bei diesem Energieniveau wird bald totale Erschöpfung eintreten.«

»So reagiert kein Mensch, dem man sein Lieblingshaustier fortgenommen hat. So reagiert niemand, dem der langjährige Partner abhandengekommen ist.«

»Das ist vollkommen richtig. Wir haben es mit einer dualen Lebensform zu tun. Das, was wir getötet haben, ist die vilmsche, tierische, sechspfotige Hälfte, während das da die irdische, menschliche, zweibeinige Hälfte darstellt. Nur beide zusammen sind ein vernunftbegabtes, denkendes Wesen. Wie wir gesehen haben: Werden Menschenwesen und Eingesicht getrennt, bleiben nicht zwei Hälften zurück. Nicht einmal zwei unglückliche Geschöpfe, deren jedes weniger ist als die Hälfte jenes fühlenden Wesens, das wir eingefangen hatten. Die tatsächliche Trennung der beiden Teile ist nichts als der Mord an einem vernunftbegabten Wesen.«

»Jetzt fängt er an zu toben. Er wird sich verletzen. Wir sollten Gas einleiten und ihn für die spätere Untersuchung ruhigstellen.«

»Das ist sinnlos. Der Vilmer ist tot.«

»Er hat sich gerade den Arm gebrochen. Das muss höllisch wehtun. Und er macht weiter. Was ist das da? O nein. Er hat sich doch nicht etwa die Zunge abgebissen?«

»Was wir sehen, ist eine unbewusste Reaktion. Eine Selbstzerstörung. Eins der Teile allein ist nicht lebensfähig. Interessant. Ein interessanter Schwachpunkt. Und das bei einer Art, die so überaus widerstandsfähig ist.«

»Art? Wieso Art?«

»Ich werde der Bruderschaft anempfehlen, der Liste der bisher bekannten außerirdischen Intelligenzen eine weitere Spezies hinzuzufügen.«

»Das können Sie tun, das liegt in Ihrem Ermessen. Was tun wir mit diesem Ding da? Der Bruch in seinem Arm ist jetzt offen. Er verliert Blut. Eine Menge.«

»Ich habe genug gesehen.«

»Sie können doch nicht ... Warten Sie. Das ist das Bolzenschussgerät. Was haben Sie ... Du meine Güte.«

»Das wäre erledigt.«

»Das war Mord. Sie haben gerade einen Menschen umgebracht.«

»Das ist in zweierlei Hinsicht falsch. Zum einen war das kein Mensch, sondern der unglückliche Überrest eines getöteten Vilmers. Und zum zweiten fand der Mord bereits vor Minuten statt, als das Bolzenschussgerät zum ersten Mal ausgelöst wurde. Und da haben Sie den Auslöser betätigt.«

»Ich weiß nicht, wie man das auf Atibon Legba beurteilen wird. Wir haben hier etwas getan, das niemals bekannt werden darf.«

»Das ist richtig. Deswegen ändern sich demnächst mein Name, meine Konten und mein Gesicht. Und dies alles kommt zu den Geschichten, die niemals an die Öffentlichkeit dringen werden.«

»Ich hoffe, dass Sie recht behalten.«

»Ich weiß es.«

8. Empfangstag

Während das Landungsschiff mit dem anachronistischen, frisch aufgemalten Symbol der Erdregierung seine Startsequenz an Bord des Weltenkreuzers im Vilm-Orbit absolvierte, war es durchaus nicht klar, ob das Schiff sein Ziel je erreichen würde. An Bord waren nicht nur ein Papst, sondern auch ein General vom Flottenkommando auf Atibon Legba, ein Vertreter der sogenannten Erdregierung, ein karnesischer Gesandter, eine Botschafterin von Galdäa, jemand vom Hzn-Kontaktkomitee und vom epsilonischen Institut, sogar eine Gruppe utragenorianischer Fürsten und ein Abgesandter der Goldenen Bruderschaft. Daneben nahm sich die Liste der sogenannten normalen Menschen – unter denen Mechin war – fast bescheiden aus. Unten auf dem wie immer wolkenverhangenen Planeten rasteten Zielmechanismen summend ein, in jedem Sekundenbruchteil wurden Flugbahnen neu berechnet, empfindliche Maschinen hielten das herankommende Fahrzeug im Fadenkreuz, und zwar von jenem Augenblick an, als die Halteklammern das Landungsschiff freigaben. Der vor langen Jahren zerschellte Weltenkreuzer hatte mehr, viel mehr an Bord gehabt, als die Überlebenden brauchen konnten. Und heute gab es auf Vilm Leute, die endlich die Apparaturen gebrauchen konnten, die zu nichts weiter nutze waren, als Zehntausende Kilometer entfernt kleine atomare Sonnen erstrahlen zu lassen oder die Urkräfte des leeren Raumes selbst zu entfesseln. Was jahrelang sinnlos gewesen war, gewann todeswichtige Bedeutung. In einem kleinen Raum, der spärlich von glimmenden Kontrollen einiger Steuerkonsolen erhellt wurde, befanden sich Will, Sdevan, Tonja und einige andere Vilmkinder, jeder mit seinem Eingesicht. Dieser Platz war der Vilmregierung, also Tina, völlig unbekannt, und sie hätte augenblicklich einen längere Zeit dauernden Schreikrampf bekommen, wenn sie davon erführe. Zwar war der Boden des Kontrollraumes wie alle in diesem Segment leicht geneigt, und von den Systemen an Ort und Stelle arbeitete nur etwa ein Fünftel, beide Tatsachen änderten nichts daran, dass von diesem schummrigen Zimmer eine Bedrohung ausging.

»Diplomatische Gespräche hin, diplomatische Gespräche her«, sagte Tonja, »die Frage ist doch, was wir jetzt tun wollen.«

»Wir könnten jedes Schiff, das vom Weltenkreuzer ablegt, einfach abschießen«, sagte eines der Vilmkinder, eng an den Körper seines Eingesichts gekuschelt. Das Tier schaute aus großen dunklen Augen aufmerksam auf die Bildschirme.

»Aber warum sollten wir das tun?«, sagte Will. Er war als Einziger im Dämmerlicht der Konsole, an der er saß, schwach sichtbar. Er wusste, dass die anderen ihn anschauten, und es störte ihn nicht im Geringsten. Er hatte vor langer Zeit aufgehört, es auf seine kräftige Gestalt zu schieben, wenn er plötzlich im Mittelpunkt stand. Man starrte ihn nicht an, weil er ein bisschen fülliger war als die anderen, sondern weil die anderen es aus unerfindlichen Gründen wichtig fanden, was er sagte.

»Wir könnten den Weltenkreuzer selbst angreifen«, sprach das Vilmkind im Dunkeln weiter, absolut unbeeindruckt. »Die Energieressourcen erlauben es uns, mit den Landau-Modulatoren ein Störfeld direkt im Massezentrum des Weltenkreuzers zu induzieren, etwa eine halbe Sekunde lang. Die ausgelösten Zerstörungen würden einen nachfolgenden Schlag mit den anderen Kriegswerkzeugen aussichtsreich werden lassen. Natürlich müssten wir die Raketen starten, ehe wir mit dem Modulator zuschlagen.«

Manchmal konnte Will sich nicht an die irritierenden Eigenheiten der spätgeborenen Vilmkinder gewöhnen. Das waren Personen, für die alle Trümmer der Oosterbrijk spätestens dann an Faszination verloren hatten, wenn sie gelernt hatten, mit den zusätzlichen Sinnen der Eingesichter umzugehen. Das waren Leute, für die Menschen ohne sechsbeinige Begleiter unfertige und unvollkommene Wesen waren. Diese Kinder sahen auf hohe Tiere vom Flottenkommando herab, weil sie jeden General, sei er noch so verdienstvoll, nur bemitleiden konnten: Was für ein armseliges Leben konnte das sein, eingesperrt in diesem einen Körper, begrenzt auf einen Gesichtspunkt, verkrüppelt ohne die wunderbaren Möglichkeiten der geschickten Pfoten. Da vermochte auch die raffinierteste Maschine kein Defizit auszugleichen. Diese Angewohnheit, dachte Will, ein Thema leidenschaftslos bis ins letzte Detail zu diskutieren, könnte von Flottenleuten und anderen irdischen Denkweisen verhafteten Menschen falsch verstanden werden. Hier spürte er, dass zu den Lehrern dieser Kinder jemand wie Francesco Calandra gehört hatte. Das blutrünstige Gerede war theoretisch, Gedankenspiel. Zumindest hoffte Will das. Er wusste, dass keines der anwesenden Geschöpfe sich mit Rotschotensaft oder einer der anderen leckeren Drogen der Regenwelt zugedröhnt hatte. So etwas taten die Vilmkinder nicht. Die Einzigen, die völlig unberechenbar sein würden, waren Toron und Lukas. Beide sagten selten etwas, und wenn sie es taten, gaben sie einem Rätsel auf. Will bemühte sich, nicht unruhig hin und her zu rücken. Er hielt still; es waren eine Menge Augen auf ihn gerichtet.

»Wie könnte die ARMORICA antworten?«, kam eine weitere junge Stimme aus dem Halbdunkel.

»Das hängt von der Reaktionszeit des Frühwarnsystems ab«, antwortete ein anderer. »Es ist kaum anzunehmen, dass es im Augenblick eine aktive Alarmstufe auf der ARMORICA gibt. Zwischen dem Start der Flugkörper und den ersten Einschlägen oben vergehen zweiundneunzig Sekunden. Berücksichtigt man die minimale Zeit, die zwischen der Ortung der Starts auf dem Planeten und der Verifizierung eines aggressiven Zwecks vergeht, bleibt eine Spanne von fünfundvierzig Sekunden. Innerhalb dieser Zeit sollten wir mit den Modulatoren für ein Maximum an Verwirrung sorgen. Dann besteht eine Chance von über fünfundachtzig Prozent, dass genug Sprengköpfe durchkommen, um die ARMORICA flugunfähig zu machen.«

Will schüttelte den Kopf, und seinem Eingesicht sträubte sich das Fell; seine eher emotional reagierende Hälfte war entsetzt von der Vorstellung, dass einige Dutzend nuklearer Explosionen ein Raumfahrzeug zerreißen würden, das mit einem Durchmesser von über neun Kilometern nicht nur die Ausmaße eines Asteroiden, sondern auch etliche tausend Mann Besatzung hatte, und von den Passagieren hatte niemand ein Wort gesagt. Über die feinen Sinnesorgane seines Eingesichts spürte Will, dass es den anderen Sechsbeinern im Raum ähnlich ging.

»Das war die optimistische Annahme«, fuhr die junge Stimme fort. »Die pessimistische Kalkulation setzt voraus, dass den Leuten auf der Armorica innerhalb von fünf Sekunden nach dem Start unserer Raketen aufgeht, dass man sie angreift, und sie sofort die Alarmbereitschaft erhöhen. In diesem Fall werden unsere Projektile innerhalb einer halben Minute abgeschossen. Die gravitronische Attacke Vilms stößt dann auf einen Weltenkreuzer, der sich in Kampfbereitschaft befindet – und alle Segmente der Armorica haben ihre eigenen Systeme aktiviert, vom Gesamtsystem ganz zu schweigen.« Ein leises Seufzen erklang; Will wusste nicht, von wem das gekommen war. »Nicht nur, dass die Armorica dann unseren Überfall mit leichten Schäden übersteht, wir wären anhand der Emissionen unserer Waffen enttarnt. Wahrscheinlich stanzen die Kampfgeräte der Armorica anschließend ein sauberes Loch in den Planeten genau an dem Fleck, wo wir uns jetzt befinden.«

»Weitere Optionen?«, fragte jemand.

»Natürlich sind alle möglichen Zwischenstufen der beiden Extremfälle möglich«, kam sofort die Antwort.

»Wir sollten uns also einen Angriff genau überlegen.«

»Warum sollten wir das tun?«, wiederholte Will seine Frage. »Warum sollten wir dieses Landungsschiff oder blöderweise sogar die Armorica selbst angreifen?« Schweigen.

»Dafür gibt es eine Menge Gründe«, sagte dann einer, »man denke nur an die Flagge.« Will schüttelte den Kopf, und dasselbe tat ein paar tausend Kilometer entfernt in diesem Augenblick auch der Mann, den Will als Allerletzten auf dieser Welt wiedersehen wollte.

»Ich halte dieses Vorhaben für hirnrissig«, sagte Mechin, als der Kontakt-Koordinator der ARMORICA – ein Zentralier – die Delegation verabschiedet hatte und sich mit offensichtlicher Erleichterung aus der Verbindung schaltete. Der Arzt war nicht freiwillig hier. Man hatte großen Wert auf seine Erfahrungen auf Vilm gelegt. So großen Wert, dass einiger Nachdruck hinter dem gesteckt hatte, was offiziell eine Einladung gewesen war. Nun war er hier und sprach mit seiner Nachbarin, einer weiß Gott interessanten Frau: Sie war Mitglied des Papstes und in hochdiplomatischer Mission in diesem Sektor unterwegs, wie man munkelte. Die Päpstin schaute aus dem Fenster des Shuttles und schüttelte den Kopf. Draußen war nichts als der wolkenverhüllte Planet vor der sternenübersäten Schwärze des Alls; der Weltenkreuzer war nicht sichtbar.

»Von hier oben sieht es bei Weitem nicht so interessant aus, wie Sie es so beredsam geschildert haben«, beschwerte sie sich lächelnd und schubste Mechins Arm von der Lehne, die ihre beiden Sitze teilte. Für eine reife Dame von Mitte fünfzig, die noch dazu Pontifex war, hatte sie eine irritierende Art, ernste Gespräche an den Rand des Lächerlichen zu bringen, und es machte ihr einen Heidenspaß, alle Vorurteile sowohl zu bestätigen als auch zu zertrümmern, die Leute wie Mechin gegenüber einem so merkwürdigen Gremium wie dem Papst hatten. »Und dort unten regnet es tatsächlich immerzu?«, wollte die Pontifex wissen.

»Es soll Tage geben, an denen die Sonne scheint, aber sie sind sehr selten. Ich habe selbst nur zwei erlebt«, antwortete Mechin.

»Das macht es nur interessanter. Ich bin neugierig.«

Der alte Arzt schaute seine Nachbarin forschend an. »Interessant«, wiederholte er, »ist möglicherweise nicht der richtige Ausdruck. Fremdartig, seltsam, faszinierend, ja ... Was Sie sagten, würde jedoch bedeuten, dass Sie bereit wären, sich mit dem zu befassen, was Sie vorfinden werden. Daran habe ich meine Zweifel. Diplomatische Gespräche hin, diplomatische Gespräche her.«

Die Päpstin hob belustigt die Brauen.

»Ich meine«, fuhr Mechin hastig fort, »wenn man Sie in dieses mehr diplomatische als wissenschaftliche Gremium berufen hat, dann doch weniger Ihres Interesses wegen als wegen, nun ja, politischer Rücksichten ...«

»Ich bin der Quote wegen dabei, meinen Sie«, sagte die Päpstin und nickte. »Das stimmt auch, wenigstens zum Teil. Immerhin ist das Papst geistiges Oberhaupt von dreizehn Milliarden Menschen und de facto Herrscher von drei bewohnten Welten, oder vier, wenn Sie Sanctuarium dazuzählen, was ich nicht tun würde. Aber ich bin auch – und vor allem – deswegen hier, weil ich alle Hebel in Bewegung gesetzt habe, um dabei sein zu können. Dabei musste ich einigen Leuten auf Vatikan heftig auf die Zehen und andere metaphorische Körperteile treten.« Sie schaute Mechin, plötzlich ernst, von der Seite an. »Sie können sich vermutlich nicht vorstellen, was die Entdeckung eines neuen Planeten für das Papst bedeutet, zumal dann, wenn es sich um einen bereits besiedelten Planeten handelt.«

»Da haben Sie recht«, gab Mechin zu. »Darüber habe ich mir nie Gedanken gemacht.«

»Eine neue Welt stellt eine neue Herausforderung dar«, sagte die Päpstin und blickte aus dem Bullauge, »und das nicht nur für die Organisation der Kirche. Bedenken Sie, wir brauchen für jede neue Welt einen Nuntius, der als Botschafter fungiert, und wir brauchen Grundstücke für den Bau von Kirchen und Klöstern, wir brauchen Novizen, die unsere Klöster bevölkern, wir brauchen Priester, die all die Messen zum Lob des Herrn lesen, wir brauchen interne Kommunikation zwischen Vatikan und der neuen Welt, und wir brauchen eine Menge Geld, um all das zu finanzieren. Vor allem, und das ist das Wichtigste, brauchen wir ein fundamentales Verständnis jeder neuen Welt, sonst laufen wir Gefahr, unsere Aufgabe zu verfehlen.« Die letzten Worte sprach sie gegen das zentimeterdicke Glas, hinter dem sie jetzt die ARMORICA sah, eine gigantische metallene Kugel. Die Entfernung ließ den Weltenkreuzer klein und dreckig aussehen.

»Fundamentales Verständnis? Ach ja«, Mechin tat verständnisvoll, »erst müssen Sie Ihre Religion für jede neue Welt zurechtschneidern, passend machen.«

»Darum geht es überhaupt nicht!« Die Päpstin fuhr herum und blitzte ihren Nachbarn wütend an. »Es kann niemals zur Debatte stehen, die Kirche und ihre Botschaft ‚passend' zu machen, wie Sie sich ausdrücken, das geht nicht, das kann nicht gehen, unsere Botschaft und unsere Aufgabe ist überall und immer dieselbe. Ich könnte wahnsinnig werden, wenn ich solche Sprüche höre …«

»… weil Sie diese Sorte Sprüche schon auf Vatikan hören müssen, oder?«, fragte Mechin. Er schickte der Päpstin als Friedensangebot sein strahlendstes Grinsen, und nach einer kurzen Sekunde der Verwirrung nahm die Frau die unausgesprochene Entschuldigung an und schaute wieder zur ARMORICA hinüber.

»Es ist so ähnlich wie mit diesem Ding da«, sagte sie. »Drinnen gibt es einen wenn auch künstlichen Himmel, Freibäder, Schulen, Kirchen, Straßen, Sportplätze, Wälder, Gärten, Häuser – man tut so, als wäre es die Welt. Man lebt wie auf einem Planeten, ja, wie auf der Erde, wenn es dort noch Leben gibt, wie wir es kennen. Man fährt zur Arbeit ein paar tausend Meter nach unten oder oben, das ist der ganze Unterschied. Man ist erst erschrocken, wenn man im Shuttle sitzt und den Weltenkreuzer im Bullauge sieht. Da erst sieht man, dass die Welt nichts als ein Gerät aus Blech ist. Ein im Durchmesser neun Kilometer großes, annähernd kugelförmiges Ungetüm, vollgestopft mit Technik. Nichts als die weiterentwickelte Variante von Noahs Arche. Und all die Herrlichkeit der unbesiegbaren Weltenkreuzer hat sich in warme Luft aufgelöst, als man erfuhr, dass die VILM VAN DER OOSTERBRIJK klaglos und spurlos abstürzen konnte. All die Selbstgerechtigkeit verwandelte sich in Heulen und Zähneklappern. Dieselbe blöde Überheblichkeit, die annimmt, die Kirche müsse sich neuen Welten anpassen. Als ob unsere Religion ein Strumpf wäre, den man bei Bedarf weiten oder stopfen kann.«

Mechin gab der Päpstin recht. »Soweit ich weiß, ist vorher nie ein Schiff dieser Größenordnung verloren gegangen.«

»Jaja«, sagte die Päpstin, »soweit Sie wissen.« Sie schaute aus dem Fenster, das inzwischen keinen nennenswerten Ausblick mehr zeigte, nur Sterne. Mechin fragte sich, was zum Teufel diese Bemerkung bedeuten solle.

Während der Arzt an Bord des Shuttles grübelte, fand ein tastender Leitstrahl die anfliegende Maschine. Auf einem Bildschirm wurde das Pünktchen, das die Position des Landungsschiffes anzeigte, zum Mittelpunkt eines in giftigen Farben schillernden Fadenkreuzes. »Ziel erfasst«, ließ eine maschinelle Stimme verlauten, die sich Klang und Timbre von einer längst gestorbenen Frau geborgt hatte. In dem von glimmender Notbeleuchtung kaum erhellten Raum vertiefte sich die Stille. »Ich denke, wir sollten sie einfach abschießen«, sagte schließlich einer. Die Stimme klang bekannt; Will vermutete Toron hinter dieser kleinen Provokation. Die Spannung in dem düsteren Raum verdichtete sich merklich. Von der Diskussion bloßer Möglichkeiten war man dazu übergegangen, tatsächliche Handlungen zu besprechen. Vom Angriff auf die Armorica war von diesem Zeitpunkt an keine Rede mehr.

»Warum sollten wir das tun?«, wiederholte Will seine Frage. »Warum sollten wir dieses Landungsschiff angreifen?«

»Man denke nur an die Flagge. Was sie mit der Flagge gemacht haben. Und mit Tina und mit Schwester Gerda.«

Diese Stimme kannte Will. Das war Sdevan, achtzehn Jahre alt, für ein Vilmkind großgewachsen, sehr schlank und meistens etwas albern. Wenn Sdevan etwas richtig ernst meinte, war er stur wie ein Springwolf. Er hatte vor Jahren eine Vilm-Flagge geschaffen: ein schwarzer und ein weißer Kreis, die vor einem graublauen Hintergrund ineinandergriffen, der von unten nach oben heller wurde. Und das Ereignis, auf das Sdevan anspielte, hatte sich allen Vilmern tief ins Gedächtnis eingegraben. Das war beim ersten Besuch der Armorica gewesen. Damals hatte die Rettungsmannschaft nicht nur den Planeten gestürmt, als gelte es, Geiseln aus der Kontrolle von gewalttätigen Irren zu befreien, die Leute vom Flottenkommando hatten auch jede Vilm-Flagge heruntergefetzt, derer sie habhaft werden konnten. Obwohl es von Atibon Legba bis heute hartnäckig geleugnet wurde, hatte man Mitglieder der berüchtigten Auswahl bei diesen Aktionen eingesetzt. Viele auf Vilm waren der Meinung, die ganze Operation wäre von der Auswahl geleitet worden; das Misstrauen allem gegenüber, was von A.L. kam, gründete auf dieser Überzeugung. Und Tina war von den Schwerbewaffneten verschleppt worden, weil sie sich geweigert hatte, den Anordnungen des Flottenkommandos folgend allen Menschen von Vilm zu befehlen, an Bord der Armorica zu gehen und sich nach Atibon Legba bringen zu lassen. Sie hatte natürlich gewusst, dass niemand einem solchen Befehl gehorcht hätte. Erst nachdem die Einarmige Eliza bei Tullama selbst interveniert hatte, konnte Tina nach Vilm zurückkehren. Nun war zwar Tullama nicht mehr Kapitän der Armorica, die Auswahl indes war immer noch die Auswahl. Und das Flottenkommando auf Atibon Legba war immer noch das Flottenkommando auf Atibon Legba. Und es war stocksauer auf die Vilmer, weil die sich geweigert hatten, an Bord der Armorica zu gehen, abgesehen von einigen Leuten, die den Regenplaneten nicht ertragen konnten. Es war kaum anzunehmen, dass Vilm in den Augen der A.L.-Bürokraten inzwischen über den Status eines Ärgernisses hinausgekommen war. Immerhin hatten sich bereits bei der Ankunft der Armorica alle Offiziellen hartnäckig geweigert, in den Eingesichtern anderes zu sehen als merkwürdige Haustiere.

Jetzt kam dieses Landungsschiff herunter, das endgültig den Status der Vilmer klären sollte, beladen mit allerlei Diplomaten, Vertretern der wichtigsten Welten der benachbarten Sektoren und Abgesandten, die die unvermeidlichsten der gängigen Religionen repräsentierten. Will kannte nur die Berichte seines Vaters Carl Carlos senior zu diesem Thema – und der hatte weder von den einen noch den anderen etwas gehalten. Geistige Regsamkeit war von solchen Leuten kaum zu erwarten. Insofern mochte es naheliegend sein, sich des Problems zu entledigen, indem man einfach dieses Raumfahrzeug vom Himmel schoss. Will konnte den Gedanken nicht ertragen, auf einen Knopf zu drücken und zu wissen, dass man damit einen Feuerball in Vilms Atmosphäre aufglühen ließ, dass menschliches Fleisch in kleine Stückchen zerrissen auf Vilms feuchte Oberfläche regnen und glühende Trümmer sich in den Boden graben würden. Und als er das aussprach, antwortete zwar niemand, er konnte jedoch spüren, dass in diesem Punkt stilles Einverständnis herrschte.

»Sie abzuschießen, dürfte das Problem nicht lösen«, sagte Sdevan. »Die Frage ist doch, ob wir das Problem überhaupt lösen möchten.«

Unruhe. »Wie meinst du das?«

Sdevan schwieg, suchte nach Worten. Sein Eingesicht bewegte sich unruhig.

»Wenn wir einen anderen Weg gehen als die«, sagte Sdevan, »wenn wir uns selbst um Vilm kümmern wollen, aus mehr bestehen wollen als nur einem Leib, wenn die uns nicht verstehen können oder wollen – warum, zum Regendrachen, soll das denn unser Problem sein? Ist es überhaupt unser Problem? Ist es nicht letzten Endes deren Problem?«

Die Eingesichter im Raum dampften vor Befriedigung. Genau das war es. Vilm-Flaggen überall. Eingesichter, wohin man sah. Den anderen zeigen, wer und was man war – und vor allem, wer und was man nicht war. Demonstrativ anders sein. Über die angeblich so beeindruckenden Reste des zerstörten Raumschiffes lachen und sie dem Regen und den Gestrolchen überlassen. Metall und Kraftfelder verschmähen und mit dem Wasser und den Pflanzen und den geheimnisvollen Kräften der Rätselfrüchte eine eigene Welt erschaffen.

»Was verlieren wir, wenn uns nie wieder ein Weltenkreuzer besucht?«, fragte Tonja. In Gedanken ging jeder seine eigenen internen Listen durch. Das Ergebnis sah mehr oder weniger bei allen gleich aus.

Die Zielmechanismen hielten das herankommende Fahrzeug nach wie vor im Fadenkreuz fest, und als einer sagte, im Grunde genommen könne man die Leute nun eigentlich erst recht abknallen, wenn man sowieso ohne sie auskäme, war allen klar, dass dies jenseits der ernsthaft diskutierbaren Möglichkeiten lag. Will spürte, wie seine beiden Leiber sich aneinanderschmiegten. Wenn sie erst einmal zugegeben haben, was wir sind, dachte er, müssen sie uns dann nicht als fremde Intelligenz behandeln? Wollen wir mit den Hzn und dem epsilonischen Raumschiff auf eine Stufe gestellt werden?

Oben in dem Schiff, das donnernd in die vilmsche Atmosphäre eingetaucht war, während das Innere hin und wieder gedämpft durchgerüttelt wurde, diskutierten Mechin und die Päpstin die interessanten Aspekte des Vilm-Problems.

»Sie wissen, warum die uniformierten Schwachköpfe vom Flottenkommando so interessiert sind an Vilm?«, wollte die Päpstin wissen.

»Wie reden Sie denn von der glorreichen Stütze der Zivilisation?«, entgegnete Mechin grinsend.

»So, wie die es verdient haben«, sagte die Dame und vollführte eine obszöne Geste, die des Arztes Grinsen breiter werden ließ. »Es gibt einen profanen Grund für dieses Interesse. Die Gesellschaften, die damals alles auf der VILM VAN DER OOSTERBRIJK versichert hatten, mussten nach dem Scheitern des Weltenkreuzers größere Summen bezahlen, als die meisten von ihnen verkraften konnten.«

»Siedler im Außenweltkosmos waren versichert?« Mechin wunderte sich.

»Normalerweise ist keine Versicherung dieser Galaxis so bekloppt, derartige Policen auszustellen«, sagte die Päpstin. »Ein Weltenkreuzer allerdings gilt als absolut sicher. Oder er galt damals dafür. Also wollte man all die schönen Prämien verlustfrei einstreichen. Und als die VILM VAN DER OOSTERBRIJK verlustig ging ...«

»... ging es ans Zahlen«, sagte Mechin.

»Und ans Heulen und Zähneklappern«, ergänzte die Päpstin. »Der größte Posten waren die vielen tausend Lebensversicherungen. Da sind Summen über den Tisch gegangen, für die andernorts Planeten veräußert werden. Und irgendwie wollen die Gesellschaften ihren Verlust wieder hereinholen – nichts wäre denen lieber, als dem Flottenkommando die Schuld an dem Absturz zuzuschieben.«

»Ich verstehe«, sagte Mechin langsam, »dann müsste Atibon Legba zahlen. Und zwar kräftig.«

»Darauf können Sie einen lassen«, sagte die Dame grimmig, und Mechin musste lauthals lachen.

»Ich reise zu lange im Auftrag von Vatikan durch den bewohnten und sonstigen Weltraum, um mir Illusionen zu machen«, sagte die Päpstin, und es war nicht die Spur von einer Entschuldigung in ihrem Tonfall.

»Damit wären wir beim interessanten Teil angelangt«, sagte Mechin und drehte sich um, soweit es sein Sitz zuließ. Er blickte seiner Nachbarin forschend ins Gesicht. »Welches Interesse hat denn das Papst an Vilm, abgesehen von einem gewissen Missionierungszwang?«

Die Päpstin grinste. »Das möchten Sie gern wissen.«

»Das möchte ich.« Mechin grinste zurück.

»Es ist ganz einfach: Das Papst war an einer Reihe von Gesellschaften beteiligt, die solche Policen verkauft haben.«

Mechin pfiff leise durch die Zähne.

»Und das Papst hat ernsthafte Interessen an allen neuen Lebensformen, die im erforschten Kosmos auftauchen. Sie wissen sicherlich nicht, dass alle bisherigen Missionen zu den Hzn größtenteils von Vatikan aus finanziert worden sind. Und dass das Forschungsinstitut am epsilonischen Raumschiff vom ersten Tag seines Bestehens weitgehend auf päpstlichen Geldern ruht.«

»Ich bin tief beeindruckt«, sagte Mechin, »nur in wenigen schwachen Augenblicken meines bisherigen Lebens habe ich die Kirche für eine wohltätige Organisation halten können.«

Die Päpstin winkte ab. »Sparen Sie sich den Sarkasmus. Und verwechseln Sie nicht das Papst mit der Kirche. Das ist nicht dasselbe. War es nie. Und seit fast zweitausend Jahren versuchen wir vergeblich, den Leuten den Unterschied klarzumachen. Ohne Erfolg, wie ich an Ihnen sehen kann.«

»Ich bin ohnehin ein hoffnungsloser Fall.«

»Das würde ich nicht so hart sagen. Oft müssen wir feststellen, dass unsere schärfsten Kritiker unsere besten Förderer werden.«

»Durch Gehirnwäsche?«

Die Päpstin lächelte den Arzt an, ohne eine Spur von Wut in den Augen. Sie ist nicht nur ein verdammt hartes Leder, dachte Mechin, sie hat das gewisse Etwas.

»Unser Interesse an neuen Lebensformen«, sagte die Päpstin freundlich, »wird in erster Linie von unserem Interesse an anderen Lebensformen bestimmt. Wir sind – seitdem es uns als Institution gibt – auf der Suche nach den Möglichkeiten menschlicher Existenz im Einklang mit dem Schöpfer. Und diese Suche wird gespeist von einer simplen Tatsache: Gott hat andere Spezies als nur unsere erschaffen. Er hat es für notwendig gehalten. Das kann nur heißen, dass eine größere Zahl von Möglichkeiten existieren muss, ihm zu dienen, als die auf der Erde verwirklichten. Insofern gewinnt sogar der Untergang der Erde einen gewissen tieferen Sinn.«

»Untergegangen ist die Erde nicht«, wandte Mechin ein.

»Ach, wirklich nicht?«, entgegnete die Päpstin. »Was mich betrifft, ist dieser Planet vor Jahrhunderten gestorben. Sogar auf Vatikan ist den meisten Leuten kaum richtig klar, dass das Wort Vatikan eigentlich nur der Name eines Palastes ist. Und davon unberührt bleibt die Tatsache, dass der Schöpfer einen tieferen Sinn darin gesehen haben muss, den Menschen mit der Existenz anderer intelligenter, beseelter Kreaturen im All zu konfrontieren. Diesem Sinn näherzukommen, ist Teil meiner Mission auf Vilm.«

Mechin sah der Frau ins Gesicht. Die Dame brachte seine Vorurteile ins Wanken. »Und was genau interessiert das Papst an den Vilmern?«

»Wir kennen die offiziellen Berichte, all den Kram, den das Flottenkommando herausgibt. Diesen Quellen gegenüber haben wir ein gewisses Misstrauen.«

»Verständlich«, sagte Mechin.

»Und aus dem Studium der nicht offiziellen Quellen geht unser Eindruck hervor, dass es auf Vilm inzwischen eine Bevölkerung gibt, die der Definition des Menschen kaum noch entspricht. Sie selbst haben nicht unwesentlich dazu beigetragen.«

Mechin nickte. Weil nicht sein kann, was nicht sein darf, weigerten sich die Offiziellen auf A.L. hartnäckig, die Realitäten auf Vilm anzuerkennen. Dabei hatte sich längst herumgesprochen, was los war. Der Arzt hatte sogar geradezu unsittliche Anträge einiger vermögender Leute bekommen, sie medizinisch durch eine künstliche Pseudo-Diphtherie und hinein in ein Leben als symbiotisches Doppelwesen zu bringen. Ganz davon abgesehen, dass Mechin keine Ahnung hatte, wie er das bewerkstelligen sollte, empfand er bereits das Ansinnen als abstoßend. So, als ob jemand sich chirurgisch zum Karnesen machen lassen wollte.

»Von diesem Aspekt abgesehen«, sagte die Päpstin, »interessiert uns Vilm als soziales Phänomen.« Der Arzt warf ihr einen verständnislosen Blick zu. »Immerhin«, sagte die Pontifex, »haben die Leute auf Vilm in zwei großen und jahrelang getrennt lebenden Gruppen gelebt – und überlebt. Und als die beiden Gruppen – beide über vierhundert Köpfe stark – sich vereinigten, ging das ohne Streit und Eifersüchtelei über die Bühne. Ganz zu schweigen von der erstaunlichen Tatsache, dass Vilms Bevölkerung sich unter den Bedingungen einer feindlichen Umwelt in wenigen Jahren auf anderthalbtausend erhöhte. Als die ARMORICA die Leute fand, gab es mehr Vilmgeborene als Schiffbrüchige, und das Durchschnittsalter der Vilmer lag bei dreizehn. Heute wissen die Statistiker nicht so recht, was sie mit dreitausend Menschen tun sollen, die sich eher als Vilmer denn als Menschen begreifen. Offenbar gibt es etwas auf dieser Welt, das stärker ist als die irdischen Traditionen, die mich und Sie beherrschen.«

»Sie beunruhigt die Tatsache, dass die Vilmer sich nicht retten lassen wollen«, sagte Mechin.

»Oh«, sagte die Päpstin lächelnd, »das beunruhigt uns nicht. Es erregt unser Interesse. Im Übrigen auch das anderer Parteien – nicht zufällig ist die HERZKÖNIG im Orbit um den äußeren Planeten dieses Systems.«

»Oh«, sagte der Arzt, »ist das nicht eins der Flaggschiffe von Utragenorius? Ziemlich weit oben in der Hierarchie der Dunkelwelten?«

»Richtig. Auch die sind erstaunt, dass Menschen einen unbestritten unwirtlichen Planeten allen Annehmlichkeiten der Zivilisation vorziehen. Da sind Parallelen zur Geschichte der Dunkelwelten selbst. Und da kommt noch ein Aspekt hinzu. Der, den es offiziell gar nicht gibt. Sie wissen schon.« Mechin nickte der Päpstin zu; es wäre amüsant, einmal etwas zu dem nicht existierenden Thema zu hören, dem Punkt aller Berichte, der stets totgeschwiegen oder heruntergespielt wurde.

»Unser Interesse an anderen Lebensformen«, sagte die Dame und zwinkerte Mechin zu, »betrifft auch solche, die sich aus der Lebensform Mensch heraus entwickeln. Sie kennen die Diskussionen, ob die Karnesen oder Utragenorius menschlich sind. Manche Leute halten selbst die Goldene Bruderschaft für eine humanoide außerirdische Spezies. Mir wäre es lieber, darüber zu diskutieren, ob eine Persönlichkeit aus zwei Körpern eine Seele hat. Oder zwei. Oder überhaupt eine.«

Mechin sperrte den Mund auf; niemals hatte er jemanden von der Obrigkeit so unverblümt von der dualen Natur der Vilmer sprechen hören. Die Päpstin drohte ihm lächelnd mit dem Zeigefinger. »Denken Sie nicht einmal im Traum daran, mich damit zu zitieren, Doktor. Was uns und Vilm betrifft: Diese Welt erregt unser Interesse in höchstem Maße. Finanzielle Interessen sind nachgeordnete Interessen. Wir wollen nicht mit der Goldenen Bruderschaft verwechselt werden.«

Mechin stockte der Atem. »Die haben doch kein Interesse an Vilm. Oder?«

»Sie haben. Da hinten befindet sich ein Separee, mit einem leibhaftigen Abgesandten der Bruderschaft darin. Schließlich steckte von denen eine Menge Geld in der VILM VAN DER OOSTERBRIJK, und sie tätigen ihre Geschäfte mit Gewinn oder gar nicht.«

»Was weiß Gott wahr ist«, murmelte Mechin.

»Führen Sie den Namen des Herrn nicht unnötig im Munde«, sagte die Päpstin. »Die Bruderschaft sieht in Vilm etwas vollkommen anderes als wir. Wir denken, dass auf Vilm etwas mit den Menschen geschehen ist, das sie auf irgendeine Weise Gott nähergebracht hat. Etwas, das sie stark und stolz und anders gemacht hat, so sehr, dass sie von manchen Leuten gefürchtet werden. Oder angehimmelt. In gewissen Kreisen ist Vilm bereits eine Art Kult.«

Mechin nickte und dachte an die gewichtigen Schecks, mit denen man vor seiner Nase herumgewedelt hatte. Als ob man ein Vilmer werden könnte, einfach so zum Spaß und weil es gerade wahnsinnig schick war, jemanden zu kennen oder jemand zu werden, der auf Vilm gewesen war.

»Wir haben ein Interesse daran, dass man die Vilmer in Ruhe lässt, wenn sie das wünschen. Natürlich hätten wir es gerne, wenn sie einen päpstlichen Nuntius auf Vilm dulden würden – aber auch ohne das werden wir alles nur Denkbare tun, um zu verhindern, was Goldene Bruderschaft und Flottenkommando womöglich vorhaben.«

»Sie wollen sich mit beiden anlegen?«

»Wenn es sein muss.«

»Ist das nicht ein bisschen viel?«

Die Dame lächelte den Arzt an, und Mechin zuckte zusammen. Diese nette Frau würde mit Zähnen und Klauen für das kämpfen, was sie für das Richtige hielt. Und Mechin wollte, wenn es irgend ging, möglichst weit weg oder auf ihrer Seite sein, wenn diese Dame anfing, ernsthaft auszuteilen.

Das Landungsschiff hatte unterdessen in der dichten Atmosphäre des Regenplaneten Fahrt verloren und tauschte Signale mit Vilm Village aus. Die Kommunikation war schwierig wie immer, wegen der Störungen, die all die Wolken und Gewitterfronten verursachten. Heute war es besonders schlimm – und das lag keinesfalls am Wetter. Das war nicht mieser als an jedem anderen Tag auf Vilm auch. Während die Piloten des Landungsschiffes sorgsam jede Anweisung der Bodenstation sklavisch befolgten, entfaltete sich unten am Landeplatz hektische Betriebsamkeit. Menschen und Eingesichter liefen scheinbar planlos durcheinander, zwischen den drei Ortschaften gingen Massen von Botschaften hin und her.

Sdevan und sein Eingesicht rannten die schmale Treppe hoch, die sich um die gesamte Länge des Sendemastes am Landeplatz wand und auf eine kleine Plattform oben an der Spitze führte. Beide waren mit Paketen beladen. Je höher sie kamen, desto schmieriger wurden die Stufen und desto heftiger schlug ihnen der Wind den Regen um die Ohren. Einige Male griff Sdevan ein, wenn sein Eingesicht sehr nah an den Abgrund geriet, und ebenso oft bremste der Sechsbeiner den Menschen, wenn der vom eigenen Schwung über das Geländer getragen zu werden drohte. Leider war keine Zeit gewesen, aus den Früchten einen speziellen Kraftmix zu mischen, einen von der Ich-bin-der-Herrscher-der-Welt-Sorte, mit dem gigantischen Muskelkater zwei Tage danach. Sdevan trieb sich selber an. Als die beiden oben angekommen waren, machten sie sich sofort an die Arbeit, ungeachtet der Tatsache, dass beide keuchten und eine Pause dringend nötig gehabt hätten. Auch dem Ausblick, der sich von hier bot, schenkte Sdevan keine Beachtung. Er befand sich auf dem höchsten Bauwerk des Planeten, und es war ihm absolut kein Vergnügen, so weit oben zu sein. Die sichere Oberfläche war solchen Orten vorzuziehen. Und die Zeiten, in denen menschliche Bauwerke ihn allein durch Größe beeindrucken konnten, waren vorbei. Sdevan hielt die Augen des Eingesichts fern von der bestürzenden Aussicht, und seine Hände und Pfoten hatten sowieso Beschäftigung. Die Pakete wurden abgeschnallt, auseinandergenommen und ihr Inhalt entfaltet – Zähne zerrissen Schnüre, Füße stellten sich auf Zipfel, Pfoten stemmten sich gegen den Wind, Hände strichen glatt. Alle Bewegungen waren so perfekt aufeinander abgestimmt, als sei es ein Wesen, was da arbeitete, und nicht zwei grundverschiedene. Und das entsprach der Wahrheit. Unterdessen liefen unten, während das Landungsschiff zu einer völlig nutzlosen dritten Planetenumkreisung aufgefordert wurde, die Vorbereitungen auf Hochtouren. Es waren nur wenige auf Vilm, die von dem überrascht waren, was die Vilmgeborenen beschlossen hatten. Nicht einmal Tina protestierte. Sie nahm das zur Kenntnis und fügte sich in ihr Schicksal; eine Regierung hatte zu tun, was das Volk ihr auftrug.

Dann landete das Raumschiff, das für seine Reise von der Armorica bis hierher mehr als fünfmal so lange gebraucht hatte wie die Rettungsschiffe, die damals waffenstarrende Kampftruppen unter der Führung der Auswahl auf den Regenplaneten geschafft hatten. Das Schiff setzte mit betonter Vorsicht und manierlich auf. Insbesondere bemühten sich die Piloten, keine einheimische Vegetation zu beschädigen. Als die Masse des Raumfahrzeugs zur Ruhe gekommen war und die Verständigungswege geöffnet wurden, kamen auf allen möglichen Kommunikationsleitungen dieselben Datenpakete ins Schiff. Die Schleusen blieben vorerst geschlossen. Mechin beugte sich interessiert vor und las, was da geschrieben stand. Er brauchte lang dazu, länger als die Päpstin, die wahrscheinlich einen Interface-Anschluss für größere Datenmengen im Kopf hatte und nach wenigen Sekunden schallend loslachte. Mechin schaute seine Nachbarin irritiert an. »Die sind echt gut«, sagte sie und grinste. »Sie haben beschlossen, eine Art Eintritt zu verlangen. Nun bin ich gespannt, was die geballte diplomatische Macht an Bord dieses Schiffes dazu sagt.«

Die Päpstin stand auf, strich die Falten ihres schneeweißen Gewandes zurecht und nickte hoheitsvoll zu Mechin hinüber. »Dann werde ich wohl wieder mal in einer Konferenz mit all den Voll- und Halbdiplomaten sitzen müssen. Beinahe hätte ich die

Bande meine Kollegen genannt.« Sie zwinkerte dem Arzt zu und schritt den Gang hinunter in Richtung des übertrieben prunkvollen, mit rotem Samt ausgeschlagenen Besprechungszimmers; sehr majestätisch und sehr würdevoll und ganz Pontifex. Dennoch wirkte sie deplatziert an Bord dieses Schiffes mit seinem leicht angegammelten Luxus, der den Geschmack von vor achtzig Jahren brav konserviert hatte – die leicht kitschige Mode einer Ära, in der man weder von Karna noch von Galdäa je etwas gehört hatte.

Als wäre der Aufbruch der Päpstin ein insgeheim verabredetes Signal, tauchten die Repräsentanten anderer Interessengruppen auf und folgten der Pontifex. Der in eine enganliegende Uniform verpackte General vom Flottenkommando auf Atibon Legba. Die in fließende Gewänder gehüllte Person unbestimmbaren Geschlechts, die im Namen der Erdregierung zu handeln vorgab. Die gewaltige Gestalt des karnesischen Gesandten, die wie üblich in stahlplattenbesetzten Schuhen dahintrampelte. Das irgendwie ätherisch wirkende Wesen, das zu einem der verzwickten Bündnisse von Galdäa gehörte und dessen Blutgefäße als dunkle Schlingen durch die Haut schimmerten. Ein Typ in einem grauenhaft altmodischen Anzug, der vom Hzn-Kontaktkomitee war und selbst nicht sicher war, ob er wusste, was er hier zu tun hatte. Die drei zwergenhaft watschelnden Kreaturen, dickliche utragenorianische Fürsten. Ein grauhaariger Herr, der das epsilonische Institut vertrat. Da liefen noch ein paar interessante Figuren vorbei, aber Mechin starrte gebannt auf den Abgesandten der Goldenen Bruderschaft: Nicht oft bekam man Vertreter dieser Sorte zu Gesicht, auch wenn ihnen überall, wo man hinkam, die interessantesten Dinge längst gehörten. Der Goldene Bruder war eine Frau, vollständig nackt und absolut haarlos. Mechin wusste, dass dieser Körper in ein hauchdünnes, hochfestes Gespinst gehüllt war, das manchem Angriff zu widerstehen vermochte. Auf diese Entfernung sah es aus, als bestünde die einzige Kleidung der Abgesandten aus massiv wirkenden Ringen, die Oberarme,

Handgelenke, Fesseln und den Hals umspannten. Natürlich glänzten diese Ringe golden, und Mechin wusste aus einschlägigen Berichten, dass der Schein nicht trog. Die mit schäbigem Plüsch bespannten Pforten des Besprechungszimmers schlossen sich hinter all den interessanten Individuen, und der Arzt vertiefte sich wieder in das vilmsche Kommuniqué, dessen Buchstaben vor seinen Augen tanzten. Mechin riss sich zusammen und unterdrückte die Aufregung. Nur langsam wurde ihm klar, was die vilmgeborenen Schlitzohren sich ausgedacht hatten. Will, da hast du deine Finger drin gehabt, dachte Mechin, und ein alter Schmerz griff so unbarmherzig zu, als seien nicht Jahre ins Land gegangen, welches auch immer. Die Vilmer, reimte sich Mechin zusammen, verlangten als Voraussetzung für irgendwelche diplomatischen Gespräche, dass ihre Existenz als autarke Siedlerwelt anerkannt würde. Mit allen Rechten, wohlgemerkt. Das klang einfach und leicht verständlich. Allerdings war diese Verlautbarung mit so vielen Querverweisen auf Präzedenzfälle, Ausschlussklauseln und Nebenrechte gespickt, dass eine mehrere Terabyte große Datei daraus geworden war. Wills Handschrift erkannte Mechin überdeutlich in einem Postscriptum, das den Quark in eine für normale Vertreter der Spezies Homo sapiens verständliche Sprache übersetzte und mit wenigen Absätzen auskam. Will war jemand, der schnell und konsequent auf den Punkt kam. Und die Art und Weise, in der die Botschaft abgesetzt worden war, stellte eins sicher: Niemand hatte dafür sorgen können, dass man die Daten unter Verschluss hielt. Die Nachricht von der Regenwelt war nicht nur auf dem Landungsschiff und auf der ARMORICA eingegangen; gebündelte Pakete mit allen Informationen waren zu mindestens einem Dutzend bewohnter Welten gesendet worden, und natürlich hatte auch die schweigsam und unnahbar kreisende HERZKÖNIG eines bekommen. Wenn die Vilmer als Voraussetzung für irgendwelche diplomatischen Gespräche verlangten, dass ihre Existenz mit allen Rechten als autarke Siedlerwelt anerkannt wurde, veränderte das sowohl den Status dieser zusammengewürfelten Delegation als auch den Status ihrer Gesprächspartner. Aus den einen würde eine offizielle Vertretung der Menschheit, und aus den anderen die souveräne Regierung eines eigenverantwortlichen Volkes, das selbst entscheidet, ob es und wie es mit der Menschheit reden will. Logisch, dachte Mechin, wir können ohne Kontakt mit der Außenwelt gut leben, das ist jahrelang bewiesen. Die Frage ist nur, ob das Flottenkommando damit leben kann, einen weiteren Planeten auf der Liste der abtrünnigen Welten zu notieren. Mit Grausen erinnerte sich Mechin an die Blamagen der jüngeren Geschichte auf Karna und Galdäa. Er hoffte nur, dass die anderen in dem hilflos protzigen Zimmer daran denken würden.

Draußen hatten Sdevans beide Körper ihre Aufgabe vollbracht. Endlose Bahnen fließenden Stoffes rauschten herab, an ihrer oberen Kante mit Schlaufen in einem Stahlseil verankert, das vom Sendemast hinunter zu einem zweiten Mast verlief. Genau im richtigen Augenblick rastete die erste Schlaufe in einem eigens für diesen Zweck vorgesehenen Karabinerhaken ein und fixierte das gigantische Tuch an dem zweiten Mast, der den Stoff zu einem Segel aufspannte, während er sich aufrichtete. Die Leute in dem Raumschiff würden nicht viel von Vilm zu Gesicht bekommen, wenn sie heraustraten. Sie würden nur eines sehen, je nachdem, wie schnell ihre Gedanken folgen konnten. Die einen würden ein kolossales Stück Gewebe sehen, das hoch in den Himmel aufgespannt war. Die anderen würden eine Flagge sehen. Ein schwarzer und ein weißer Kreis, die vor einem graublauen Hintergrund ineinandergriffen, der von unten nach oben heller wurde. Die Vilm-Flagge. Und wer diese enorm große Flagge mit eigenen Augen sah und mit seinen Beinen auf dem feuchten Boden Vilms stand, der hatte dank der vertrackten juristischen Logik, die Will und seine Helfer geschneidert hatten, bereits anerkannt, dass Vilm ein freier Planet war. Auch wenn das gebrechliche Gerüst dieser Freiheit von ein paar Schüssen aus den unendlich überlegenen Waffen der Armorica pulverisiert werden konnte. Auch wenn diese spezielle Sorte Freiheit nur das Produkt spitzfindiger Konstruktionen war. Auch wenn das alles nur entstanden war, weil Will stundenlang mit den klugen Denkmaschinen gearbeitet hatte, die in dem damals von der ARMORICA zurückgelassenen Raumschiff steckten und die niemand vom Datennetz der Erdregierung abgekoppelt hatte.

Die bloße Anwesenheit all der Botschafter und Gesandten würde verhindern, dass der kleine Streich der Vilmer in einem blutigen Desaster enden konnte. Der General vom Flottenkommando würde Schaum vorm Maul haben vor Wut, und der Mann von der angeblichen Erdregierung würde wie üblich bekümmert sein und Daten sammeln für den in weiter Ferne liegenden Tag, da die Leute auf der Erde sich wieder dafür interessieren würden, was ihre Brut da draußen im All so trieb. Die Abgesandten von Karna und Galdäa würden in den Vilmern natürliche Verbündete sehen, verwandte Gesinnungen im Geiste der Rebellion gegen die etablierten Mächte wittern und auf die augenblickliche Anerkennung Vilms drängen. Das epsilonische Institut wäre mit dem Recht zufrieden, auf Vilm und in der Umgebung nach Spuren der epsilonischen Spezies zu forschen, und tatsächlich stand diese Erlaubnis in den zahllosen Fußnoten des Datenpaketes. Der Vertreter der Hzn wäre mit dem einverstanden, was man ihm an Informationen gab. Nur Informationssperren brachten die Hzn Leute auf, weil unter den verweigerten Bits jene entscheidenden Gedanken sein könnten, die ihnen den Schlüssel zum Verständnis ihrer Studienobjekte schenkten. Die Utragenorianer waren natürlich ein echter Unsicherheitsfaktor in Wills Kalkulation – bei denen konnte keiner ahnen, wie sie reagieren würden –, während die Goldene Bruderschaft mit dem Versprechen künftiger Profite zufriedenzustellen war, selbst wenn das bedeutete, sich einige dieser Zecken in den Pelz zu setzen.

»Was für raffinierte Kerlchen«, sagte Mechin. Niemand antwortete, aber das war ihm egal. Nun war es nur noch eine Frage der Zeit, wann der General seine Besprechung hinter der verschlossenen Tür zu einem Ende bringen würde.

»Alles ist vorbereitet«, klang die Stimme Wills aus den Ohrhörern der Vilmkinder, als Tina begriffen hatte, was vorgefallen war. Sie stand allein vor der Schleuse des blankgeputzten Landungsschiffes und studierte die Kennung, die auf einer Metalltafel neben der Luke eingraviert war. »Das Ding hat nicht mal einen Namen«, meinte Tina verächtlich. In der Tat besaß das Raumfahrzeug nur eine aus Buchstaben und Zahlen bestehende Kennung, die es als zum Inventar der ARMORICA gehörig auswies. Wie unpersönlich.

Tina schaute nach oben, die gewölbte Panzerung des namenlosen Schiffes hinauf. Da tat sich etwas. Da öffneten sich breite Platten und schwenkten zur Seite; aus der entstandenen Öffnung schob sich ein kompliziert gegliederter Rüssel aus schwarzem Metall und visierte ein Ziel hinter den Wolken an, die wie immer leichten Regen ausschütteten. Als das finster schimmernde Gerät brummte und auf merkwürdige Weise von innen heraus aufleuchtete, grinste Tina breit und triumphierend. Zum ersten Mal, seit es Menschen auf diesem Planeten gab, sendete ein Landau-Modulator von der Oberfläche. Die Schiffe des Flottenkommandos vermieden es, solche Geräte auf Planeten zu benutzen, der zahlreichen und kaum kalkulierbaren Nebenwirkungen wegen. Dass dieses Schiff sich über das Verbot hinwegsetzte, konnte nur eines bedeuten: Das von Will ausgeheckte Datenpaket wurde für so wichtig gehalten, dass man es zum Flottenkommando schickte. Und wenn das Zeug auf Atibon Legba ankam, würde man feststellen, dass man es nicht geheimhalten konnte, ebenso wenig wie man das Verschwinden eines Doppelplaneten wie Orsini und Bomarzo geheimhalten konnte.

Eliza mochte keine Zentralierin mehr sein, sie hatte indes noch eine Menge Tricks drauf, abgesehen von der Tatsache, dass sie sich von der ARMORICA aus mit einer Reihe alter Bekannter in Verbindung gesetzt hatte, die ihr den einen oder anderen kleinen Gefallen tun wollten. Wenn nur einer das tatsächlich getan hatte, war Wills Datenpaket inzwischen ein auf A.L. heiß diskutiertes

Thema. Und was auf A.L. öffentlich war, wurde es im selben Augenblick für Karna und Galdäa und Utragenorius und alle anderen, die keinen Grund hatten, sich mit dem Flottenkommando gut zu stellen. Tina genoss das Gefühl, bei etwas mitzutun, das Geschichte machte. Dass sie dabei mutterseelenallein vor einer Panzerstahlwand stehend vom Regen total durchnässt wurde, störte sie nicht im Geringsten. Dass Will und seine Truppe von Vilmkindern sie mit dem Datenpaket überfahren hatten, konnte sie verschmerzen. Zwar gefiel ihr wenig, dass man ihr kein Wort gesagt hatte, sie konnte es allerdings verstehen.

Das Schott vor ihr ächzte, erzitterte und wich in den Schiffsrumpf zurück. Es gab den Blick auf die über einen Meter starke Panzerung frei. Jetzt geht es los, dachte Tina. Hinter dem Schott, das dumpf knirschend zur Seite rollte, kamen zwei Typen in Kampfanzügen zum Vorschein. Ihre Gesichter waren hinter computerbestückten Visieren verborgen, ihre Gestalten waren von energieabsorbierenden Anzügen verhüllt, in den Falten des Stoffes schillerte laserreflektierende Beschichtung, selbst ihre Stiefel bargen offenkundig jede Menge Technik. In den Händen hielten sie bedrohlich aussehende Apparate, deren Mündungen auf Tina zeigten. Tina hatte nicht die geringste Ahnung, was das für Waffen waren. Zweifellos war diese Situation hochgradig lächerlich: Zwei kräftige, durchtrainierte Männer benötigten pro Nase zwanzig Kilo extrem gefährlicher Hochtechnologie, um sich gegenüber einer einzelnen unbewaffneten Frau sicher zu fühlen. Und da oben auf dem Sendemast war Sdevan, der alles bestens sehen konnte, wenn auch seiner vilmschen Hälfte bestimmt fürchterlich schlecht war, vor allem der großen Höhe wegen.

»Na, was ist«, sagte Tina, »wollt ihr mich nicht, sagen wir mal, hineinbitten? Oder reichen dazu eure sogenannten Kompetenzen nicht, was ich beinahe befürchte?«

Die beiden Soldaten wechselten nicht einmal einen Blick, standen nur entspannt da, die Kriegsgeräte auf Tina gerichtet. Die begriff rasch, dass diese zwei kaum zu irgendetwas zu überreden sein würden, und wartete weiter. Wahrscheinlich schirmten die Helme – aus einem nachtschwarzen, seltsam samten aussehenden Metall – sowieso alles ab, was die tapferen Militärs hören könnten, aber nicht sollten. Genau besehen konnte Tina nicht mit Gewissheit sagen, ob das wirklich Männer waren. Es gab auch Frauen in den Kampftruppen.

Wäre Eliza zugegen gewesen, sie hätte Alarm geschlagen und Tina schnellstens in Deckung geschickt. Das waren keine Soldaten, das waren keine Wachleute. Eliza hätte die abgezirkelten sorgsamen Bewegungen erkannt und die beherrschte Kraft unter all den Waffen. Das sind Auswahltypen, hätte Eliza gesagt, gut dressierte Killer, Kampfmaschinen von der Sorte, wie mein Grégoire einer gewesen ist; ich kenne die, nimm dich in acht. Eliza jedoch tüftelte mit einer Batterie von Rechnern daran herum, die elektronischen Invasionen auf das vilmsche Netz abzuwehren. Eliza hatte alles vergessen außer ihren Bildschirmen und dem stillen, verbissenen Kampf, der hinter ihnen stattfand. Tina stand ahnungslos, gelassen und leicht belustigt vor den furchterregendsten Kreaturen, die A.L. aufzubieten hatte.

Drinnen im Landungsschiff herrschte Tumult vor dem Konferenzraum. Mechin rückte neugierig auf den Platz hinüber, auf dem vorher die Päpstin gesessen hatte. Von dort konnte er das Durcheinander besser im Blick behalten. Die Botschafter, Prinzen, Generäle und sonstigen Würdenträger waren einander in die Haare geraten und stritten sich heftig. Dass der Gesandte von Karna im Vordergrund stand, war keine Überraschung. Ein Schwerweltmensch hatte bei Raufereien infolge seiner Statur kaum etwas zu befürchten; seine Erscheinung allein war einschüchternd genug. Allerdings waren die Leute von Karna aufbrausend und einem hitzigen Streit nie abgeneigt.

»Ich werde nicht zulassen, dass eine Entscheidung länger hinausgeschoben wird«, dröhnte der Gesandte, »wenn das Flottenkommando diese Daten vor uns erhalten hat, gibt es einen Grund weniger, die Anerkennung Vilms hinauszuzögern.«

»Geschäftliche Hinderungsgründe?«, fragte die Dame von der Goldenen Bruderschaft die drei dicklichen utragenorianischen Fürsten, und die wedelten verneinend mit den Händen, was der Dame als Antwort offensichtlich ausreichte. Natürlich schnatterten die Typen von Utragenorius dabei unaufhörlich in ihre kleinen Geräte, die sie direkt mit der HERZKÖNIG verbanden. Im Mittelpunkt der Aufregung stand unzweideutig der General vom Flottenkommando, dessen Antworten den versammelten Diplomaten so wenig befriedigend erschienen waren, dass sie die Versammlung gesprengt hatten. Der General kam nicht voran bei seiner Flucht aus dem Besprechungszimmer; der Karnese stand ehrfurchtgebietend im Weg, und von hinten rückten der Herr vom Hzn-Kontaktkomitee und eine sehr erregte Päpstin nach. »Bekennen Sie Farbe«, rief sie, mehr konnte Mechin nicht verstehen. Vermutlich ging es um die Frage, ob und wie man auf Vilms Frechheit antworten sollte, und es hatten sich mindestens zwei Lager gebildet. Zu dem einen, das sich temperamentvoll für die Vilmer einsetzte, gehörten neben dem Karnesen natürlich die Galdani, auch die langweiligen Typen von Hzn und Epsilon waren hier zu finden. Wahrscheinlich verzichtete Vilm freiwillig auf Gelder, die ansonsten diesen Institutionen fehlen würden. Das zweite Lager hielt sich auffallend zurück – hier standen neben der merkwürdig anzuschauenden quasinackten Dame der Goldenen Bruderschaft die zwergenhaften Drillinge und das Vertreterchen der Erdregierung. Eine Kombination, die zu Argwohn Anlass gab. Um so mehr, als einige Militärs des Weltenkreuzers versuchten, zum General durchzudringen. Mechin verließ seinen Platz und begab sich im Schlenderschritt zu den Konsolen, die den Passagieren dieses luxuriös ausgestatteten Raumfahrzeugs zur Verfügung standen. Da gab es bloß wenige Handgriffe zu erledigen, um die Aufnahmen, die von den versteckt montierten Kameras gemacht wurden, in den stetigen Datenstrom einzufügen, der von Vilm zur ARMORICA und von dort weiter nach Atibon Legba floss. Keinerlei Alarm erfolgte, exakt wie der Arzt es sich gedacht hatte. Die Mechanismen würden nur Lärm schlagen, wenn jemand diesen Datenstrom anzapfen oder unterbinden würde. Mechin war kaum damit fertig, als er sich mit dem unbeteiligtsten Gesichtsausdruck des Universums umdrehte und direkt in das Gesicht der Päpstin schaute. Die zeigte sich äußerlich ruhig, wenn auch ihre Wangen rosig waren und ihr Atem schnell ging. Der Arzt erkannte, dass die Frau hochgradig erregt war.

»Wir brauchen Sie«, sagte die Pontifex, »sonst begehen diese uniformierten Narren einen Fehler, der nie wieder gutzumachen ist.«

»Und worin sollte der bestehen?«

»Man hat denen gerade erklärt, dass das Vilmsche Ultimatum in seiner juristischen Tragweite unangreifbar ist – es sei denn, die Fakten stünden dem entgegen.«

»Das verstehe ich nicht ganz …«

»Kanonenbootpolitik«, sagte die Päpstin ungeduldig. »Man will womöglich schießen. Ein Ultimatum, dessen Absender nicht mehr da sind, wird wenig Wirkung zeigen.« Mechin starrte die Päpstin entsetzt an. Er konnte nicht glauben, was er da hörte. Ein irdisches Schiff sollte auf die Überlebenden eines gestrandeten irdischen Raumfahrzeugs schießen? Was war das für ein Irrsinn?

»Das Flottenkommando befindet sich in einer Notlage«, sagte eine andere weibliche Stimme, und Mechin schrak zurück, als er sich umblickte. Er sah wogendes Fleisch, große Brüste und mattglänzende Armreifen; die Goldene Bruderschaft hatte sich zu ihm und der Päpstin gesellt. Ohne die geringste Spur einer Gemütsbewegung sah die Goldene von Mechin zur Pontifex und sagte: »Wir haben geschäftliche Interessen in dieser Gegend, von denen Vilm ein Teil werden könnte. Wir könnten auf Atibon Legba im Sinne des Regenplaneten intervenieren.«

»Aber freilich nicht uneigennützig«, fauchte die Päpstin. Die Goldene schenkte ihr einen Blick unendlicher Ruhe und Geringschätzung und hielt es nicht für nötig, auf die Feststellung einer offensichtlichen Tatsache zu antworten. Mechin starrte die goldenen Reifen an, und unwillkürlich wanderten seine Augen über die Figur dieses rätselhaften Wesens; es irritierte ihn zutiefst, mit jemandem zu reden, der nicht nur nackt, sondern auch bar aller Behaarung und nur mit einigen schlichten Schmuckstücken versehen war. Die Frau fand es natürlich völlig normal. Unter der rosigen Haut ihrer Arme schimmerten technische Installationen, all die Elektronik, die eine Goldene brauchte, um die rechnergestützten Wunder der Bruderschaft vollbringen zu können. Dabei hätte sich Mechin als Arzt von so viel bloßer Haut nicht aus der Fassung bringen lassen dürfen; er war hier indes nicht als Mediziner, sondern nur als jemand, der auf Vilm gewesen war. Insbesondere fand er es beunruhigend, diplomatische Konversation mit einer üppigen Dame zu machen, deren Schamlippen sorgsam rasiert und von einem Paar kleiner Goldringe gesäumt waren. »Natürlich«, setzte die Goldene, an Mechin gewandt, fort, »gibt es bei jedem Geschäft beiderseitige Verpflichtungen.«

Die Soldaten hatten den General erreicht und drängten jeden ab, der sich in seiner Nähe befand. Der Militär atmete auf, straffte seine Uniform und schritt zur nächstliegenden roten Linie. »Wenn ich es richtig verstehe«, sagte Mechin, »könnte die Goldene Bruderschaft ihren Einfluss geltend machen, dass auf jegliche Gewalt gegen Vilm verzichtet wird?«

»Sie verstehen es richtig.«

»Und dass das Ultimatum, wie Sie es nennen, anerkannt wird?«

»Sie verstehen es richtig.«

»Und was soll die Gegenleistung Vilms dafür sein?«

»Darüber werden wir später sprechen. Fürs Erste reicht die Zusicherung, dass die Goldene Bruderschaft mit dieser Gegenleistung rechnen kann.«

»Lassen Sie sich bloß nicht darauf ein, um Gottes willen!« Da es die Päpstin selbst war, die den Namen des Herrn erwähnte, musste es an dieser Stelle wohl angebracht und notwendig sein. »Sie können doch keine Zusicherungen geben, deren Preis Sie erst später erfahren!«

Mechin achtete nicht darauf. Er starrte die Goldene an, dieses unheimliche Ding aus einer anderen, kalten Welt, und versuchte zu begreifen, was von ihm verlangt wurde. »Sie haben selbst dafür gesorgt«, sagte die Goldene, »dass alles, was hier geschieht, öffentlich wird. Auch dieses Gespräch. Auch das, was die Leute des Flottenkommandos jetzt womöglich anrichten.« Die Abgesandte deutete mit ihrer Linken jene Geste an, mit der vernetzte Menschen ihren Geist in die Datenleitungen schicken, und ihre Brüste gerieten in Wallung.

Mechin blickte zum General; der hielt seine Hand fest auf die rote Linie gepresst und hatte jenen leeren Gesichtsausdruck, der auf intensive Netzkommunikation hindeutete. Was auch immer für Daten gesendet und empfangen wurden: Der eben noch makellose Anzug des Militärs wurde von Schweißflecken unter seinen Achselhöhlen verunziert. Mechins nächster Blick galt dem Bildschirm, wo Tina zu sehen war, die sich als Zielpunkt zweier entsicherter Waffen sichtlich langweilte. Sein nächster Blick erfasste eine Anzeige, der zu entnehmen war, dass sich die Waffensysteme des Landungsschiffes ebenso in Feuerbereitschaft begaben wie die der ARMORICA. Das kann nicht wahr sein, dachte Mechin. »Ich kann nicht«, sagte er, »für Leute sprechen, die mich dazu nicht bevollmächtigt haben ...«

Die Goldene zuckte wegwerfend die Schultern, ihre enormen Brüste wippten abermals. Sie streckte Mechin ihre Handfläche entgegen, in der die silbrigen Kontakte der Datenleitungen glitzerten. »Sie sind genauso lange dort unten gefangen gewesen wie die«, sagte sie. »Was das betrifft, sind Sie ebenso viel Vilmer wie die da draußen. Wenn Sie keine Verantwortung übernehmen wollen oder können, gehen die Dinge ihren Gang.«

Mechin sah zum General hinüber, der nach wie vor mit dem Hirn im Netz steckte. Das Gesicht des Mannes war verzerrt. Sie würden es tun, erkannte Mechin, diese Idioten würden auf die Vilmer feuern, nur um den Ruf eines Flottenkommandos oder die Reputation einer Vorschrift oder weiß der Himmel was für einen Unsinn zu schützen. Ich bilde mir das nur ein, dachte Mechin, bestimmt denkt niemand an so etwas, aber allein die Möglichkeit ist zu schrecklich. Er musste kurz an Will denken, einen sehr jungen Will, und das Bild wirkte auf ihn wie eine Ohrfeige. »In Ordnung«, sagte der Arzt zu der Goldenen, »die Bewohner des Planeten Vilm bitten Sie um Unterstützung. Machen Sie der Bedrohung ein Ende.«

»Was tun Sie da?«, rief die Päpstin, während die Goldene ihrerseits die Implantate in Betrieb setzte. Sie war sorgsam in Reichweite einer roten Linie geblieben, und wenn es Leute gab, die jegliche Navigation in den Datenräumen der Netze perfekt beherrschten, dann waren es die Goldenen, denen man bereits am ersten Tag ihres Lebens Anschlüsse in die Nerven stach und denen man Software ins Hirn lud, ehe sie ihren ersten eigenen Gedanken gefasst hatten. Die Päpstin protestierte, doch ohne Zuhörer. Sie warnte vor Abhängigkeit, Ausbeutung und etwas, das sie den niederschmetternden Kolonialismus der Bruderschaft nannte. Zwar sagte die Dame vom Planeten Vatikan noch eine Menge anderer Sachen, Mechin jedoch hatte nur Augen für den General und seine bewaffneten Männer, die jetzt durcheinanderquirlten und sehr geschäftig taten. Kurze Befehlsworte flogen hin und her, die aus lauter codierten Begriffen bestanden. Das Kauderwelsch musste eine Bedeutung haben, denn der Mann vom epsilonischen Institut japste und schrak zurück, als habe ihn jemand in den Magen geboxt. Das war das Signal zum Schusswaffengebrauch, erkannte Mechin entsetzt, und in diesem Augenblick aktivierten unten in der Schleuse die beiden Soldaten ihre Waffen und eröffneten ohne Warnung das Feuer. Sdevan oben auf dem Turm glaubte seinen Augen nicht. Alle im Landungsschiff konnten es sehen, direkt und in Echtzeit. Tina hatte nicht die Spur einer Chance, nicht gegen die geschmeidigen Reaktionen von Auswahlsoldaten. Alle auf der ARMORICA konnten es sehen, direkt und in Echtzeit, und auch die HERZKÖNIG bekam eine Live-Übertragung, direkt und in Echtzeit.

Die Entladungen trafen die Frau gleichzeitig und mit einer brutalen Wucht, die ihre Bekleidung trotz der Nässe aufflammen ließ. Alle auf Atibon Legba konnten es sehen, direkt und in Echtzeit. Tinas blutiger brennender Körper wurde auf den Platz vor das Landungsschiff und gegen die Vilm-Flagge geschleudert, da war sie bereits tot. Alle Vilmer konnten es sehen. Die Chefin der Vilmregierung war von dem Schock umgebracht worden, den das Auftreffen der Waffenladungen verursacht hatte. Knochenbrüche, Verbrennungen und Wunden wurden ihrem bereits toten Körper zugefügt. Ihre klein und armselig wirkende Gestalt lag verkrümmt und geschwärzt vor dem riesigen Flaggentuch, geschundenes Fleisch. Der Regen löschte die Flammen, die über den Stoff ihrer Kleidung tanzten. Die beiden Soldaten hielten ihre Waffen weiterhin auf Tinas leblosen Leib gerichtet, während sie in raubtierhaften, gleitenden Sprüngen aus der Luke setzten und den Platz sicherten; den Tatort, dachte Mechin, der wie alle anderen das Geschehen auf dem Bildschirm verfolgt hatte. Sdevan starrte auf den Platz und war außerstande, sich zu bewegen; das Entsetzen, das von seinem Eingesicht ausging, überwältigte ihn. Es gab keine Droge in dem unübersehbaren Arsenal der Vilmkinder, die ihm einen klaren Gedanken oder eine Geste ermöglicht hätte. Tina war tot. Auch im Landungsschiff griff Chaos um sich. Die Galdani wurde ohnmächtig, und der Karnese brüllte wie ein Tier und wollte sich auf die Militärs stürzen. Es waren fünfzehn Leute notwendig, um den General vor dem Riesen zu schützen. Die Blicke des Mannes vom epsilonischen Institut glühten, als hätte er den General am liebsten in Streifen geschnitten. Der Hzn-Bevollmächtigte beugte sich zur Seite und kotzte hinter eines der teuren Sofas. Mechin drehte sich zu der Dame von der Goldenen Bruderschaft um und wollte fragen, besser schreien, wo die Unterstützung sei, wollte sie packen und schütteln, bis ihre verdammten Implantate wie lockere Bauteile aus ihrem Körper herausklapperten. Aber seine Wut prallte an den unbeteiligten Augen der Frau ebenso ab wie seine Fäuste an dem kaum sichtbaren Stoff ihrer Quasi-Bekleidung. Das Zeug wurde unter dem Schlag in Blitzesschnelle steinhart. Mechins Augen füllten sich mit Tränen. Zum Teil war es der Schmerz in seinen lädierten Händen ... nur zum Teil. Er taumelte und lehnte sich mit der Schulter an die Wand.

»Die Transaktion«, sagte die Goldene und löste ihre Hand von der roten Linie, »ist erfolgreich gewesen. Die Sicherheit von Vilm ist gewährleistet. Weitere Angriffe sind nach Lage der Dinge ausgeschlossen. Es hat allerdings eine kleine Verzögerung gegeben.«

Die Päpstin, kalkweiß im Gesicht, trat nah an die Goldene heran und spuckte vor Zorn beim Sprechen. »Was Sie eine kleine Verzögerung nennen, hat eben einen Menschen das Leben gekostet!«

Die Goldene würdigte die Pontifex keines Blickes, sondern ging einige Schritte zu Mechin hinüber, baute sich vor ihm auf wie eine fleischfarbene Statue und sah ihm in die Augen. »Die Goldene Bruderschaft wird sich dieses Tages erinnern und des Versprechens, das gegeben wurde.« Damit trat sie ab. Die Päpstin blickte wütend um sich. Die restlichen Militärs vom Flottenkommando verdrückten sich eilends, die meisten waren bereits verschwunden. Die Bildschirme zeigten hektische Aktivitäten auf der ARMORICA. Einer nach dem anderen erlosch und zeigte das Logo des Weltenkreuzers. Wahrscheinlich hatte man die offenen Leitungen bemerkt und die Tatsache, dass der Mord in sieben verschiedenen Einstellungen übertragen worden war. Nun wurde abgeschaltet, gesperrt, gelöscht. Alles vergebens; dieser Flaschengeist würde sich nie wieder in sein Gefäß zurückbannen lassen.

»Gestatten Sie?« Der Päpstin wurde ein Getränk angeboten. Ein beruhigender Äthyltee; einer der drei utragenorianischen Prinzen hielt ihr die flache Schale hin. Irgendeine psychotrope Substanz schwamm in bunten Schlieren auf der Oberfläche. Die Päpstin hasste es wie sonst kaum etwas im Universum, ihrem Geist mit irgendwelchen Chemikalien Gewalt anzutun. In diesem Moment war ihr das Universum allerdings verdammt egal.

Sie nahm die Schale entgegen und goss die Flüssigkeit hinunter. Was immer die geheime Zutat in diesem Zeug gewesen sein mochte, alles war besser als der Brechreiz, der sie würgte. »Danke«, krächzte sie. Der Prinz sah unsicher zu seinen beiden Ebenbildern hinüber und fasste die Pontifex sacht am Ellbogen.

»Dürften wir mit Ihnen sprechen, jenseits des offiziellen Protokolls, selbstverständlich?«

»Protokoll ist mir im Moment vollkommen egal«, sagte die Päpstin. In ihrem Innern breitete sich kalte Gelassenheit aus wie Öl auf einem Teich.

Die Pontifex sah den Diplomaten ins Gesicht. Die drei Utragenorianer strahlten. Dies würde das erste Gespräch zwischen einem Pontifex und einer Delegation der Dunkelwelten seit ewigen Zeiten sein. Das geschulte Gedächtnis der Päpstin suchte nach dem Datum: Seit zweihundert Jahren war die Kommunikation zwischen Vatikan und Utragenorius abgebrochen. Plötzlich gab es etwas, das dringend beredet werden musste. Das fanden auch die Leute von Karna und Galdäa. Und noch ein paar andere meldeten Interesse an. Die Päpstin wusste nicht, ob es an der Droge im Äthyltee lag oder daran, dass sie an den Nachwirkungen eines Schocks litt. Es war ihr egal, und sie dachte die nächsten Stunden nicht eine Sekunde lang an den Tod Tinas. Sie führte die ruhigsten und intensivsten Verhandlungen seit Jahren.

Unten, vor dem Landungsschiff mit dem anachronistischen, übergroßen und frisch aufgemalten Symbol der Erdregierung auf seiner gewölbten Flanke, setzten sich die beiden Soldaten, nachdem sie ihre Waffen deaktiviert hatten, auf die kühle Metallfläche und nahmen die High-Tech-Helme ab. Der Regen benetzte ihre Ausrüstung und übersäte alles mit kleinen klaren Wasserperlen. »Was für ein Wetter«, sagte der eine und blinzelte in den regenwolkengrauen Himmel.

»Das soll hier immer so sein«, sagte der zweite, eine schlanke Frau mit kurzgeschorenen dunklen Haaren. Die Operation war abgelaufen wie in einem Lehrfilm der Auswahl. Alle Befehle waren ausgeführt worden; es gab keine Fragen. Beide konnten überhaupt nicht verstehen, dass Sdevan und die anderen Vilmer, die kurz danach eintrafen, sie beide als Mörder entwaffnen und mitnehmen wollten. Ein neuer Feuerbefehl wurde nicht erteilt; mit vorgehaltener Waffe schafften es die beiden, in das Landungsschiff zurückzugelangen und die Luke zu schließen. Das Schiff kehrte schnell zur ARMORICA zurück. Von diesem Zeitpunkt an wandelte sich die Sicht der Dinge rasch. Der Sprachgebrauch kam kaum hinterher. Die Mörder – die beiden Militärs – wurden von ausführenden Befehlsempfängern zunächst zu übereifrigen Soldaten erklärt, danach redete man von eigenmächtigen Untergebenen, ehe es schießwütige übertrainierte Kampfmaschinen waren. Natürlich erklärte ein Sprecher des Flottenkommandos mit aller Entschiedenheit, dass niemals ein Angehöriger der Auswahl den Boden Vilms betreten habe; er könne nicht einmal mit Sicherheit sagen, ob diese Elitetruppe überhaupt noch existiere. Erst nachdem mehrere Shuttles der ARMORICA nach Atibon Legba und zurück geflogen waren, durfte man die beiden Menschen, die auf Tina gefeuert hatten, als Mörder bezeichnen. Als Tage später am Ende eines längeren diplomatischen Verhandlungsmarathons zugesichert wurde, die Mörder an die Vilmregierung auszuliefern, waren die beiden nicht auffindbar. Da bekam die Päpstin zwar einen Wutanfall, das nützte allerdings ebenso wenig wie die neuerliche Intervention der nackten goldenen Frau. Das Flottenkommando entschuldigte sich wortreich für den Zwischenfall. Versehentlich war die betreffende Einheit, im Rahmen der Veränderungen rund um Vilm, nach Atibon Legba zurückverlegt worden. Und wieder im Einsatz, irgendwo im Kosmos. Vilm fragte immer wieder nach und erhielt nach einigen Wochen die Nachricht, dass die Mörder Tinas bei einem anderen Einsatz ums Leben gekommen waren. Natürlich hatte es sich nicht um einen Auswahl-Einsatz gehandelt. Und nein, das Raumfahrzeug war völlig verglüht. Es gab keine Überreste, die man untersuchen konnte.

9. Hoher Ort

»Früher soll Vilm Village ein richtiges Kaff gewesen sein«, sagte der glatzköpfige Typ und ließ sich schwer in einen Sessel des Restaurants Fast-in-den-Wolken fallen, »heute ist es zwar größer, indes immer noch ein Kaff.« Der Mann hatte eine Körpergröße von deutlich über zwei Metern. Er strahlte Marja an, als werde er dafür fürstlich bezahlt. Trotz seiner Länge war er weit davon entfernt, hager zu sein. Im Gegenteil, reichlich vorhandene Rundungen bewiesen eine beständige Liebe zu allem Essbaren. Er streckte Marja eine riesige fleischige Hand hin: »Ich bin Konstantin Kadoupoulos, du kannst Konnie zu mir sagen.« Marja sah die Hand des Mannes zwar an, aber ergriff sie nicht. Der Glatzköpfige bemerkte das nicht; oder er wollte es nicht bemerken, er redete unbekümmert weiter. Der Stuhl ächzte unter ihm. »Ich weiß das, ich habe alles gelesen, was es über Vilm zu lesen gibt, na ja, fast alles, und alle Bilder angeschaut. Sogar die Kevin-Reportagen habe ich mir angeguckt, obwohl die ja etwas merkwürdig sind.« Er wies aus dem riesigen Panoramafenster, das einen wolkenfetzenverschleierten Blick auf die Ebene voller Gestrolche bot, und in der Ferne auf die undeutlichen Umrisse des Gebirges. Unten lagen die Straßen und Plätze von Vilm Village, an deren Anordnung allen Besuchern die Ursprünge der Stadt erklärt wurden. Das Fast-in-den-Wolken, das annähernd dreihundert Meter hoch an den Spitzen dreier schlanker Stahlmaste hing, war das mit Abstand höchste Gebäude des gesamten Planeten. »Die Aussicht von hier ist echt die Krone, das heißt, sie wäre es«, sagte Konstantin unbekümmert, »wenn ihr euer Wetter besser in den Griff bekommen könntet. Ist ja furchtbar. Andererseits stimmt auf diese Art der Name des Hauses immer. Fast-in-den-Wolken, hübscher Name übrigens, wenn auch kein Mensch annimmt, dass er so verflixt wörtlich zu nehmen ist.« Er unterbrach sich und bemerkte das Eingesicht, das neben Marja auf dem Boden saß und ihn aus großen Augen anstarrte. »Das muss dein Hund sein, oder? Dein persönlicher, sozusagen angetrauter einheimischer Hund. Ich weiß doch, ihr habt alle euer persönliches Schoßtier. Finde ich toll. Toller Hund.«

Das Eingesicht blickte Konnie mit dem Ausdruck eines Insektenforschers an, der eine groteske Käferart unter der Lupe hatte. Außerordentliche Färbung, entzückendes Muster, gleichwohl nichts weiter als Ungeziefer. Hätte Konstantin sich mit Eingesichtern ausgekannt, wäre er tödlich beleidigt gewesen. Marja wollte dem glatzköpfigen Riesenkerl die Unterschiede zwischen irdischen Hunden und vilmschen Eingesichtern auseinandersetzen, als Konnie wieder aufsprang. Zwei Neuankömmlinge waren eingetreten, und Konstantin stellte sie als den Rest der Familie Kadoupoulos vor, Franka und Martino. Martino war ein dunkelhäutiger, schmaler, durchtrainierter Mann, deutlich älter als Konnie. Franka war eine blonde füllige Dame in weiten Schlabberkleidern, mit zu viel teurer Schminke im runden Gesicht und einer Unzahl von Tüchern um den Hals. Marja sah verdutzt von einem zum anderen und versuchte herauszubekommen, wer hier wessen Kind oder Vater war, diese drei jedoch ähnelten einander kein bisschen. Sie fragte danach, und Martino lachte.

»Das ist typisch Konstantin«, sagte er, »wir kommen von Oniskus, das hat er vergessen zu erwähnen. Vergeben Sie ihm, bitte. Er ist einer unglücklichen Liaison zwischen einem Karnesen und einer oniskäischen Dame entsprungen – das erklärt seinen ausladenden Körperbau ebenso wie sein gelegentlich überschäumendes Temperament. Wir sind tatsächlich die komplette Familie Kadoupoulos, jedenfalls zurzeit. Allerdings sind wir nicht miteinander verwandt, sondern miteinander verheiratet. Das ist ein gewisser Unterschied.«

Franka lächelte, und plötzlich sah sie Jahre jünger aus. »Das hast du wieder einmal schön erklärt«, sagte sie.

Marja hatte zwar von Oniskus gehört und den dortigen Gepflogenheiten, das Gehörte aber unter die wilderen Geschichten eingeordnet, die eben so erzählt werden. Marja-J hatte Schwierigkeiten, das Konzept der multiplen Ehe zu verstehen. Es widersprach allem, was er von den Menschen auf Vilm gelernt hatte.

»Ich hoffe«, sagte Martino, »Konstantin hat Sie nicht genervt mit seinem gelegentlich unbedachten Geschwätz.«

»Ich muss doch sehr bitten«, sagte Konnie grinsend.

»Was wahr ist, muss wahr bleiben«, meinte Franka.

»Es ging«, sagte Marja und streichelte das Fell. Die Gegenwart dieser drei Menschen hatte etwas Beunruhigendes, Störendes. Als ob es nicht richtig wäre, dass diese Familie auf Vilm Station machte. »Warum sind Sie hier?«, fragte Marja.

»Sie machen keine großen Umwege, oder?«, fragte Franka zurück. Sie wandte sich an Konstantin und sagte leise irgendetwas von der erfrischenden Direktheit der Einheimischen und vom Reiz des Primitiven. Martino achtete nicht darauf, er erklärte Marja in einfachen Worten, dass sie beschlossen hätten, ihren fünften Hochzeitstag mit einer mehrmonatigen Reise zu begehen. So ein Ereignis sei groß; es müsse gebührend und würdig Eingang in die Familiengeschichte finden. Schließlich sei es selten, dass eine Ehe in ein und derselben ursprünglichen Konfiguration so lange so glücklich sei.

»Werden sonst alle Ehen auf Oniskus früh geschieden?«, fragte Marja.

Konstantin und Franka lachten lauthals. »Im Gegenteil, mein Kind«, sagte Martino in herablassendem Ton, und Marja-J beschloss, diesen Menschen nicht ausstehen zu können. Marja-A hatte keinerlei Schwierigkeiten, sich dem anzuschließen.

»Es ist so«, erklärte Martino, während sich Konstantin vor Lachen ausschütten wollte, »dass Scheidungen bei uns selten sind. Niemand will sich ein Scheitern in einem der wichtigsten Lebensbereiche überhaupt zugestehen. Statt sich scheiden zu lassen, wird auf Oniskus die Ehe erneuert.« Martino verzog angewidert das Gesicht. »Sich scheiden lassen, was für ein schauderhafter Ausdruck, wenn man es genau betrachtet. Anstatt solcher Primitivität ändert man das, was nicht funktioniert – die Ehe – einfach um einen wesentlichen Faktor. Man nimmt einen neuen Partner hinein, tauscht einen mit einer anderen Ehe aus, oder man verkleinert die Ehe. Man achtet natürlich darauf, dass man nicht in den alten Fehler der Zweipersonenknechtschaft verfällt, unser System allerdings funktioniert bestens. Ich zum Beispiel bin seit über zwanzig Jahren glücklich verheiratet, und mit diesen beiden seit fünf Jahren in unveränderter Konfiguration; es hat Zeiten gegeben, als meine Ehe sechs Personen umfasste. Das war auf Dauer – ich geb's zu – nicht auszuhalten und hat nur einige Monate gedauert.«

»Einer der sechs«, berichtete Franka, »wechselte in meine vorige Ehe hinein, und so lernte ich Martino kennen. Konstantin kam dann durch einen Partnertausch zu uns.«

»Vor genau fünf Jahren, einer Woche und zwei Tagen«, stellte Konnie fest und legte seinen Arm um Franka. Er war groß genug, dass er seine Hand in Martinos Nacken legen konnte, obwohl Franka zwischen ihnen saß. Franka kuschelte sich an Konnies Arm und starrte aus dem Fenster in die verhangene vilmsche Landschaft.

»Ich wusste bisher nichts über die oniskäische Ehe«, gab Marja zu.

Konstantin gluckste belustigt. »Dann wusstest du gar nichts über die Ehe.«

»Wir wollen doch nicht beleidigend werden«, sagte Martino, »nicht, wenn wir einen so einmaligen Ausblick genießen können.«

»Bisschen vernebelt, wenn du mich fragst«, meinte Konstantin. »Die Leute sollten sich auf Atibon Legba oder sonstwo etwas Technologie zur Klimakontrolle besorgen, dann wäre das ein echter Hingucker.«

Marja lächelte. »Unsere Beziehungen nach A.L. sind etwas gespannt, um es mal vorsichtig auszudrücken.«

»Außerdem«, sagte Martino, »würde es den Charme einer Welt verhunzen, deren Bewohner offensichtlich zufrieden sind, ihren Planeten so zu belassen, wie er ist.« Marja warf dem Mann einen verwunderten Blick zu. Das kam dem, was sie für ihre Heimat empfand, schon näher. »Wobei eine solche Einstellung den schwerwiegenden Nachteil hat«, fuhr Martino Kadoupoulos fort, »dass sie den zutiefst menschlichen Drang vermissen lässt, jeder Welt einen Stempel aufzudrücken, sich zu verewigen, etwas zu schaffen, das sich von allem anderen im Universum unterscheidet. Vilm wird nie einen Ort ersinnen, der sowohl einzigartig wie erhaben ist. Dazu sind die Vilmer zu sehr zufrieden mit dem, was sie haben. Das mag schön sein für sie, jedoch weniger schön für Leute wie uns, die wir auf Reisen das Besondere suchen. Unsere Liste hoher Orte, die man im Leben gesehen haben muss, wird niemals um eine Zeile ergänzt werden können, die einen Platz auf Vilm benennt.« Marja spürte, wie sich etwas in ihr gegen das wehrte, was Martino sagte. Ihr Fell wollte sich sträuben.

»Ist das nicht etwas hart ausgedrückt, mein Lieber?«, sagte Franka und kehrte von ihrem verträumten Ausflug in die Weiten Vilms zurück.

»Mag sein«, antwortete an Martinos Stelle Konstantin. »Er hat natürlich vollkommen recht. Wie meistens. Die haben hier zu viel Schlamm, um sich, bildlich gesprochen, daraus zu erheben.«

»Das ist nicht wahr«, sagte Marja, und sie hätte später nicht sagen können, welcher von ihren beiden Teilen energischer zum Widerspruch drängte.

»Oh, ich fürchte, es ist so«, sagte Franka und legte ihren beiden Männern besitzergreifend ihre Hände auf die Oberschenkel. »Wir auf Oniskus haben eine zu alte und zu fortgeschrittene Zivilisation, als dass wir es nicht sehen könnten, wenn eine Welt nicht über das Potenzial verfügt, den Status einer bloßen Kolonie de facto hinter sich zu lassen. Vilm hat es de jure geschafft, das mag sein. Das wird indessen alles bleiben. Niemals wird diese Welt in den Augen des bewohnten Kosmos eine eigenständige sein.«

»Ansonsten habe ich solche Reden zu schwingen«, beklagte sich Martino grinsend, »und nicht du. Du bringst die Rollen durcheinander.«

Jetzt grinste auch Konstantin. »Ist es nicht gerade das, was uns so lange beieinander gehalten hat? Die Rollen öfter mal ein bisschen durcheinanderzubringen?«

Martino beugte sich vor und blickte dem riesenhaften Halbkarnesen in die Augen. »Darf ich das als wohlgemeinten Vorschlag gezielt missverstehen?«

»Rechts und links sind letzten Endes genauso gut Ansichtssache wie oben und unten, beziehungsweise vorn und hinten, oder nicht?«, versetzte Konstantin, und Franka schlug den beiden Männern scherzhaft auf die Schenkel.

»Wenn das jemand hört«, sagte sie, »denkt derjenige noch, ihr redet schlüpfrige Sachen und nehmt eure Ehe nicht recht ernst.«

»Oh«, murmelte Martino, »das tun wir, das tun wir.«

»Beides«, sagte Konstantin, und dann lachten sie alle drei, als habe einer von ihnen einen hervorragenden Witz gemacht.

Marja begriff, dass dieses Geplänkel nichts mit ihr oder mit Vilm zu tun hatte, sondern rein privat war. Marja-J spürte eine Menge sexueller Untertöne in der Körpersprache der drei oniskäischen Reisenden, und insbesondere Konstantin war in dieser Hinsicht sehr aktiv. Sie erkundigte sich, wie lange die drei auf Vilm sein würden, und ging. Das würde knapp werden, ahnte sie, denn der Ausflug per Schweber zum äquatorialen Gürtel würde kaum länger als drei Tage dauern. Das Riesengestrolch, das sich um den ganzen Planeten zog, war das Einzige, was die Oniskier neben dem Gebirge und Vilm Village interessieren konnte. Die Einheimischen gehörten nicht zu den Sehenswürdigkeiten auf ihrer Liste, und von den anderen konnten die drei nichts wissen.

Der Aufzug in einem der drei Masten des Fast-in-den-Wolken brachte Marja in wenigen Sekunden hinunter auf die Oberfläche. Wie immer war sie, unten angekommen, leicht verwirrt vom plötzlichen Wechsel der Perspektive. Sie war die Bewegung auf dem mehr oder weniger festen Boden Vilms gewohnt. Das traf in noch größerem Maße auf Marja-J zu, dessen Art keine Möglichkeit kannte, auch nur über ein kleines Gestrolch hinüberzukommen. Es hatte gute Gründe, dass es in Vilm Village fast nur ebenerdige Gebäude gab. Ein gutes Dutzend zweistöckige Häuser war gebaut worden, und die wurden von Fremdweltlern bewohnt – Hotels, die Botschaften von Galdäa, Utragenorius, Karna und Atibon Legba, eine Filiale des epsilonischen Instituts, der Sitz des päpstlichen Nuntius und natürlich der ausschweifende Palast der Goldenen Bruderschaft, auch wenn die Goldenen selbst den Begriff Palast niemals in den Mund nahmen. Es gab auf Vilm keine höheren Bauwerke, das Fast-in-den-Wolken ausgenommen. Und das war ein Geschenk von Galdäa gewesen. Galdani hatten einen Hang dazu, in die Höhe zu bauen. Es sollte auf Galdäa einen Turm geben, auf dessen Spitze man nicht atmen konnte, so weit ragte er in die dünne Luft der oberen Atmosphäre. Nun ja, dachte Marja, da die Geschichten über das absonderlich gemischte Leben auf Oniskus sich als wahr erwiesen haben, mag auch diese Legende einen wahren Kern besitzen. Jetzt kam es darauf an, möglichst schnell Will zu finden und mit ihm darüber zu sprechen, was diese Touristen über Vilm gesagt hatten. Marja wollte wissen, ob das wahr sein konnte. Das Wie und Warum interessierte sie nicht, nur das: Stimmte es, dass Vilm keinen Ort staunender, atemloser Bewunderung hervorbringen konnte? Und durfte man diesen Leuten zeigen, dass sie unrecht hatten?

Sie konnte noch am selben Tag mit Will Carlos reden. Der Administrator hörte sich, wie das seine Art war, alles wortlos an. Will hatte es inzwischen aufgegeben, sich gegen den Posten zu wehren, der ihm nach Tinas Ermordung wortlos aufgehalst worden war. Schließlich war es nur ein Job, der zu tun war. Und es war ein unschätzbarer Vorteil, dass er mit den kniffligsten Problemen zu Carl oder einem anderen Stummblinden gehen konnte. Niemand nahm es ihm krumm, schließlich galt Carl inzwischen als Guru. Dabei sah er die Dinge nur aus einer anderen Perspektive. Will hatte sich mit den Umständen arrangiert. Er hatte aufgehört, mit seinem Übergewicht zu hadern, und war wieder genauso pummlig, wie er sich wohlfühlte. Sein Eingesicht – Will-J – lag reglos neben dem Schreibtisch und hielt seine Augen aufmerksam auf Marja-J gerichtet. Will dachte nach, als Marjas kleine Erzählung beendet war. Dann stand er auf und trat vor das Bild Tinas, eine zufällig entstandene Aufnahme, die sie mitten in einer Rede zeigte, die sie mit der ihr eigenen Vehemenz vortrug. Es war das einzige Bild, das es von ihrer Zeit als unfreiwilliger Chefin der Vilmregierung gab. Es war nicht schmeichelhaft, bloß charakteristisch.

Will starrte das Bild ein paar Sekunden lang an. Dann drehte er sich zu Marja um und fuhr sich mit den Fingern durch die kurzgeschnittenen Haare, die an den Schläfen und im Nacken grau wurden, obwohl Will erst einunddreißig war. »Wir könnten«, sagte er, »das Gerede dieser oniskäischen Touristen als dünkelhaftes Gewäsch abtun. Wir könnten die Achseln zucken und zur Tagesordnung übergehen. Das sind lediglich ein paar reiche Fremdlinge, die nicht die Hälfte von dem begreifen, was sie sehen. Wir könnten überhaupt alles ignorieren, was die Außenweltler über uns sagen und denken. Aber irgendetwas sagt mir, dass wir das nicht tun sollten.« Will wusste nicht, woher der Entschluss kam, diese Angelegenheit weiter zu bedenken, sie ernster zu nehmen, als es notwendig war. Er konnte nicht begründen, warum er das tun wollte. Das sagte er Marja.

Sie wies auf Marja-J, der sich eng an sie drückte. »Ich denke genauso wie du. Ich kann es nicht begründen, weswegen mir das so naheging. Ich weiß sicher, dass es richtig ist, diesen drei Ignoranten etwas zu zeigen, das sie eines Besseren belehrt. Ich weiß nicht, ob wir das jetzt tun sollten.«

»Manchmal«, sagte Will, »kann ich nur froh sein, dass wir dank der Eingesichter etwas mehr als bloß vernünftig sind.«

Marja lachte, und die beiden Sechsfüßer führten einen kleinen ausgelassenen Tanz auf, ehe man an die Arbeit ging. Eine Menge

Leute musste gefragt werden, Entschlüsse waren zu fassen, um eine Geheimhaltung zu durchbrechen, die in der kurzen Geschichte Vilms ihresgleichen suchte. Nichts davon wäre zu schaffen gewesen, hätten sich die Oniskier nicht Zeit gelassen mit ihrem Ausflug zur größten Pflanze des bekannten Kosmos, wie es in manchen Texten über Vilm hieß. Familie Kadoupoulos brauchte schlicht die doppelte Zeit wie üblich, um mit dem Schweber bis zur Barriere und zurück zu gelangen, zahlreicher uneingeplanter Zwischenstopps wegen, einige anlässlich eines vorübersausenden Springwolfs, andere infolge der Spuren einer Horde Rehschweine. Die drei Eheleute vertrödelten geschlagene drei Tage in ihrem Appartement, ehe sie aufbrachen. Marja registrierte, dass die Oniskier sich in diesen drei Tagen nirgendwo blicken ließen und ihnen das Essen aufs Zimmer gebracht wurde. Wahrscheinlich, dachte sie, hat Konstantin oder Franka oder Martino den zweiten oder dritten Frühling. Oder alle zusammen. Wie schön für sie. Dank der dehnbaren oniskäischen Zeitplanung waren Marja und Will gut vorbereitet, als die Nachricht von der bevorstehenden Abreise der Familie Kadoupoulos eintraf.

»In neun Stunden soll das Shuttle starten«, sagte Will. »Schaffen wir das?«

»Das schaffen wir«, sagte Marja, »und wenn alle Stränge reißen, wird Joern dafür sorgen, dass ausgerechnet dieses Shuttle Verspätung hat.«

»Behinderung des Luftverkehrs«, sagte Will. Will-J legte sich flach auf den Boden und bedeckte die Ohren und Augen mit den Vorderpfoten.

»Und wenn schon.«

»Was wohl Carl dazu sagen würde?«

»Willst du ihn fragen?«

Wenige Minuten später standen Marja, Will und ihre beiden Eingesichter in der luxuriösen Suite der Oniskier und boten an, mit einer kurzen Exkursion gewisse, Vilm und seine Bewohner betreffende Vorbehalte auszuräumen. Und sie würden nicht von hässlichen Worten wie Vorurteil sprechen wollen. Will Carlos ließ Marja sprechen und betrachtete die Oniskier. Etwas irritierend war der Aufzug der drei Eheleute. Franka und Martino waren in enganliegende lederne Uniformen gekleidet, die kampflustig und erfindungsreich wirkten, während Konstantins massige Gestalt in eine durchscheinende Tunika gehüllt war, die eine Menge seiner ausladenden halbkarnesischen Anatomie sehen ließ. Es bereitete Will eine gewisse Genugtuung, dass seine Figur neben der Konstantins fragil erschien, und auch Frankas Schönheitsideal schloss offenbar Schlankheitskuren nicht ein. Franka und Martino hatten Mühe, sich des Gesprächs im Fast-in-den-Wolken zu entsinnen, aber überraschenderweise war es Konstantin, der sich genau erinnern konnte.

»Das ist die Kleine mit dem Hund«, rief er und klatschte begeistert seine Hände auf die Glatze, »die süße Kleine, die uns nicht abnehmen wollte, was wir frecherweise über ihren Heimatplaneten herausgefunden haben.«

Marja-J hätte geknurrt, wenn er wirklich ein Hund gewesen wäre, die Kehlen der Eingesichter waren für solche Geräusche nicht geschaffen.

»Ah ja«, sagte Martino gedehnt, und in seine Augen kehrte Interesse ein, »ich glaube, ich kann mich erinnern. Es ging um den Hohen Ort, nicht wahr, jene eine unverzichtbare erhabene Sehenswürdigkeit, ohne die eine zivilisierte Welt einfach nur bewohnt bleibt, ohne sich je wirklich zivilisiert nennen zu dürfen.«

»Übertreibe nicht so furchtbar«, sagte Franka gebieterisch, »du redest hier mit Vilmern, du kannst auf dem Teppich bleiben.«

Marja hatte das Gefühl – insbesondere durch die Augen eines Eingesichts gesehen –, dass bei den dreien wieder ein drastischer Rollentausch stattgefunden hatte. Allmählich konnte sie ein bisschen von dem verstehen, was die Oniskier an ihrer seltsamen Art der Ehe finden mochten.

»Wenn Sie gestatten«, sagte Will, »würden wir Ihnen gerne einen Hohen Ort zeigen. Hier auf Vilm und ganz in der Nähe.

Und ganz exklusiv, wenn das ein zusätzlicher Grund sein sollte.« Marja-J feuerte vernichtende Blicke auf die Oniskier ab, die nicht bemerkt wurden. Will-J saß da wie die Statue des ultimativen Eingesichts, das von nichts auf der Welt aus der Ruhe gebracht werden konnte.

»Ich glaube nicht, dass es einen solchen Ort gibt«, sagte Martino.

»Halt die Klappe«, sagte Franka beiläufig. »Wir müssen unser Shuttle kriegen, sonst fliegt die ARCADIA ohne uns ab. Das würde unseren Reiseplan durcheinanderbringen. Wenn Sie uns garantieren, dass dies nicht geschieht, sehen wir uns gerne an, was Sie für so bemerkenswert halten.«

»Ich garantiere es Ihnen«, sagte Will.

Franka nickte und erbat einige Minuten Zeit, um in passende Kleidung zu schlüpfen, wie sie sich ausdrückte. Als die gemischte Gesellschaft wenig später auf dem Weg zum bereitstehenden Schweber war, fragte Konnie leise Marja-A, ohne Marja-J nur eines Blickes zu würdigen, ob dieser Will hier überhaupt etwas zu sagen hätte. »Oh, das hat er«, sagte Marja, »er ist auf Vilm der Administrator. Also der Chef der Regierung. Meistens ist er einfach die Regierung.«

Konstantin war beeindruckt. Er hatte seine albernen Seidentücher mit einem unverwüstlich aussehenden Anzug aus grobem Stoff vertauscht, der ein bisschen zu stramm saß, während seine beiden Eheleute mittlerweile dunklere und in den Schultern ausgepolsterte Uniformen trugen. »Da ist Will also ein sehr mächtiger Mann«, sagte Konstantin.

Marja sah ihn überrascht an. »Ja«, sagte sie, »so kann man das auch sehen.«

»Und er muss sich gegen all die Intrigen und Machtkämpfe wehren, die ein bisschen Macht unweigerlich mit sich bringt. Wie romantisch. Wo sind denn seine Leibwächter?«

Marja musste grinsen. »Konstantin, auch wenn ich dich enttäuschen muss – es gibt weder die einen noch die anderen. Er ist der Administrator. Er kann den Job. Und wenn ein anderer ihn machen wollte, würde Will ihn eher heute als morgen abgeben.«

»Ja?« Konstantins Gesicht war ein einziges Fragezeichen.

»Es gibt niemanden, der Wills Job tun will. Von können rede ich gar nicht. Also bleibt Will Administrator.«

»Das ist alles?«

»Das ist alles.«

Damit hatte der riesenhafte Halbkarnese von Oniskus genügend Stoff zum Nachdenken, um bis zum Einsteigen in den Schweber den Mund zu halten. Marja hatte es Spaß gemacht, sich vorzustellen, Konnie für seine dummen Fragen in die Waden zu beißen, während sie antwortete. Außerdem fiel ihr auf, dass Will geradezu schlank wirkte, wenn man ihn in der Nähe Konstantins sah.

Die bereitgestellte Maschine stammte nicht aus der Schrottmasse der VILM VAN DER OOSTERBRIJK, sondern war vor Kurzem von einer Werft auf Atibon Legba geliefert worden; ein Standardmodell mit Modifikationen speziell für Vilm. Franka vergewisserte sich dieser Tatsache mit Nachdruck; in ein bereits abgestürztes Vehikel würden sie und die Ihren nicht einsteigen, erklärte sie. Konstantin zwinkerte Marja vertraulich zu und raunte, manchmal würde die gute Franka es ein bisschen übertreiben. Er erntete dafür strafende Blicke der Dame und ein leises Kopfschütteln Martinos.

Es war beengt im Schweber, die vier Körper der beiden Vilmer und die drei der Familie Kadoupoulos füllten die Kabine komplett aus, vor allem natürlich Konstantin, der das Doppelte von dem auf die Waage brachte, was im Rechner des Schwebers als normales menschliches Gewicht gespeichert war. Das und die Tatsache, dass die Eingesichter nicht als Personen angegeben worden waren, ließ die Automatik zunächst einmal streiken. Erst als Will die Sechsbeiner als Zweibeiner und Konnie als zwei Personen deklariert hatte, startete der Schweber, nicht ohne vorwurfsvoll zu bemerken, die Kapazität des Fahrzeuges sei fast völlig ausgelastet und der Zustieg weiterer Personen nicht ratsam.

Marja dachte belustigt daran, dass unter all den Substanzen, die die Forschungsgruppe Rätselfrüchte entdeckt hatte, keine einzige war, mit der man das Gewicht steuern konnte. »Konstantin sollte unterwegs nicht frühstücken«, sagte Franka, »das Ding hier könnte sonst zur Notlandung gezwungen sein.«

»Hier drin geht es zu wie auf Offord«, knurrte Martino. Marja lachte.

»Wohin genau fliegen wir denn?«, erkundigte sich Konnie, der den auf seine Kosten gehenden Witz mit einem schiefen Grinsen quittiert hatte.

»Im Moment gehen wir auf Südkurs«, sagte Will, »und wenn wir aus dem Anbaugebiet heraus sind, sind es etwa zehn Minuten in östlicher Richtung.«

»Gute Antwort«, sagte Martino und starrte Will misstrauisch an, »eigentlich hatte Konstantin etwas anderes gefragt.«

»Lass nur«, meinte Konstantin und rutschte mit seinem Riesenkörper unbehaglich hin und her, um eine halbwegs bequeme Stellung zu finden. Als der Schweber in eine langgezogene Kurve nach Osten einschwenkte, kuschelte er einfach die beiden Eingesichter, als wären es Plüschtiere, nahm das eine in den Arm und legte sich das andere über den Bauch. Auf diese Art war genug Platz. Marja und Will waren belustigt. Der Mann war sich offensichtlich nicht darüber klar, was er tat. Marja fand es ausgesprochen interessant, entspannt quer auf der enormen Masse des Halbkarnesen zu liegen. Das hatte was. Nach und nach fand sie den einen oder anderen Zugang zu oniskäischen Zuständen.

Franka grunzte erschrocken, als der Schweber plötzlich abtauchte und die Wolkenfetzen, durch die er gehuscht war, weit über sich ließ.

»Keine Sorge«, sagte Will, »wir müssen tief anfliegen, sonst kommen wir nicht in die Landeschneise hinein.«

Martino beobachtete aufmerksam, dass Will den Schweber nicht selbst lenkte, sondern diese Arbeit den Apparaten und den Leuten in der Bodenstation überließ. Will nickte ihm zu und verbiss sich das Lächeln, als er daran dachte, wie der Typ reagieren würde, wenn er wüsste, wer in Wirklichkeit dieses Flugzeug lenkte. Ob Martino panisch würde, wenn er sähe, dass Eingesichter mit ihren feinfühligen Mittelpfoten die Fernsteuerung auf speziell für sie angefertigten Konsolen erledigten, während die dazugehörigen Menschen scheinbar untätig danebensaßen? Würde es ihn beunruhigen, wüsste er, dass Toron Dienst hatte, der erste Vilmer, der die Erinnerungen und Fähigkeiten von zwei statt einer Persönlichkeit besaß?

Der Schweber glitt auf ein Dickicht großer Gestrolche zu, als wolle er die Pflanzen rammen, bog im letzten Augenblick mit elegantem Schwenk ab und tauchte in das Dämmerlicht eines Tunnels, dessen Wände zu schnell vorüberflitzten, als dass man Einzelheiten hätte erkennen können. Franka krallte ihre Finger in Martinos Unterarm, während Konstantin gedankenlos die beiden Eingesichter kraulte. »Stark«, sagte er, »eine gelungene Vorführung. Fast so spannend wie eine Fahrt mit der cartagenischen Achterbahn im großen Park von Omaragan auf Oniskus, während der Blitzmond im Licht seiner eigenen Entladungen vom Himmel flackert.«

»Aber eben nur fast so spannend«, setzte Martino skeptisch hinzu.

»Oh«, sagte Will, »das war es nicht, was ich Ihnen zeigen wollte. Das kommt erst noch. Wir landen gleich.« Tatsächlich schlitterten die Kufen des Schwebers über den Boden, und wenige Meter vor einer merkwürdig aussehenden Wand kam das Gerät schwankend zum Stehen.

»Bitte auszusteigen«, sagte Will und öffnete die Türen; dazu verwendete er die Pfoten und nicht die Hände, was Franka zu einem sehr eingehenden Blick veranlasste. Irgendetwas an diesen Vilmern und ihren Hunden kam ihr merkwürdig vor. Sie wusste nicht genau, was. Sie würde es herausfinden. Konstantin stieß sich natürlich beim Aussteigen die Glatze an, was ihm einen strafenden Blick Frankas eintrug. Eine Weile ging es zu Fuß durch den Tunnel aus Gestrolchen hindurch, und als hätten sie sich abgesprochen, liefen die beiden Eingesichter der kleinen Gruppe voraus. Martino musterte die Pflanzen unsicher. »Es kommt mir vor«, sagte er, »als ob diese Gewächse hier sich von allem unterscheiden, was wir bisher gesehen haben, auch von diesem Monstrum da unten im Süden.«

»Das stimmt«, sagte Marja.

»Ganz einfach«, meinte Konstantin, »die anderen Gestrolche sind Zusammenballungen verschiedener symbiotischer Pflanzen, die solange wuchern, wie sie einander nützen können. Das hier besteht aus drei oder vier verschiedenen Pflanzenarten, und bei dem braunen, geringelten Zeug da bin ich mir nicht sicher, ob es überhaupt noch eine Pflanze ist.«

»Gut beobachtet«, sagte Will, »das ist tatsächlich keine Pflanze. Die Grenzen zwischen Tieren und Pflanzen sind auf Vilm nicht sonderlich scharf gezogen. Das dort würden wir eher auf der tierischen Seite einordnen, denn es muss Biomasse verzehren, um zu überleben, und es kann sich bewegen. Dennoch könnte man es zur Flora zählen, denn es hat Wurzeln und Zweige und Äste und bedient sich zur Vermehrung einer Art von Früchten. Eventuell sind es Eier, die zur Entwicklung ein Myzel irdischen Pilzen gleich benötigen.« Er lächelte Franka an, die das sich windende und peristaltisch zuckende Ding mit angewiderter Faszination betrachtete.

»Das ist eigentlich nicht wichtig«, sagte Marja, »die Hauptsache ist schließlich, dass es seinen Zweck erfüllt.«

»Zweck?« Franka sah die Vilmer mit großen Augen an. »Sie wollen uns doch nicht weismachen, das alles sei gezüchtet, künstlich?«

»Tja, sehen Sie, wir haben kaum etwas auf Vilm, was uns zu großen Reichtümern verhilft, und da fanden wir es nicht sonderlich intelligent, für Dinge zu bezahlen, die wir selbst haben.«

Franka, Martino und Konstantin sahen einander verständnislos an. Das Einzige, was Vilm im Überfluss hatte, war Regen in all seinen Erscheinungsformen, abgesehen von Dunst und Nebel. Das alles war schwer verkäuflich.

»Sie werden es gleich begreifen«, sagte Marja, und sie bogen um eine Kurve, das Licht veränderte sich, wurde heller, und die Oniskier sahen das, was sie zunächst nicht verstanden und später als Hohen Ort akzeptierten. Sie gingen mitten hinein. In einen Saal von immenser Höhe, dessen kunstvoll durchbrochenes Dach von einer Menge schlanker Säulen getragen wurde. Die Säulen waren kaum zählbar, bei jedem Schritt gerieten ein paar neue von ihnen ins Blickfeld, und droben sah es aus, als würden kompliziert gegliederte Kapitelle in die Decke des Saales reichen. Ein gotischer Dom auf dem Regenplaneten. Der Weg führte abwärts, und doch reckten sich die Säulen in immer größere Höhe empor. Die Kapitelle waren kaum zu erkennen.

Den Oniskiern, die stumm dem Pfad folgten, den Marja und Will ihnen vorangingen, fiel erst nach einer Weile auf, dass sie etwas vermissten, woran sich insbesondere Franka nie hatte gewöhnen können: Es regnete nicht. Es nieselte nicht einmal. Der Boden unter ihren Füßen war nicht aufgeweicht und schlammig, sondern fest, wenn auch nicht ausgetrocknet. Zwischen immer mehr schlanken und kaum enden wollenden Pfeilern hindurch führte die Strecke stetig abwärts, und den Oniskiern war klar, dass kein Saal der Welt in keinem Palast des Universums derart riesig sein konnte. Für eine solche Halle, in der man minutenlang geradeaus gehen konnte, ohne auch nur in die Nähe einer Wand zu kommen, gab es einfach keinen Platz auf diesem Planeten. Und man hätte einen derartigen Monumentalbau weithin sehen müssen, zumal bei dem Flugverkehr, der rund um Vilm Village herrschte. Die Pfeiler wurden mächtiger und standen weiter auseinander, und ihre Gestalt veränderte sich, je weiter die Wanderer in diesen unheimlichen Wald vordrangen. Die Stützen wirkten irgendwie knorrig und kraftvoll, und ihre schuppige Oberfläche sah unzerstörbar aus. Hin und wieder löste sich ein Tropfen Wasser irgendwo, und sein Fall zwischen den ehrfurchtgebietenden

Stützen dauerte lange Zeit, ehe er eine von den Säulen streifte und einen langen Strich dunkler Feuchtigkeit hinterließ. Weiter ging es, einen schier endlosen Hang hinunter. Diesem Hang entsprossen in immer größeren Abständen immer gewaltigere Pfeiler, nicht bloß zwanzig oder vierzig Zentimeter durchmessend wie am Anfang des Weges, sondern mit Radien von einigen Metern. Die auseinanderstrebenden Kapitelle an den oberen Enden der Säulen waren nicht erkennbar, waren einfach zu weit entfernt. Das Dach dieses Gebäudes lag nur eine Etage direkt unter Gott. Das war eine Kathedrale, wie sie das bewohnte Weltall nicht kannte, und die Oniskier waren wie vor den Kopf geschlagen, während sie inmitten dieser monströsen Pilaster entlangwanderten, zwischen denen man bequem ein mittleres Raumschiff hätte parken können. Hatten nicht vor fünfzehn Minuten die Säulen nur wenige Meter voneinander entfernt gestanden? Jetzt brauchte man etliche Schritte von einer der Stützen zur nächsten. Ein fremdes Licht stahl sich zwischen die monumentalen Pfeiler, deren Abmessungen man kaum schätzen konnte. Das Ende dieses merkwürdigen Ausfluges kündigte sich an, und die Wanderer umrundeten eine letzte Säule, was fast eine Minute dauerte.

Dann standen sie mit offenen Mündern in einem Raum, gegen den die Summe aller Basiliken, die je von Menschenhand erbaut worden waren, winzig wirkte. Etliche hundert Meter weiter voraus strebte eine weitere titanische Säule dem unsichtbaren Dach entgegen, diese allerdings unterschied sich frappierend von allen anderen. Sie war offenkundig künstlich – den Oniskiern wurde klar, dass all die Säulen, an denen sie vorübergewandert waren, in Wahrheit Stämme gewesen waren oder Wurzeln oder die Füße, wie man es auch nennen wollte, auf denen diese größte aller denkbaren Pflanzen ruhte. Die Mittelsäule war keine Vegetation, sie war aus Stahl und Glas und Licht; sie leuchtete freundlich in dem Dunkel, das zwischen den Pfahlwurzeln herrschte und den Wanderern kaum aufgefallen war. Jetzt beschirmten sie ihre Augen und bewunderten diesen Turm. Die Oniskier gafften, als wären sie zu Salzsäulen der Verblüffung erstarrt. Insbesondere der Halbkarnese schaute verzückt nach oben, als genieße er das für ihn wahrscheinlich seltene Gefühl, sich klein und verloren vorzukommen. Will-J und Marja-J waren längst am Fuße der Säule angekommen, lagen still wie zwei Fellteppiche und beobachteten aufmerksam die Reaktionen der Oniskier.

Will räusperte sich. »Einen Namen dafür haben wir nicht«, sagte er. Natürlich bekam er keinerlei Antwort. Die Oniskier waren ins Schauen versunken; der mächtige Stab aus Licht hatte Fenster und Bullaugen, hinter denen gelegentlich Bewegung zu sehen war, und ein kaum wahrnehmbares Vibrieren ging von ihm aus, ein leises Summen. Wo der Turm auf den steinharten Boden traf, verbreiterte sich sein Schaft und strebte auseinander, wie die Wurzel eines irdischen Baumes. Diese Wurzeln waren allerdings aus Metall. Nicht aus den glatten, perfekten Flächen, die man überall auf einem Weltenkreuzer sehen konnte, sondern mit deutlichen Spuren mehrfacher Bearbeitung. Da sah man Schweißnähte und Walzspuren, Unebenheiten und raue Stellen, die zu polieren sich niemand die Mühe gemacht hatte. Diese Belege jahrelanger Arbeit ließen den Turm den gewaltigen Stämmen ähnlich werden, als wäre er das Produkt einer Art von Wachstum, die wenig mit Wasser und Licht und Leben zu tun hatte, mehr mit Stahl, Schweißbrennern, Hämmern und dröhnend lauter Arbeit.

»Was für ein Anblick!«, sagte Konstantin und brach das konsternierte Schweigen der Oniskier. »Und was für ein dramatischer Effekt, nachdem man diesen Weg durch die Dunkelheit des Zauberwaldes gegangen ist.«

»Ich hätte mich beinah benässt vor Schreck, als ich dieses ungeheure Ding sah«, sagte Franka.

Konnie kicherte. »Eingepinkelt im Angesicht der Ewigkeit«, sagte er, »und die dargestellt von einem Ding, das man mit gutem Willen als Hohen Ort dieses Planeten sehen kann oder als das übergeschnappteste Phallussymbol der raumfahrenden Menschheit.«

»Oh«, sagte Marja rasch, »das ist weder ein Denkmal noch ein sakrales Kunstwerk, es ist im Grunde genommen ein reiner Zweckbau …«

»Keine weiteren widerlichen Fakten«, sagte Martino, »ich will nichts wissen von technischen Daten. Höhe, Durchmesser, Bauzeit und all dieser Kram interessieren mich nicht. Das Einzige, was mich interessiert, ist folgendes: Was, um aller Himmel willen, ist das?«

Will und Marja – besser gesagt, ihre Eingesichter – sahen einander mit erleichterten Blicken an, die besagten, die Besucher hätten soeben die erste intelligente Frage des Tages gestellt. Glücklicherweise konnten die Oniskier die Mimik der vilmschen Hälften ihrer Gastgeber nicht deuten.

»Es ist ein Regenkraftwerk in einem natürlichen Talkessel«, sagte Will, »fast ganz aus biologischem Material gewachsen – und immer noch wachsend. Die Mittelsäule natürlich ist konstruiert worden und wächst, wenn auch auf andere Weise, ebenfalls. Die gesamte Ebene dort oben leitet nahezu hundert Prozent der Niederschläge in die Mitte des Talkessels. Da fließt das Wasser in das Innere des Zentralturmes, und während es ihn von oben nach unten durchströmt, erzeugt es eine Menge elektrischer Energie. Etwa dreimal so viel, wie Vilm Village an seinen hungrigsten Tagen braucht.« Will lächelte Franka an. »Wir hätten Sie natürlich zu der Station bringen können, die dort liegt, wo alle die Oberfläche Vilms vermuten, und die in Wirklichkeit die Spitze dieses Turmes ist. Von da aus kann man per Aufzug hierher gelangen. Der Effekt für unwissende Besucher, da haben Sie vollkommen recht, ist auf unserem Weg entschieden beeindruckender.«

Konnie grinste, während es Martino schwerer fiel zu akzeptieren, was er sah. Er schaute immer wieder von dem leuchtenden Turm zu Marja und zu Will und zurück zum Turm, ohne einen Blick auf die beiden Eingesichter zu verschwenden. Er schüttelte verständnislos den Kopf. »Das kann nicht wahr sein. Ich glaube es einfach nicht.«

Franka hakte sich bei ihm ein. »Da ist das Ding, sieh hin«, sagte sie, »und die hübsche kleine gruselige Wanderung hast du auch mitgemacht. Leidest du neuerdings unter Wirklichkeitsverlust? Sind Meinungen plötzlich wichtiger als Wahrheiten?« Sie wandte sich an Marja. »Und es regnet hier unablässig, also ist das Ding immer in Betrieb.«

»Es soll Tage geben, an denen die Sonne scheint«, sagte Marja, »aber sie sind sehr selten. Ich habe noch keinen erlebt.«

»Ich schon«, setzte Will hinzu, »es sind nur Minuten, eine Stunde ununterbrochenen Sonnenlichts kommt nur einmal in einem oder zwei Dutzend Jahren vor.«

Martino machte sich los und drehte sich gemächlich um seine eigene Achse. Die Traumlandschaft aus Dunkelheit, tausenden Pfeilern und dem Metallturm verunsicherte ihn plötzlich. »Überlegt mal«, sagte er beschwörend, »es ist doch nicht denkbar, dass die Errichtung eines derart titanischen Kraftwerks unbemerkt bleiben kann. Das muss Jahre gedauert haben, wenn nicht Jahrzehnte, und Hunderttausende von Tonnen Erdreich müssen bewegt worden sein ... Und all die Labors und Baumschulen, um die unzähligen Pflanzen hervorzubringen. Wo soll das versteckt worden sein? Zumal das Vorhaben bestens geeignet ist, Vilm eine Menge Ärger zu machen. Bislang hat die Goldene Bruderschaft das Strom-Monopol auf dieser Welt, und soweit ich es weiß, gibt es keinen Weg für Vilm, daran etwas zu ändern. Die werden sich über dieses Ding nicht freuen, und es ist mir schleierhaft, wie ein solches Vorhaben vor den bekanntlich misstrauischen Augen der Goldenen verborgen bleiben kann. Die Goldene Bruderschaft wird toben, wenn sie davon erfährt. Und wenn es jemanden gibt, mit dem ich nicht verfeindet sein möchte, dann ist es die Goldene Bruderschaft. Vor allem möchte ich nicht, dass Oniskus Ärger mit denen bekommt.«

Die Erwähnung von Oniskus wischte das Lächeln von den Gesichtern Frankas und Konstantins. Mitwisser bei etwas zu sein, das den Interessen der Goldenen zuwiderlief, war nicht ungefährlich, erst recht auf Oniskus, wo die Bruderschaft eine erhebliche Rolle spielte. Konstantin scharrte auf seiner Glatze herum, dort, wo er sich vorhin gestoßen hatte.

Es war an Marja, die Besorgnisse der Oniskier zu zerstreuen. »Das Monopol der Goldenen Bruderschaft endet präzis an jenem Tag, an dem Vilm in der Lage ist, den Strombedarf von Vilm Village aus eigener Kraft zu decken«, sagte sie. »Uns ist klar, dass die Entfellten Gift und Galle spucken werden, wenn sie mitbekommen, dass sie hereingelegt worden sind und sich ihr für die Ewigkeit gezimmertes Monopol in Luft auflöst. Sollen sie doch. Wir haben nicht vor, diese Truppe völlig aus dem Geschäft zu werfen. Das könnten wir uns nicht leisten. Es kann uns allerdings niemand verwehren, unsere Ressourcen für uns selber zu verwenden.«

Will fiel ein. »Niemand außer uns weiß von dem Projekt, und wenn wir morgen oder übermorgen damit herauskommen, kann die Bruderschaft nichts unternehmen.« Er grinste; sein Eingesicht bleckte das Gebiss. »Und natürlich befinden Sie sich im Irrtum, wenn Sie unseren Wasserturm als Großprojekt irdischen Stils betrachten. Das ist ein vilmsches Projekt. Es hat angefangen als kleine Station, um die herum merkwürdige Pflanzen wuchsen. Die Pflanzen überwucherten die Station mit einem fast ebenen Dach, woraufhin die Station aufgestockt werden musste. Unter dem Gewicht der Station sackte der nasse Boden ein. Die Stiele, die das regenleitende Dach trugen, wurden länger.« Will sah die Oniskier strahlend an. Er wollte die Gäste nicht mit Rätselfrüchten verwirren und der Macht, die geschickten Vilmern mit einer ausgewogenen Kombination verschiedener Drogen verliehen wurde. Und mit den wenig hübschen Nebenwirkungen wollte er die Oniskier nicht konfrontieren. Mit Wurzelsystemen, die titanische Erdarbeiten erledigten, auch nicht. »Das war alles, im Prinzip jedenfalls. Der Prozess setzte sich so lange fort, bis alles nah genug an den felsigen Untergrund herangekommen war, um den Abfluss der herunterströmenden Wassermassen abzusichern. Dann hörte es auf, ehe es unwirtschaftlich wurde. Jetzt ist es ein vom andauernden Regen gespeistes Perpetuum Mobile der vilmschen Art.«

»Und woher haben Sie gewusst, dass das alles funktionieren würde? Und die Goldene Bruderschaft?«, fragte Martino. »Die werden schäumen vor Wut; soweit sie dazu überhaupt in der Lage sind, meine ich. Wer hat diesen genialen Vertrag damals überhaupt ausgehandelt?«

Marja wies auf Will; absichtlich zielte sie dabei mit dem Finger auf Will-J. Die Oniskier starrten das Eingesicht an, als hätten sie nie eines gesehen. Wahrscheinlich stimmte das. Wahrscheinlich ging den dreien erst in diesem Augenblick auf, dass mehr an den Vilmern dran war als die Tatsache, dass sie auf Schritt und Tritt von Wesen begleitet wurden, die fast wie irdische Hunde aussahen. Wahrscheinlich erkannten die Oniskier erst in diesem Moment, da Will-J hoheitsvoll den breiten Kopf neigte, als nehme sie die Huldigungen eines imaginären Volkes entgegen, dass sie einem Irrtum aufgesessen waren, was die Natur der Vilmer betraf. Möglicherweise waren sie bloß Opfer der Herrschaft Atibon Legbas über die Nachrichtenkanäle. Das Flottenkommando weigerte sich beharrlich, die Vilmer als neue Lebensform zur Kenntnis zu nehmen.

»Mit dem Vertrag ist alles in Ordnung«, sagte Will. »Die Goldenen haben es als völlig unrealistisch betrachtet, dass Vilm seinen Bedarf an Energie jemals ohne ihre Hilfe decken könnte. Und was das Drumherum des Projekts betrifft: Wenn man auf anderen Ebenen mit der Welt verbunden ist, auf der man lebt, als nur denen des Hörens, Sehens und Schmeckens, dann bringt man Dinge fertig, die anderswo nicht möglich sind. Jammerschade um die Gestrolche und Pflaumenbäume, die diesem Ding zum Opfer fallen mussten ... Sogar wir können nichts schaffen, ohne dabei zu zerstören.«

»Schöne Rede«, sagte Martino sarkastisch.

»Begreife es endlich, Martino«, sagte Franka und schlug ihm fester als nur freundschaftlich auf die Schulter, »diese Leute sind nicht die Primitiven, für die du sie gehalten hast.«

Konstantin klatschte laut in die Hände, und der Klang des Geräuschs kam auf seltsame Weise zwischen den Pfeilern der stromerzeugenden Kathedrale abhanden. »Nun haben wir genug geredet«, sagte er, »und ehe wir von unseren Gesprächen überhaupt nichts mehr verstehen, schlage ich vor, sich das Innere des wie auch immer entstandenen Bauwerks anzuschauen. Danach steht es jedem von uns frei, in die dem Anlass angemessene Verzweiflung zu verfallen.«

Franka beschloss, dass sie genau das tun würden, und der widerstrebende Martino wurde mit auf die Besichtigungstour in den Turm geschleppt, in dem zahllose verwirrende Installationen bewundert werden mussten und man bloße Hände an die Wandung jenes dutzendmeterdicken Rohres legen konnte, in dessen Innern in jeder Sekunde Tausende Kubikmeter Wasser hinabstürzten. Etliche Wendeltreppen wurden erstiegen und aus schwindelnder Höhe ehrfürchtige Blicke in die schummrige Weite des pflanzlichen Domes geworfen, Maschinen wurden besichtigt und die Vilmer, die sie bedienten und kontrollierten. Bei dieser Gelegenheit ging den Oniskiern endlich vollständig auf, was es mit den angeblichen Hunden in Wirklichkeit auf sich hatte. Konstantin, der sich als Erster wieder fing, äußerte spöttisch sein Erstaunen, wie derart kompliziert lebenden Leuten die oniskäische Art der Ehe fremd vorkommen könne. Marja fing an, zu drängen und auf die verstrichene Zeit hinzuweisen, und man stieg in einen Aufzug, der Konstantin dazu zwang, seine Glatze vor der niedrigen Decke in Sicherheit zu bringen. Das nahm er gern in Kauf. Schließlich war er wieder einmal mit den anderen in einem engen Raum zusammengequetscht und konnte Will und Marja darüber ausfragen, wie sie sich im Schweber gefühlt hatten, als er ihre Eingesichter geknuddelt hatte.

Marja erklärte es ihm, nicht ohne rot zu werden und zu stottern, was Franka zum Lachen brachte. Martino versuchte krampfhaft, den Vilmern möglichst fernzubleiben, seit er von ihrer wahren Natur erfahren hatte, als sei ihre Art zu leben nicht nur unnatürlich, sondern ansteckend. Im Schweber zurück nach Vilm Village nahm Will den Oniskiern heilige Versprechen ab, mindestens für eine Woche Stillschweigen über das zu bewahren, was sie gesehen hatten. Die Aufregung der Goldenen Bruderschaft würde auch ohne voreilige Enthüllungen groß genug sein, wenn sie plötzlich auf dem von ihrem Palast produzierten Strom sitzen blieb – und von einem Tag auf den anderen eine wichtige Machtbasis auf dem Planeten verlor. Martino ergriff nur ein einziges Mal das Wort, als er sich erkundigte, wie viel Zeit bis zum Start des Shuttles zur ARCADIA übrig geblieben war.

Genau diesem Shuttle, das in den Wolken des Regenplaneten verschwand, schauten Marja und Will zwei Stunden später mit acht Augen nach, als sie im Fast-in-den-Wolken saßen. Der Regen war heftig, und das enorme Ding dort unten würde eine Menge zu tun bekommen.

»Möglicherweise haben die Oniskier doch recht«, sagte Marja, und Marja-J legte seinen Kopf auf Wills Beine, »mit dem Sakralbau, meine ich.«

Will schaute überrascht drein. »Verstehe ich nicht.«

»Wenn wir den Regendrachen je einen Tempel hätten bauen wollen«, sagte Marja versonnen, »dann hätte es dieses Kraftwerk sein können.«

Will lächelte. »Ich glaube, wir haben endlich einen Namen dafür.«

10. Die Regendrachen der Tiefe

»Um aller Himmel willen«, sagte Will, »muss das wirklich sein? Reicht ein Versuch nicht aus?«

»Natürlich nicht«, sagte Sdevan. Sdevan-A stand stramm, und Sdevan-J funkelte Will wütend an; Gefühle verbergen konnte sie noch nie, dachte Will.

»Du kennst ihn«, sagte Tonja. »Er kann nicht verlieren. Nicht einmal dann, wenn es außer ihm niemanden gibt, der die Sache so betrachtet. Ist es nicht so, Sdevan?« Statt einer Antwort kam nur ein Knurren. »Siehst du«, wandte sich Tonja wieder an den Vilm-Administrator, »er gibt es zu.«

»Gar nichts gibt er zu«, stellte Will fest. Er schüttelte den Kopf und schaute mit vier Augen aus dem Fenster; da war nichts als die mäßig belebte Hauptstraße vom Vilm Village, auf die heftiger Regen herabschlug. Die Wolken hingen sehr tief und waren selbst für die Verhältnisse des Regenplaneten außerordentlich finster. Das Fast-in-den-Wolken war unsichtbar. Sdevan und Tonja hielten schön still, ihre Eingesichter lagen ihnen zu Füßen. Sie wussten, warum der Administrator aus dem Fenster sah. Ungefähr in dieser Richtung lag Francescos berühmt-berüchtigte Werkstatt, dort stand das Fahrzeug, das er für Sdevan und Tonja und ihr verrücktes Vorhaben gebaut hatte. Es war eine Weiterentwicklung des guten alten Geländekuglers. Das Fahrzeug war jetzt ein schwimmfähiger und mit Grabwerkzeugen ausgestatteter Geländewagen auf riesigen Ballonreifen, weniger für Höchstgeschwindigkeit ausgelegt als vielmehr für ungewöhnliche Medien, in denen er sich fortbewegen konnte. Es gab inzwischen eine Menge von Geländekuglern auf Vilm, und Francesco Calandra war ihr geistiger Vater, soweit er sie nicht faktisch selbst gebaut hatte.

Es war klar, warum Will sich schwer tat, eine weitere Expedition zum Äquator zu genehmigen. Wenn es darum gegangen wäre, auf die südliche Halbkugel des Planeten zu gelangen, existierte das Problem nicht. Das war keine Schwierigkeit: Man kletterte in eines der zur Verfügung stehenden Raumfahrzeuge, ließ den Apparat über die unzuverlässige Atmosphäre steigen und kam auf der anderen Seite wieder herunter. Das war bereits gemacht worden. Auf der südlichen Seite sah es keinen Deut anders aus. Es ging darum, den Weg leibhaftig zurückzulegen – für Sdevan jedenfalls schien es darum zu gehen. Als ob es ihn in der Ehre gekränkt hätte, dass ihn damals das riesenhafte Gewächs, das den Planeten umspannte, aufgehalten hatte. Wichtiger war, was Tonja als Grund des Unternehmens anführte.

»Du bist sicher«, sagte Will, ohne sich umzudrehen, »dass es keine Erklärung für das Phänomen der Identität gibt?« Will-J drehte den Kopf und sah Tonja an. Sie wusste auch so, dass sie gemeint war.

»Ich habe mit der exobiologischen Fakultät auf Penta V gesprochen«, sagte sie, »und die sind meiner Meinung: Wenn das Gürtelgestrolch tatsächlich ein eigenes Biotop ist – und alles spricht dafür –, dann müssten Unterschiede zwischen den Lebewesen im Norden und Süden bestehen, denn sie werden ja zuverlässig voneinander getrennt.«

»Zuverlässig getrennt ist fein ausgedrückt«, sagte Sdevan, »diese Barriere ist so undurchlässig, dass nicht einmal wir durchkommen. Wir kommen keine hundert Meter weit.«

Will nickte. Es war ihm gegenwärtig, dass die kleinen automatischen Geländekugler, die Francesco mit raffinierten Klettermechanismen und einer Portion künstlichen Affenverstandes ausgestattet hatte, in dem monströsen Dickicht verschwunden waren, als hätte sie jemand verschlungen. Das äquatoriale Gestrolch verhielt sich zu den von Menschenhand gebauten Maschinen wie ein See aus Öl zu einer hineingeworfenen Schraube. Kinderleicht hinein, nie wieder heraus. Die Metalldetektoren konnten zwar einige der Maschinen orten, in nicht allzu weiter Entfernung vom Rand des Pflanzengewirrs. Niemand war indes selbstmörderisch genug, den Apparaten hinterherzusteigen. Was immer den Geräten den Garaus gemacht hatte, es war das Risiko nicht wert. Nichts war es wert, ein Leben zu verlieren. Bis heute hatte niemand herausgefunden, auch kein Stummblinder, wie und warum ein netter Kerl wie Tom spurlos verschwunden war – im westlichen Tiefland, weit weg von gefährlichen Gegenden wie dem südlichen Monstergestrolch. Will höchstselbst hatte das Äquatorialgestrolch zur verbotenen Zone erklärt. Als ein Landeschiff vom Weltenkreuzer ARCADIA in das höllische Gestrüpp hineingeflogen war, hatte die Vilm-Administration es den Truppen des Flottenkommandos nicht genehmigt, ihm zu folgen. Das hing mit der Tatsache zusammen, dass es sich nicht um einen Unglücksfall gehandelt hatte, sondern um hirnsträubende Arroganz gegenüber den vermeintlichen Wilden auf Vilm. Von dem Schiff hatte man nie wieder gehört, es war ebenso verloren, als wäre es in ein Schwarzes Loch gestürzt. Will bewahrte geflissentlich Aufzeichnungen aller sechsunddreißig nachdrücklichen Warnungen auf, die der Besatzung zugegangen und unbeantwortet geblieben waren. Das Verhältnis zwischen Flottenkommando und Vilm war seitdem noch schlechter, als es schon immer gewesen war. Zumal die uniformierten Typen behaupteten, es habe für die Leute im Landeschiff keinen Grund gegeben, Warnungen Glauben zu schenken, deren Absender kein Mensch gewesen sei, sondern ein dressiertes Haustier.

»Wenn es keine getrennte Evolution von Norden und Süden gibt«, sagte Tonja, »dann muss es Verbindungen geben, die wir nicht kennen. Verbindungen, die wir nutzen könnten. Schließlich müssen wir uns irgendwann abnabeln – von den Goldenen genauso wie vom Flottenkommando.«

»Und es gefällt uns wenig, bei Starts und Landungen verbrannte Erde zu hinterlassen«, ergänzte Sdevan, »das tut weh, wenn ich das sehe. Dauert ewig, bis das nachwächst.«

»Und ihr seid der Meinung, es gibt einen Weg unter dem Äquator hindurch?«

»Der einzige Weg, der übrig bleibt. Oben drüber kann die natürliche Verbindung nicht funktionieren. Dafür ist das Supergestrolch zu groß; seine Wipfel ragen permanent weit in die Wolken hinein.« Die beiden Eingesichter nickten einträchtig, als hätten sie sich verabredet. Vermutlich hatten sie ihre Argumente mit Carl besprochen. »Und nicht zu vergessen: Hast du inzwischen den Butterdorn-Extrakt probiert?«

»Habe ich.« Will verzog das Gesicht, und sein sechspfotiger Teil schüttelte sich. Butterdorn erweiterte den sechsten Sinn, die typisch vilmsche Wetterfühligkeit, in eine neue Richtung: nach unten. Das mochte lehrreich für Geologen sein; für normale Leute war die Wirkung dieser Rätselfrucht ein verwirrendes, quälendes Erlebnis. Die einzelnen Schichten des Bodens unter den Füßen wie Schalen einer Zwiebel zu spüren, trug nicht dazu bei, sich sicher zu fühlen. Das Gewirr von feuchtigkeitsführenden Bahnen im Untergrund der regengesättigten Welt tat das seine dazu, ahnungslose Butterdorntester vollends durcheinanderzubringen. Leute, die etwas davon verstanden, behaupteten fest, dass die tieferen Fundamente Vilms überall von ausgedehnten unterirdischen Wasseradern durchzogen waren, und sprachen von wahrhaftigen Höhlensystemen, mit Flüssen, Bächen, Seen und Wasserfällen. Es war vor allem Toron, der Mann mit den zwei Persönlichkeiten, der sich in das Abenteuer gestürzt hatte, diese Informationen zu sammeln. Es mochte seine seltsame Natur sein, die ihn dazu befähigte. Will konnte dazu wenig beitragen; er war heilfroh gewesen, dass er wegen seines Übergewichts nicht den vollen Effekt der Droge zu spüren bekommen hatte. Will war fest entschlossen, das Zeug nie wieder zu probieren, nachdem die Wirkung des Butterdorns nachgelassen hatte und sich die würgende Übelkeit und rasenden Kopfschmerzen wieder legten. Das sagte er Tonja und Sdevan. Die lachten. »Butterdorn ist den meisten zu stark«, sagte Sdevan, »das ist eine Sache der Gewöhnung.«

»Danke, nein«, sagte Will. »Ich verspüre nicht die geringste Lust, mich daran zu gewöhnen. Das Teuflischste an diesem Zeug ist, dass einem gleich zwei Köpfe wehtun.«

Tonja wollte grinsend das Thema weiter vertiefen, sie kam nicht dazu. Ein dringliches Signal lief ein, und als Will auf seinen Monitor schaute, stöhnte er, sein Eingesicht verbarg den Kopf zwischen den Vorderpfoten. Ein haarloser blasser Schädel blickte angespannt in die Kamera: Pak-46-erg, der Abgesandte der Goldenen Bruderschaft, drängte auf einen Gesprächstermin, und wie immer musste es sofort sein. Wie immer duldete das nicht den geringsten Aufschub. Der Mann konnte furchtbar lästig sein. Jetzt wollte er den Administrator sprechen, nicht später. »Die erste Abgesandte«, sagte Will seufzend, »war mir lieber. Die ging mir auch furchtbar auf die Nerven, aber sie hatte wenigstens ein paar der wichtigsten Umgangsformen. Pak ist unverkennbar die Strafe der Bruderschaft für erlittenes Ungemach.«

»Wieso taucht der ausgerechnet jetzt auf?«, wiederholte Tonja-A den Gedanken, der Tonja-J durch den felligen Kopf gegangen war. »Haben die Wind bekommen von unserem Plan?«

»Und wenn schon«, sagte Sdevan, »was geht die Entfellten unsere Expedition zum Äquator an?« Sein Eingesicht begann, im Zimmer auf und ab zu laufen. Tonja-A sah Sdevan mit großen Augen an, während Tonja-J den breiten Schädel missbilligend hin und her schaukelte.

Will schaute zu Sdevan hinüber, als könne er nicht glauben, was er gehört hatte. »Sogar du«, sagte er, »müsstest mitbekommen haben, dass die Goldene Bruderschaft einen Narren an diesem Planeten gefressen hat. Wir wissen nach wie vor nicht, warum. Die sind verzweifelt darum bemüht, hier das Sagen zu bekommen. Bisher haben wir sie daran hindern können, und deswegen wollen sie alles wissen, was vor sich geht und die Lage ändern könnte.«

»Das Problem ist », setzte Tonja hinzu, »dass wir keine blasse Ahnung haben, worin diese Lage überhaupt besteht. Und wenn einer der Goldenen per Zufall hört, dass du sie die Entfellten nennst, dann stehen uns abermals endlose Diskussionen über Meinungsfreiheit, Rassismus und Diskriminierung ins Haus. Darauf hat niemand Lust, weißt du.«

Sdevan war unangenehm berührt. Er hielt nichts von solchen Spitzfindigkeiten. Wenn es nach ihm ginge, würde man die nackten Gestalten mitsamt Rechnernetzen und Implantaten eher heute als morgen vom Planeten verjagen. Leider hatten die anderen Vilmer jede Menge Gründe, die dagegen sprachen.

»Der Abgesandte der Goldenen Bruderschaft erbittet unverzüglich eine Audienz. Es ist unabdingbar, dass diese gewährt wird«, leierte Pak-46-erg, der das in seine Stimme legte, was er unter energischem Nachdruck verstand.

Will-J verdrehte die Augen, während Will-A auf den Monitor starrte. »Es will mir nicht gefallen«, sagte er, »dass mein spezieller Freund Pak jetzt auftaucht. Er besucht mich nie ohne Grund.« Wills Eingesicht hob den Schädel und starrte sein menschliches Alter Ego durchdringend an. Will verbesserte sich: »Er besucht mich nie ohne einen ärgerlichen Grund, um es genauer auszudrücken.«

Paks Stimme haspelte Sätze herunter, die auswendig gelernt klangen. Das war, wie Will aus Erfahrung wusste, ein Irrtum; Pak redete immer so. »Wie uns aus gut unterrichteten Quellen mitgeteilt wurde«, erklärte er, »haben Sie vor, eine weitere Expedition ins äquatoriale Gebiet zu entsenden. Wir raten dringend ab. Unternehmen Sie keine solche Erkundungsmission ohne die von uns bereits siebzehnmal angebotene logistische und technologische Hilfe. Wir möchten Ihnen unsere Unterstützung zum achtzehnten Mal anbieten. Das ist ausschließlich in einem persönlichen Gespräch möglich. Der Abgesandte der Goldenen Bruderschaft erbittet aus diesem Grund dringend eine Audienz. Es ist unabdingbar, dass diese gewährt wird. Es liegen weitere Gründe vor, die nur im persönlichen Gespräch erläutert werden können.«

»Der kann wohl stundenlang so weitermachen«, sagte Sdevan, und Tonja lachte. Will schaute säuerlich drein. Sdevan-J tigerte nach wie vor im Raum auf und ab wie ein eingesperrtes Tier in seinem Käfig.

»Er kann es nicht nur«, sagte Will. »Er tut es. Stundenlang. Solange, bis den Schreilen die Argumente ausgehen. Bis mir das Blut aus den Ohren tritt. Ich schlage vor, ihr macht euch schnellstens auf den Weg, ehe unser haarloser Quälgeist mich um den restlichen Verstand gequatscht hat. Gibt es denn gegen so was keine Schutzimpfung?«

Lachend verschwanden zwei Menschen mit ihren belustigt aussehenden Eingesichtern, und Will zählte unter dem anhaltenden Wortgeprassel vom Pak-46-erg langsam, sehr langsam, bis zehn. Dann drückte er die Sprechtaste und meldete sich. Sein Eingesicht verkroch sich unter dem Schreibtisch, mit dem festen Vorsatz, so lange wie möglich darunter liegen zu bleiben. Wenigstens ein Teil von ihm war in Sicherheit.

Da der Geländekugler längst startbereit in Francescos Hangar stand, voll beladen und mit allem versehen, was Tonja und Sdevan brauchten, startete eine gute Viertelstunde später das Unternehmen, an dem die goldene Bruderschaft so gern teilgenommen hätte – und es startete ohne nackten Goldringträger. Francesco Calandra murmelte etwas in seinen mittlerweile vollständig grauen Bart, dass die kleinen fliegenden Sonden wieder mal aus dem Palast der Bruderschaft ausgeschwärmt wären und über Vilm Village kreisten wie Vampirfledermäuse über Transsylvanien. Francescos Hangar bestand jedoch aus einem großen Panzerungsbruchstück, das vom havarierten Weltenkreuzer VILM VAN DER OOSTERBRIJK stammte. Da konnten die Sensoren der Goldenen nichts ausrichten, dieses Zeug war sogar für die raffiniertesten Spione der Bruderschaft undurchsichtig. Auch der Start der Expedition blieb verborgen, denn er erfolgte direkt nach unten.

Der Geländekugler erzitterte, die Greifwerkzeuge und Bohrer aktivierten sich, und die Maschine versank im Boden wie ein Käfer, der sich im Sand eingräbt. Francesco schaute zu, wie die Kugel von der Bildfläche verschwand, und seine schwarzen Augen blickten argwöhnisch auf Anzeigen, die den ordnungsgemäßen Status der Aggregate überwachten. Irgendwann würden die Spione der Goldenen in den Hangar hereinkommen – das war nur eine Frage der Zeit –, aber dann würden die Bildschirme unverfängliche Zeichnungen und Diagramme darstellen. Den aufgewühlten Fußboden glättete ein kleiner Roboter, der über der betreffenden Stelle hin- und herfuhr und seinen schweren Körper vibrieren ließ. Nach kurzer Zeit verriet nichts mehr, dass sich an diesem Ort eine Maschine eingegraben hatte. Francesco ließ den Blick befriedigt durch seinen Hangar schweifen. Warum immer die Goldene Bruderschaft an allem interessiert war, was die Vilmer taten, ihre Kundschafter sollten keinen Deut mehr erfahren, als sich nicht vermeiden ließ.

Die Insassen des Geländekuglers beobachteten einige Minuten lang, wie die halbintelligente Steuerung Erde und Steine von unten nach oben sortierte und das Fahrzeug auf diese Weise abwärts beförderte. Die Methode hatte einen Vorteil: Sie hinterließ keinen verräterischen Tunnel. Waren große Wurzeln oder andere Hindernisse im Weg, turnte der Unterlandkugler darum herum. Das ging nicht sonderlich schnell, war auf Dauer gesehen allerdings sicherer und effektiver, als mit Gewalt vorzugehen. In zwanzig Metern Tiefe nahm Sdevan-A einen Schluck von der Essenz des Butterdorns, während Sdevan-J kurz an dem Zeug schnupperte, rollte sich – zwei Körper in einem – zu einer Kugel auf dem Boden zusammen und steuerte das Sinken des Geländekuglers mit leisen Befehlen. Unter der Einwirkung der Droge, die seine beiden Körper auf eine Weise beeinflusste, die niemand richtig verstand – außer eventuell Toron –, erweiterten sich seine Wahrnehmungen. Er konnte spüren, in welcher Richtung jener unterirdische Wasserlauf zu suchen war, den man als weiteren Weg nach Süden benutzen wollte.

Tonja gab die gemurmelten Hinweise Sdevans in die Lenkung ein. Weil für die Mittelpfoten von Tonja-J eine spezielle Tastatur existierte, hatte sie ihre zehnfingrigen Hände für anderes frei. Als Erstes schickte sie dem alten Francesco eine Meldung, dass es ihnen gut gehe. Dann startete sie die kleinen Unterprogramme, und die kugelige Maschine nahm Bodenproben, analysierte sie und schickte die Ergebnisse in kleinen verschlüsselten Datenpaketen an Francesco. Alles lief. Alles ging reibungslos. Sie dachte an Will.

Der Administrator wünschte sich weit weg. Das Gespräch mit Pak-46-erg verlief alles andere als reibungslos. Der wie üblich nackte Mann stand einfach da, die Beine leicht gespreizt, die Hände auf dem Rücken ineinandergehakt, und er redete ohne Unterlass immerfort dasselbe. Was der Goldene von sich gab, war in der ersten Minute gesagt gewesen, und Pak bewies einen erstaunlichen Einfallsreichtum darin, die Art und Weise, in der er sich wiederholte, immer wieder zu variieren. Will hatte bereits oft mit Pak-46-erg gesprochen, aber nie war der Abgesandte provokativ mitten im Raum stehen geblieben. Während Pak seine Sprüche deklamierte und dabei auf die wolkenfinstere Stadt Vilm Village hinaussah, musterte Will ihn, als sehe er ihn zum ersten Mal. Auch Will-J äugte unter dem Tisch hervor. Pak war ein bisschen dicklich; alle Würdenträger und Mitglieder der Goldenen Bruderschaft, die Will bisher kennengelernt hatte, waren eher das Gegenteil von schlank gewesen. Wenigstens ein Detail, das wir gemeinsam haben, dachte Will. Natürlich war Paks molliger Körper von der fast unsichtbaren Verteidigungs-Folie der Goldenen umgeben und vollkommen haarlos. Zu der in seine Haut eingearbeiteten Sammlung von Schmuck gehörten der unvermeidliche Halsring, zwei schmale Bänder um den rechten Oberarm, ein breiter Reifen am linken Handgelenk, einige glatte Fingerringe, eine ganze Reihe von dünnen Goldstreifen, die sich um den linken Oberschenkel spannten, und eine Anzahl eigenartig verschnörkelter Ringe, die an der Hüfte, in der Leistengegend und am Knie durch die Haut getrieben worden waren. Pak sah aus wie eine rosige, gut gefütterte und lecker mit Gold garnierte

Made. Nun hörte er abrupt auf zu sprechen und blickte Will ins Gesicht; das vor Nässe triefende Vilm Village draußen vor dem Fenster hatte offenbar seine Anziehungskraft verloren.

»Bitte?«, sagte Will.

»Sie haben mir überhaupt nicht zugehört«, beklagte sich der Abgesandte. Will lächelte. Das waren seit zwanzig Minuten die ersten Worte, die nicht klangen wie vorm Spiegel eingeübt.

»Ich gebe zu«, sagte Will, »dass ich Ihren Worten nicht die gebührende Aufmerksamkeit geschenkt habe. Könnte das daran liegen, dass Sie mir nicht den geringsten Anlass gegeben haben zu glauben, es könnte irgendein Sinn in dem liegen, was Sie sagen?«

Pak benötigte zwei Sekunden, um die Beleidigung als solche zu erkennen, als irrelevant abzutun und etwas auf sein Gesicht zu zaubern, das Will nie gesehen hatte: Er lächelte. »Was könnte ich denn, Ihrer Meinung nach, sagen? Was könnte für Sie das ergeben, was Sie einen Sinn nennen?«

Aufgepasst, dachte Will, das klang ja fast ein bisschen verärgert. Für die Verhältnisse von Pak wahrscheinlich ein zünftiger Gefühlsausbruch. Laut sagte er: »Es wäre schön, wenn ich etwas mehr von Ihnen erfahren würde als Ihren Titel. Wenn ich was anderes von Ihnen hören könnte als offizielle Reden, die man Ihnen von Sanctuarium schickt. Irgendwo unter dieser Schutzhülle muss doch ein Mensch stecken. Jemand Privates, meine ich.«

Pak-46-erg schaute den Vilmer einige Sekunden lang unbewegt an und erwiderte gar nichts. Dann sagte er mit unsicherer Stimme, dass er das Ansinnen des Administrators nicht verstehen könne und um weitere Erläuterung bitten müsse. Will sah dem Goldenen ins Gesicht, das ehrliche – oder sehr gut gespielte – Verblüffung zeigte, und wies auf die Sessel in der Besprechungsecke seines Büros. Will-J verdeutlichte die Geste auf ihre Weise, trottete unter dem Schreibtisch hervor und rollte sich auf dem kleinen Teppich zusammen wie eine zu groß geratene Hauskatze. Will holte eine isolierte Flasche und dickwandige Gläser aus dem Schrank und ließ sich in einen der beiden Sessel fallen. Vorsichtig goss er kleine Portionen des Vilmwhiskys in die Gläser. Das Zeug hatte mit irdischem Whisky nichts weiter gemein, als dass bei seiner Herstellung ein Destillierapparat eine Rolle gespielt hatte. Pak-46-erg war verunsichert, ob er seine Stellung ändern dürfe, in der er sich vor Wills Schreibtisch aufgebaut hatte. Sich hinzusetzen war eine Änderung des Ablaufs. Will fiel ein, dass Pak sich niemals hingesetzt hatte. Er kannte den Abgesandten nur in aufrechter Position.

»Bitte«, sagte er. Als Pak auf den freien Platz zuging, sich an dem Administrator vorbeischob und setzte, rückte Will unwillkürlich zurück, um den nackten Körper nicht zu berühren. Es war für Will etwas merkwürdig, direkt vor seinen Augen das blankrasierte Geschlechtsteil eines anderen Mannes zu sehen. Bei dieser Gelegenheit fiel ihm auf, dass kein Mensch wusste, ob es bei den Goldenen Familien gab, und ob die Brüder der Bruderschaft homo oder hetero waren. Auch die Frage, warum sogar die Frauen unter ihnen den Titel Bruder trugen, könnte man erörtern; Themen genug für Gespräche jenseits der vilmschen Politik, dachte Will. Pak-46-erg setzte sich steif wie ein Stock. Er hörte aufmerksam zu, als Will den langwierigen Prozess erläuterte, der aus gelbem Strolchsaft, Rotschoten und Blattröhrensaft ein Getränk machte, das schnell getrunken einen ebenso brutalen wie durstigen Kater verursachte. In der richtigen Art genossen – so kalt, dass es fast gefroren war –, war Vilmwhisky jedoch ein Hochgenuss, der von innen heraus so gut wärmen konnte, dass man das Gefühl hatte, der kälteste Regen würde auf der Haut verdampfen.

»Trinken wir, ehe das Zeug warm wird«, sagte Will und prostete dem Abgesandten zu. Dann trank er einen kleinen Schluck der öligen Flüssigkeit. Pak beobachtete den Administrator aufmerksam und tat es ihm nach. Während er sein Glas auf den Tisch zurückstellte, machte Pak große Augen und würgte; dann wollte er mehrere Minuten lang sterben. Will beugte sich vor und klopfte dem Abgesandten der Goldenen Bruderschaft mit der bekannten ebenso freundschaftlichen wie nutzlosen Geste auf den Rücken. Leider interpretierte das hauchzarte Gewebe diese Absicht völlig falsch und wurde hart wie Granit. Beide Männer japsten. Der eine hielt sich die geprellte Hand, während das Eingesicht eine schmerzerfüllte Runde um den Tisch drehte. Der andere presste beide Fäuste in seinen Bauch, weil er sich einbildete, dessen Inneres wolle sich auflösen. Großartig, dachte Will. Wenn sich die Missverständnisse in diesem Tempo fortsetzen, bricht ungefähr in zwanzig Minuten der Krieg aus.

Einige hundert Meter tiefer verlangsamte der Geländekugler seine abwärts gerichtete Bewegung, allerdings Sekundenbruchteile zu spät. »Jetzt treffen wir auf die Wasserader«, sagte Sdevan-A mit dumpfer Stimme, und Sdevan-J klammerte sich mit allen sechs Pfoten an der Konsole fest. Der Geländekugler verlor den Halt und plumpste in etwas hinein, das mit Sicherheit kein einfacher Hohlraum war. Die Scheinwerfer erhellten einen feuchtglänzenden Tunnel, in den der Geländekugler gerade so hineinpasste. Armstarke Wurzeln wanden sich an der Decke entlang wie Venen auf den Bizepsen eines Karnesen.

»Schon klar«, sagte Tonja, und das Eingesicht hantierte rasend schnell auf seiner Spezialtastatur herum, »wir gehen Richtung Süden.« Was der Geländekugler nun tat, hatte mit Gehen nichts zu tun, führte jedoch in südliche Richtung: Was eben mit Graben und Feststopfen beschäftigt gewesen war, stakte jetzt im Wasser und stützte sich an den Wänden des Tunnels ab. Während Sdevan langsam aus der halbherzigen Trance des Butterdorns auftauchte, stieg das Wasser an, genau so, wie er es vorausgesagt hatte. Tonja verdrängte einen Anfall von Platzangst, weil der Wasserspiegel rasch emporkletterte und den Geländekugler umschloss, dann schaltete die Automatik auf eine andere programmierte Verhaltensweise um und verwandelte ihn in ein U-Boot. Laufwerkzeuge und Stakfüße wurden eingezogen, sicherheitshalber verblieben einige massive Gliedmaßen draußen, um den Geländekugler von Hindernissen abzustoßen. Eine Kapsel, die in den lichtlosen Gängen tief unter Vilms Oberfläche dahintrieb und immer wieder um unvermittelt auftauchende Kurven und Felsen vorbei manövriert werden musste.

Nach intensiven Butterdorn-Sitzungen hatte Sdevan zusammen mit anderen eine Karte der untervilmschen Ströme entworfen, und wenn Tonja die Anzeigen richtig deutete, folgte der Geländekugler mehr oder weniger dem Plan. Das gab ihnen eine kleine Pause, ehe die Fahrt rasant werden würde. Die hatte Sdevan auch nötig, um sich von den Nachwirkungen des Butterdornsaftes zu erholen. Der Plan enthielt Fragezeichen an der Stelle, an der die kleineren Wasserläufe zusammenflossen; von diesem Punkt an wurde das, was man wusste, zunehmend nebulöser. Am wahrscheinlichsten war, dass eine große Zahl solcher Adern mehr oder weniger parallel in Richtung Süden führte. Das waren die Flusssysteme, die auf Vilm fehlten. Für die ersten Wissenschaftler der ARMORICA war der vilmsche Wasserhaushalt schlicht unverständlich geblieben – wie konnte eine Welt, auf der es andauernd regnete, ohne Bäche, Flüsse und Ströme, ohne Teiche, Seen und Meere auskommen? Die Antwort war einfach: All das fand unterhalb der Oberfläche statt. Ausgedehnte Tunnelsysteme unterhöhlten den Planeten und übernahmen den Wassertransport von den Polen zum Äquator, wo das monströse Pflanzengewirr in tropischer Wärme dafür sorgte, all die Wassermassen wieder in die Luft zu pumpen. Was in der Theorie einleuchtend klang, blieb im Detail rätselhaft. Tonja hatte mit Joern eine Simulation im Rechner laufen lassen, um die für einen solchen Mechanismus nötigen Wassermengen näher zu bestimmen, und die Ergebnisse waren über alle Maßen phantastisch gewesen. Niemand konnte sich vorstellen, dass unten im Finsteren kilometerbreite Flüsse dahinbrausten.

»Lass uns das Licht ausmachen«, sagte Sdevan; die Spätfolgen des konzentrierten Extrakts aus Butterdorn waren in ihre letzte Phase getreten. Sdevan-J hatte sich in einer felligen Kugel zusammengerollt. Sdevans Kopfschmerzen verschwanden, als habe jemand den schweren Felsen von seinem Schädel gewälzt, und gleichzeitig tat jeder Lichtstrahl in den Augen weh, eine äußerst unangenehme Überempfindlichkeit. Glücklicherweise würde dieser Zustand nicht lange anhalten. Tonja löschte das Licht im Geländekugler. Die halbintelligente Steuerung brauchte keine Helligkeit für ihre Arbeit; auf mehreren Frequenzen lieferten Ultraschallgeräte exakte Messdaten an den Rechner. Tiefe nachtschwarze Finsternis brach herein. Tonja erschauerte, und sofort drückte sich ihr Eingesicht an sie. Jetzt konnte sie verstehen, was es hieß, sich im Innern des Planeten zu befinden. Selbst dunkle Nächte auf Vilms Oberfläche sind nicht dermaßen schwarz, dachte Tonja. Ihre beiden Körper drückten sich aneinander, als wollten ihre menschliche und ihre vilmsche Hälfte zu einem einzigen vielpfotigen Wesen verschmelzen. »Bei allen Himmeln«, sagte sie, »was für eine Dunkelheit.«

»Was für eine Dunkelheit?«, entgegnete Sdevan. »Ich fing gerade an, mich zu wundern, wo um alles in der Welt das Licht herkommt.«

Tonja riss die Augen auf, alle vier, nur: Da war nichts. »Was siehst du? Nachbilder, der Überempfindlichkeit wegen?« Sie spürte, dass Sdevan den Kopf schüttelte.

»Man kann keine Nachbilder von etwas sehen, das einem vollkommen unbekannt ist«, sagte er. »Oder ich müsste mich sehr irren. Ich kann einen schwachen bläulichen Lichtschimmer ausmachen, der in einem seltsamen Rhythmus pulsiert. Das Licht kommt, glaube ich, von vorn. Und es wird langsam heller.«

Als Tonja das merkwürdige Licht entdeckte, war es natürlich der empfindlichere Gesichtssinn ihres pelzigen Teils, der eine kaum merkliche Helligkeit meldete. Kurz danach war das bläuliche Leuchten so stark, dass es im Innern des Geländekuglers Schatten warf. Sdevan-A kniff die Augen zusammen, und er legte seine Hände auf den Schädel seines Eingesichts. Für ihn war das zu viel Licht. Tonja setzte die Instrumente des Geländekuglers auf die rätselhafte Helligkeit an. »Was immer es ist«, sagte sie,

»wir werden gleich Näheres wissen. Wir halten genau darauf zu. Und es kommt ungefähr von derselben Stelle, ab der eure Karten phantasievoll werden.« Sicherheitshalber schickte der Geländekugler einen Bericht ab, komprimiert, verschlüsselt und zu einem kurzen Impuls zusammengepresst; niemand außer Francesco Calandra und Will konnte etwas mit diesen Daten anfangen. Man hatte vereinbart, bei überraschenden Befunden zunächst eine Statusmeldung nach Vilm Village zu schicken. Eine der Bedingungen, die Will gestellt hatte. Der Bericht würde im Speicher des Rechners landen, der im Büro des Administrators stand.

Das tat er, und dabei quittierte der Rechner den Empfang des Datenpaketes mit einem deutlich hörbaren Signal. Auch Pak-46-erg hörte das Geräusch. Wenn es ihn erregte, ließ er es sich nicht anmerken, abgesehen von der Tatsache, dass seine linke Hand zuckte, als wolle er auf das Signal hin eine rote Linie kontaktieren. Aber auf Vilm gab es keine solchen Linien – außer im Palast. Das fiel Pak schnell wieder ein, und seine Hand mit den eingepflanzten Kontakten kehrte auf ihren Platz zurück. Der Goldene sah Will mit seiner kühlen, unberührten Miene an. »Wollen Sie mir das erklären?«

»Das war nichts«, versuchte Will abzuwiegeln, »nur irgendein Routinevorgang.« Will-J steckte den Schädel unter die Vorderpfoten. Was für eine selten dämliche Ausrede. Pak ließ sich nicht hinters Licht führen.

»Das halte ich für unwahrscheinlich«, sagte er. »Routinevorgänge werden kaum im persönlichen Büro des Administrators abgewickelt. Was im persönlichen Büro des Administrators per Signal gemeldet wird, muss von Wichtigkeit sein.« Die Stimme von Pak-46-erg wurde eine Spur lauter. »Unseren Informationen zufolge ist es möglich, dass die Expedition ins Äquatorialgebiet, von der wir sprechen, bereits gestartet wurde. Daraus und aus der Tatsache, dass der gehörte Signalton standardmäßig für den kompletten Empfang kodierter Datenpakete verwendet wird, leite ich die Vermutung ab, dass die besagte Expedition sich mit einem Zwischenbericht gemeldet hat. Können Sie das bestätigen?«

Will hätte sich ohrfeigen können, dass er dieses Detail vergessen hatte. Nachdem er mit Pak über Möglichkeiten und Chancen einer Äquatorialexpedition palavert hatte, konnte er kaum zugeben, dass seine Leute längst unterwegs waren. Das Eingesicht unterm Tisch bedeckte die Ohren und ein Auge zugleich mit den Vorderpfoten und sah möglichst wie ein Plüschtier aus. Das andere Auge allerdings blitzte hervor und fixierte den Goldenen. »Moment mal«, sagte Will-A mit gespielter Überraschung, »was soll das heißen: Ihren Informationen zufolge? Sie haben Informanten? Die Goldene Bruderschaft bespitzelt uns, hier in Vilm Village? Das müssen Sie mir erklären.«

Pak schaute Will an, und er schien ruhig und gefasst zu sein. Will-J jedoch sah, was ein menschliches Auge nicht erfasste. Will wurde klar, dass er es geschafft hatte, den Goldenen nervös zu machen. Die Ohren des Eingesichts stellten sich auf. »Sollten wir feststellen«, setzte Will nach, »dass wir auf unserer eigenen Welt das Opfer von doppeltem Spiel der Goldenen Bruderschaft geworden sind, könnten wir gezwungen sein, Maßnahmen zu ergreifen. Maßnahmen, die gewisse Kreise auf Atibon Legba mit großer Genugtuung zur Kenntnis nehmen würden. Vielleicht stehen gewisse Gebäude in Vilm Village auf unbestimmte Zeit leer.«

Die Aussicht, durch den Administrator der Regenwelt hinausgeworfen zu werden, machte Pak-46-erg sichtlich zu schaffen. Zum Wurbl, dachte Will, was ist es nur, das diese Bruderschaft so brennend an dieser Welt interessiert? Simple finanzielle Interessen können es kaum sein, schließlich ist bei uns nichts zu holen. Oder wir irren uns. Oder es ist hier etwas zu holen, von dem wir nicht die geringste Ahnung haben. Etwas, das es den Goldenen wert erscheint, lange darauf zu warten. Sehr lange. Was kann das nur sein?

Pak-46-erg sah von Will auf das alkoholische Getränk und zurück. Er vermutete, der ungewohnte Vilmwhisky hätte ihn zu unbedachten Äußerungen verführt – oder er versuchte, den Administrator mit seinen Vorstellungen von beschwipsten Eingeborenen in Übereinstimmung zu bringen. Beides ergab keinen Sinn. »Darf ich nachfragen, wie Sie zu der Meinung gelangt sind, in den Beziehungen zwischen Vilm und der Goldenen Bruderschaft bestünde ein Zerwürfnis, das solche dramatischen Schritte rechtfertigte?« Der Abgesandte der Goldenen Bruderschaft saß stocksteif in seinem Sessel; die Hände hatte er ineinandergelegt, und zwar so, dass die rechte Handfläche die silbrigen Kontakte in der linken Innenhand verbarg. Wahrscheinlich ein Schutzreflex.

Das Eingesicht sprang auf und setzte sich auf die Hinterpfoten, eine eher ungewöhnliche Haltung. Will spürte, dass er über sein Ziel hinausgeschossen war; so weit hatte er nicht gehen wollen. Nun war es passiert, und da konnte er ebenso gut fortfahren. Satt hatte er die heimlichen Umtriebe der Bruderschaft längst. Mal sehen, was passiert, wenn ich dir eine hübsche kleine Bombe unter den nackten Hintern lege, dachte Will. »Es ist uns nicht entgangen«, erklärte er in beiläufigem Tonfall, »dass aus dem Palast der Goldenen Bruderschaft in Vilm Village nicht nur gute Nachrichten und segensreiche Hilfestellungen kommen ...«

»Einen Palast wollen wir es nicht nennen ...«, wollte Pak den offiziellen Sprachgebrauch wiederherstellen, doch Will fuhr ihm über den Mund.

»Wir nennen es einen Palast«, sagte er mit harter Stimme, »weil es ein Palast ist, ein Prunkbau, ein goldener Käfig für goldene Insassen. Und von diesem Palast aus werden nicht genehmigte Erkundungen durchgeführt. Kleine, mit hochgezüchteter Elektronik vollgestopfte Flugkörper steigen auf und nehmen alles unter die Lupe, was sie interessiert. Das allein würde uns nicht stören. Irgendwann hätten wir Sie gebeten, uns Kopien Ihrer Dateien zur Verfügung zu stellen. Möglicherweise haben die kleinen Fledermäuse etwas über unsere Heimat herausgefunden, das wir selbst nicht wissen. Nein – was uns wirklich stört, ist die simple Tatsache, dass Ihre sinnreichen Metallvögel sich keine Pikosekunde um die reichlich vorhandenen Geheimnisse dieser Welt kümmern. Stattdessen sind es wir, die belauscht und bespitzelt werden. Die Spione dringen in unsere Labors ein, machen Aufzeichnungen in privaten Räumen, vermessen jedes Gebäude, das wir errichten. Nicht viele wissen davon. Es wäre leicht, die Bevölkerung davon zu unterrichten, was die Bruderschaft in Vilm Village für Geschäfte hat. Der Tag, an dem es alle erfahren, wird der letzte Tag sein, an dem ein Bruder vierundzwanzig Stunden auf Vilm verbringt. Und der vorletzte, ehe sämtliche Brüder den Planeten verlassen, um niemals wiederzukommen.«

Pak-46-erg rang um Fassung. Fast tat er Will leid. Der Goldene sackte in dem bequemen Sessel zusammen. So sah er noch dicklicher aus. Will füllte die Gläser mit einer reichlicheren Portion Vilmwhisky auf – für Pak reichlicher als für ihn – und prostete dem Abgesandten stumm zu. Pak ergriff das Glas und stürzte den Inhalt in einem Zug hinunter, als wäre es ein Zaubertrunk, der ihn aus dieser peinlichen Situation erlösen und heim nach Sanctuarium schaffen würde. Seine Augen weiteten sich, doch der Krampf blieb diesmal aus.

»Lassen Sie sich Zeit mit der Antwort«, sagte Will, »es handelt sich um die Art Antwort, die gut überlegt sein will.« Er stand auf, öffnete die Protokolle des Rechners und schickte die eingegangenen Datenpakete in die Routine, die sie entpackte und in einem gesicherten Speicherbereich ablegte. Er machte sich keine Gedanken wegen des Goldenen. Der hatte andere Sorgen. Außerdem waren die Nachrichten verschlüsselt. Die Absenderkoordinaten allerdings nicht, und Will nickte anerkennend, als er feststellte, wie weit Tonja und Sdevan nach Süden vorgedrungen waren.

Das mysteriöse Licht in der Tiefe war nach wie vor rätselhaft; Sdevan vermutete, dass es sich um eine Art von Fluoreszenz oder Lumineszenz handelte, er hatte sich den Unterschied nie merken können. Die luftgefüllten Höhlen waren ausgekleidet mit zweifelsfrei organischem Material, das ein sanftes blaugrünes Leuchten aussandte. Das Zeug lebte, und unregelmäßige Flecken davon sandten pulsierendes Licht aus. Jeder Fleck hatte eigene Rhythmen und eigene Farbschattierungen.

»Womöglich ist jedes ein Individuum«, sagte Tonja und starrte fasziniert hinaus. Sdevan-A interessierte sich nur für die Anzeigen, die über den Monitor liefen, während Sdevan-J mit ihren Pfoten die Tastatur bearbeitete. Der Geländekugler schwamm inmitten einer riesigen Wasserfläche, die von erstaunlichen steinernen Kuppeln überwölbt wurde. Keine Spur von parallel laufenden unterirdischen Strömen und keine Spur von einem Monsterfluss, durch den sich phantastische Mengen von Wasser gen Süden stürzten. Es gab offenbar nur das hier: einen nicht enden wollenden See tief unter der Oberfläche, durch den unermessliche Mengen Wasser sanft und gemächlich zum Äquator mehr sickerten als flossen.

»Wir können schneller sein«, sagte Sdevan, und im Handumdrehen schrieben zehn Finger und zwei Pfoten ein kleines Programm, das für einen sicheren Abstand des Geländekuglers zu allen Hindernissen sorgen würde. Dann aktivierte das Gefährt sein Wasserstrahltriebwerk und nahm Fahrt auf. Eine Bugwelle schäumte auf und umspülte den größten Teil der Kuppel. Man war auf dem Weg Richtung Süden. Tonja drehte sich um und betrachtete Sdevan. Im seltsamen untervilmschen Licht, gefiltert durch rasch dahinströmendes Wasser, sah seine kraftvolle fellbedeckte Gestalt unglaublich anziehend aus. Die feingliedrigen Mittelpfoten waren einladend geöffnet, und seine breiten Schultern erregten sie auf eine Weise, die sie nicht kannte, jedoch angenehm war. Sdevan spürte, was da vorging, und ihn verwirrte es ebenso wenig wie Tonja, dass seine sechspfotige Komponente eigene Vorstellungen von Schönheit und Anziehung hatte. Warum sie es nicht bereits in Vilm Village getan hatten, wusste er nicht. Die Gegenwart so vieler anderer Vilmer hatte gestört. So einsam wie hier unten konnte man kaum sein. Und ein so seltsames Licht gab es sonst nirgends.

Langsam zogen sie einander aus, während Sdevan-J und Tonja-J ihr eigenes Ritual vollzogen, das damit zu tun hatte, mit bestimmten Pfoten bestimmte sensible Stellen zu berühren, die Schnauzen auf bestimmte Weise aneinander zu reiben und warme Feuchtigkeit in ihren Leibern zu spüren. Es war im Grunde genommen kaum etwas anderes als das, was Sdevan-A und Tonja-A taten. Jeder nahm alle Berührungen und Gefühle seiner zwei Körper wahr. Die Eingesichter stellten fest, dass ihre menschlichen Teile über vollkommen unterschiedlich statt gleich gebaute Geschlechtsteile verfügten, und sie akzeptierten diese Merkwürdigkeit genauso wie die Menschen die hermaphroditischen Eingesichter hinnahmen. Die Wahrnehmung wurde schärfer und umfassender, als sie miteinander schliefen. Die Finger Tonjas prickelten auf Sdevans Haut, als sie über seinen Körper streichelten, seinen Rücken hinabglitten und seinen harten Schwanz an die richtige Stelle führten. Er wurde ganz aufgenommen, sein Leib von ihren Beinen umklammert, er konnte ihre geschwollenen Schamlippen spüren und das leise Zittern der Muskeln ihrer Scheide. Tonja spürte Sdevan in sich, die weiche Eichel an der Spitze seines Gliedes, sie hörte das Geräusch, wenn er sein Becken bewegte – und gleichzeitig und auch in sich spürte sie, wie ihr Schaft aus biegsamen Muskeln in seinen Körper glitt, dicht vorbei an seinem empfindlichen Phallus. Die Eingesichter drangen ineinander ein, und Sdevan fühlte, wie in ihn eingedrungen wurde, während er eindrang, genauso wie Tonja. Wenigstens an den entscheidenden Stellen war bei den Zweibeinern vernünftigerweise etwas Fell. Das alles war völlig unkompliziert, die beiden Menschen lagen aufeinander, und die beiden Eingesichter lagen nebeneinander, eins im anderen tief verwurzelt, die Mittelpfoten lustvoll ineinander verschränkt. Nur der Rhythmus war für alle derselbe. Als der Mann spürte, wie die Frau reagierte und ihr Orgasmus sein Glied umspannte, kam auch er und ergoss seinen Samen in sie; im gleichen Augenblick schossen die unbefruchteten Eier der Eingesichter durch die beiden Röhren in das warme Nest aus Samen, das im jeweils anderen Körper auf sie wartete. Die Unterschiede waren riesig, das Prinzip war im Grunde genommen dasselbe.

Der Geländekugler stürmte weiter Richtung Süden. Die Besatzung lag still, lauschte dem Erlebten nach und dem, was noch vorging. Da waren vier neue Leben, eins in Tonja-J, eins in Sdevan-J und zwei in Tonja-A, und sie waren bereits auf ähnliche Weise miteinander verknüpft wie ihre Elternteile es waren. Sdevan wusste wenig von den Vorurteilen der raumfahrenden Menschheit, und so war es ihm herzlich egal, dass er seit den verbotenen Experimenten der pentanischen Genetiker der erste schwangere Mann war, wenn auch auf eine Art, die sich kaum jemand vorstellen konnte, der nicht Vilmer war. Was den beiden/vieren auch egal war: Von diesem Tag an nahm die Entwicklung Vilms neue Wege, und die hatten nicht nur damit zu tun, dass alle Neugeborenen dieser Welt Zwillinge waren.

Sondern damit, dass weit entfernt in Vilm Village der mittlerweile völlig betrunkene Abgesandte der Goldenen Bruderschaft aus dem Büro des Administrators getragen wurde. Zwar hatte Will versucht, mit dem Mann ein sinnvolles Gespräch zu führen, aber Pak hatte den Alkohol als Fluchtweg aus heiklen Problemen entdeckt. Der Abgesandte hatte den übrig gebliebenen Vilmwhisky in wahnwitzigem Tempo konsumiert und außer unverständlichem Gebrabbel nichts mehr sagen können. Seine Augen waren verschleiert und blickten, wenn sie aufgingen, in verschiedene Richtungen. Es blieb dem Administrator nichts übrig, als mit Hilfe einiger Vilmer, auf deren Diskretion er vertrauen konnte, den schlaffen Körper des Abgesandten in den Palast zu schaffen. Das Vorhaben war schwieriger als gedacht, weil die halbintelligente Schutzhaut, in die Pak gehüllt war, die Griffe der Vilmer mehrmals falsch interpretierte und in ihre undurchdringliche Schutzfunktion verfiel. Die Eingesichter umkreisten ihre menschlichen Partner und amüsierten sich köstlich, wie dieser arme halbe Mensch zum Paket wurde. Als Pak im Palast gelandet war, glich seine Gestalt einer bizarr verrenkten Statue; es war das Problem des Palastpersonals, den Abgesandten aus seiner Hülle zu holen. Der folgende Tag belehrte Pak-46-erg dann in schmerzhafter Weise über die physiologischen Effekte von Vilmwhisky und darüber, dass dieser spezielle Fluchtweg nur zeitweilige und mit widerlichen Nebenwirkungen verbundene Lösungen bot, die sich nach gewisser Zeit sämtlich als haltlos erwiesen.

Will machte sich kaum Vorwürfe; woher hatte er wissen sollen, dass die Goldenen keinen Alkohol kannten. Nachdem er die Nachrichten von Tonja und Sdevan durchgearbeitet hatte, blieb er still in seinem Büro sitzen und dachte nach. Er sprach in den frühen Morgenstunden mit den beiden und achtete darauf, dass die Verschlüsselung alle drei Sekunden auf einen neuen Code umschaltete. Niemand durfte mithören. Er nahm Rücksprache mit Francesco Calandra und erfuhr befriedigt, dass der Palast seit Stunden keine luftgestützten Spione ausgeschickt hatte. Pak-46-erg war nicht so besoffen gewesen, als dass er nicht daran gedacht hätte, diese Tätigkeit einstellen zu lassen. Oder jemand anders hatte das für ihn getan. Nun also zur Sache, dachte Will, auch wenn ich nicht die geringste Ahnung habe, wie zum Wurbl dieser Tag zu Ende gehen wird. Er zitierte gnadenlos den Abgesandten zur Fortsetzung des Gesprächs zu sich, und als der Goldene hohläugig, blass und von rasenden Kopfschmerzen geplagt vor ihm saß, bot er ihm einen Schluck köstlichen Vilmwhiskys an. Das Eingesicht trippelte kleine Kreise um den Tisch herum; Will konnte der Versuchung nicht widerstehen, sich die Leiden des Gesandten aus möglichst unterschiedlichen Perspektiven anzuschauen.

Pak verzog das Gesicht. »Wollen Sie mich umbringen?«

»Ich gratuliere«, sagte Will und lehnte sich zurück. »Das war der erste einfache, verständliche und ungekünstelte Satz, den ich von Ihnen gehört habe.«

Paks Gesichtsausdruck war ein einziges Fragezeichen.

»Ich meine, dass ich die Nase gestrichen voll habe von diplomatischen Spielchen und falschen Höflichkeiten«, sagte Will. »Wir können Klartext reden, in etwa so, wie ich es gestern getan habe.«

Pak druckste. »Sie meinen ...«

»Ich meine, als ich Ihnen die würdelose Spioniererei Ihres Palastes unter die Nase gerieben habe, ja.«

»Ich habe mich erkundigt.«

»Ach ja. Sie haben sich erkundigt.« Will stellte das Herumgelaufe ein und legte sich wie ein gewöhnlicher Hund auf den Teppich. Der Goldene würde das pelzige Wesen tapfer ignorieren wie immer. Man weigerte sich hartnäckig zuzugeben, dass Vilmer anders waren als herkömmliche Homo-sapiens-Menschen. In dieser Beziehung waren sich sogar die Bruderschaft und das Flottenkommando einig. Der Administrator setzte zwei Tassen aus hauchdünnem, durchscheinendem Porzellan auf den Tisch. Irgendwann, dachte er, mache ich das mit den Mittelpfoten. Mal sehen, wie Pak es schafft, das zu übersehen. Will klapperte bei der Vorstellung fröhlich mit den Löffeln herum und goss Kaffee ein. »Der Kaffee ist hervorragend«, sagte er, »wir beziehen ihn von Serafim. Es gilt als ausgemacht, dass es der beste Kaffee des bekannten Kosmos ist, die Erde natürlich ausgenommen. Und bei Ihren Erkundigungen, was haben Sie dabei herausgefunden?«

»Was für Auswirkungen hat Kaffee?« In Paks Stimme war eine kleine Beunruhigung.

Will grinste. »Nichts Schlimmes, wirklich. Ein anregendes Alkaloid. Hilft dabei, die Nebenwirkungen des Vilmwhiskys zu lindern.« Der Administrator erwähnte nicht, dass die Ärzte dringend davon abgeraten hatten, dem Abgesandten mit einer Schale beruhigenden Äthyltees von Utragenorius helfen zu wollen. Keiner konnte wissen, wie die Physis eines Goldenen auf die psychotropen Substanzen der Dunkelwelten reagieren mochte. Kaffee war weniger unberechenbar.

»Die Kundschafterei. Es stimmt, was Sie gesagt haben«, sagte Pak-46-erg und nippte vorsichtig an seinem Getränk. »All das ist passiert. In einem größeren Umfang, als ich gewusst habe. Ich musste mit Sanctuarium Rücksprache nehmen und mich vergewissern. Man war sehr aufgeregt, und ich bin selten in so kurzer Zeit in solch hohe Bereiche der Ordensverwaltung durchgestellt worden.«

Will-A hob die Augenbrauen, und Will-J sprang auf die Beine, die Ohren gespitzt. »Die Goldene Bruderschaft betreibt im Palast einen Landau-Modulator?«, fragte der Vilm-Administrator ungläubig. »Hier auf der Oberfläche? Habe ich Sie richtig verstanden?«

»Ach ja«, sagte Pak müde, »das wussten Sie ebenfalls nicht. Das Ding verfügt über eine spezielle Abschirmung, um die Nebenwirkungen im Zaum zu halten. Sehr hochwertig. Sehr teuer. Sie wissen eine Menge nicht, Will. Und ich habe das Gefühl, es gibt da Dinge, von denen man nicht mal mir etwas gesagt hat.« Pak goss den kostbaren serafimischen Kaffee wie Wasser in seine Kehle und stellte die Tasse zurück auf den Tisch.

»Es gibt noch mehr? Zum Beispiel?« Will konnte nicht fassen, dass seinen Leuten die Existenz eines Landau-Modulators im Palast entgangen war.

»Zum Beispiel weiß ich bis jetzt nicht«, sagte Pak, »aus welchem lebenswichtigen Grund der Palast auf Vilm all diese Kundschaftereien durchführen muss. Musste. Wir haben die Aktionen eingestellt.«

»Ich weiß«, sagte Will.

Pak schaute ihm ins Gesicht. »Wir waren offenbar nicht halb so vorsichtig, wie wir es uns eingebildet haben«, sagte er. »In puncto Kaffee ist mir einiges entgangen. Und ich bin in die meisten Gründe der Bruderschaft nicht eingeweiht, zumindest was Vilm betrifft.«

Will nickte. »Uns war seit Langem klar«, sagte er, »dass es einen guten Grund für die Goldene Bruderschaft geben muss, sich auf Vilm so zu engagieren. Wir hatten nur bis vor Kurzem nicht die geringste Ahnung, was dieser Grund sein könnte.«

»Bis vor Kurzem? Sie wissen es inzwischen?« Pak schaute den Administrator aus geröteten Augen an. Will nickte. »Sie kennen den Grund?«

»Ich kenne ihn, denke ich. Ich ahne es, besser gesagt. Ich kann allerdings nicht mit Ihnen darüber sprechen. Ich habe alle Dateien, die diesen Fall betreffen, sofort aus meinem Rechner gelöscht und die Speicher neu formatiert. Ich hoffe, dass nichts nach außen dringt.«

Der Goldene sah den Administrator erstaunt an und rieb sich den schmerzenden blanken Schädel.

»Und nun«, fuhr Will fort, »lade ich Sie zu einer kleinen Reise ein. Es ist eine ungewöhnliche Reiseroute, aber es ist eine sichere Route. Sie ist bereits ausprobiert worden.«

»Von Ihrer geheim gehaltenen Äquatorexpedition.«

»Genau«, sagte Will. »Bis zum Äquator allerdings sind die gar nicht gekommen.«

Wenige Minuten später wies Francesco vergnatzt den Administrator in die Bedienung des Spezial-Geländekuglers ein, über dessen Existenz niemand sonst informiert war. Aber Will kannte seinen in Ehren ergrauten Chefmechaniker zu gut, um ihm abzunehmen, dass er zwei junge Leute mit dem Prototyp eines seiner Vehikel losfahren lassen würde. Und Will-A wusste genauso gut wie Francesco, dass Will-J sich alles, was erklärt wurde, sofort und zuverlässig merken konnte. Da half es nichts, dass Francesco schimpfte und zeterte und alle Strandgottheiten von Bahia de Janeiro anrief. Eine Viertelstunde danach hatte sich das Fahrzeug mit einem leichenblassen Pak-46-erg darin auf die Spur des Geländekuglers von Tonja und Sdevan gesetzt. Weil der Weg, den die beiden genommen hatten, im Fahrzeug gespeichert war, entwickelte Wills Expedition deutlich mehr Geschwindigkeit. Auch Butterdornsaft wurde nicht getrunken. Pak versuchte ein einziges Mal, aus dem Administrator nähere Informationen über diese merkwürdige Reise und ihr Ziel zu bekommen, und er holte sich eine so schroffe Abfuhr, dass er stattdessen haufenweise Fragen über die unterirdischen Gewässer stellte, in denen sie unterwegs waren. Erst als sie in die stillen, riesigen Hallen kamen, verstummte er. Auch Will verschlug es die Sprache.

Der Geländekugler schwamm inmitten eines riesigen unterirdischen Sees, der von steinernen Kuppeln überwölbt wurde, als wäre es ein Himmel aus Fels. Die Flächen der Klippen waren überwuchert von sanft leuchtenden Pilzgeflechten, einer Art Lichtmoos. Was es auch war: Es illuminierte pulsierend die gigantischen Hallen. Der Geländekugler nahm Fahrt auf und pflügte energisch durch die schier endlose Wasserfläche.

»Wollten Sie mir das zeigen?«, fragte Pak-46-erg. »Dann haben Sie die Goldene Bruderschaft verkannt. Wir haben keinen Sinn für das, was andere Völker als schön bezeichnen. Auch ‚beeindruckend' ist keine Vokabel, die uns etwas bedeutet.«

»Was ich Ihnen zeigen werde«, sagte Will düster, »ist weder schön noch beeindruckend. Es ist das vertrackteste Problem, dem ich mich je gegenübergesehen habe.« Pak blickte ihn unsicher an. Er litt an den Folgen des Vilmwhiskys und war nicht sicher, ob er dem Administrator folgen konnte. Der benahm sich nicht, wie Pak ihn in Erinnerung hatte. »Und«, setzte Will hinzu, »es dürfte das schwierigste Problem Ihrer Laufbahn werden.« Will-J schaute nicht mehr hinaus; stattdessen fixierte das Eingesicht den Abgesandten, als wolle es seinen Kater bewachen. Pak tat, als bemerke er den intelligenten Blick nicht; es war nur ein Tier, das ihn betrachtete.

Der Geländekugler fuhr seine Stelzen aus und stakte durch flaches Wasser; dann verließ er das verborgene vilmsche Meer und stelzte durch schimmernden Schleim, der handspannenhoch den Boden bedeckte. Am Horizont – wenn man das so nennen konnte – tauchte ein anderer Geländekugler auf, kleiner und eleganter, der Nachfolger des Prototyps. Er wartete neben einem unförmigen Etwas, das aus dem Schlick ragte wie ein Denkmal. Ein technisch aussehendes Ding, das Pak nicht einordnen konnte. Erst nachdem das kugelige Gefährt den Gegenstand einmal umrundet hatte, dämmerte es dem Goldenen: Zwar zeigte diese Maschine schwere Beschädigungen und missfarbenen Bewuchs, die teufelsrochenförmige Gestalt jedoch war unverkennbar.

»Ein Gleiter«, sagte er. »Weltenkreuzer habe diese Geräte oft an Bord, auch Landeschiffe. Wie kommt ein Gleiter hierher, tief unter die Oberfläche? Schwer beschädigt? Ein so veraltetes Modell?«

»Das wissen wir nicht«, sagte Will. »Aber lassen Sie uns an Bord gehen.« Pak nickte, und seine Kopfschmerzen bewegten sich im selben Takt. Die beiden Vilmer in dem anderen Geländekugler sahen mit unbewegten Gesichtern und allen acht Augen zu, wie Pak und Will aus dem Geländekugler hinauskletterten und in den alten Gleiter stiegen. Alle berührten höchst ungern den schimmernden glitschigen Film auf dem Boden, und das Eingesicht trippelte auf gespitzten Pfoten in das verschimmelte Flugzeug hinüber. Im Cockpit des Gleiters war wenig übrig von der ursprünglichen Einrichtung; die vilmsche Flora war durch die zersplitterte Scheibe eingedrungen und hatte im Laufe der Jahre alles mit Glibber überzogen. Einige Aggregate waren jedoch von Tonja und Sdevan freigelegt worden, sie hatten einen Kondensatriden ans Energienetz des Flugzeuges angeschlossen und eine Konsole installiert. Pak wirkte in dieser Umgebung, nackt und mit Goldringen behangen, wie er war, noch deplatzierter als sonst.

»Bedienen Sie sich«, sagte Will, »Sie haben Zugriff auf den Flugschreiber, und dort achten Sie auf Dateien, die normalerweise im Flugschreiber nichts verloren haben. Lesen Sie, was Barbara Brewka, Claudius Dorand und Jonathan Vliesenbrink uns hinterlassen haben. Es ist interessant.« Pak sah den Administrator unsicher an; in der Stimme des Vilmers hatte ein Unterton gelegen, der dem Goldenen nicht gefallen wollte. Will hatte es sich auf den Resten eines Pilotensitzes bequem gemacht, und zwei dunkle Augenpaare starrten zu Pak hinüber.

Der Abgesandte der Goldenen Bruderschaft vertiefte sich in die Daten, die, wie er sofort feststellte, alt waren. Sie stammten aus dem Jahre 1735 nach Landau, eine Weile her. Einige Sekunden danach rasteten in seinem Hinterkopf ein paar Informationen ein, und er stellte erstaunt fest, dass er Originaldateien vom Absturz der VILM VAN DER OOSTERBRIJK vor sich hatte, siebenunddreißig Jahre altes Zeug. Was sollte er damit? Wen konnte es interessieren, was damals vor sich gegangen war? Selbst der Administrator musste damals ein kleines Kind gewesen sein. Pak sah auf und wollte die Fragen, die durch seinen schmerzenden

Kopf kreisten, laut stellen. Ein Blick in die beiden Augenpaare, die ihn beobachteten, hielt ihn davon ab. Da musste es noch etwas anderes geben.

Wenige Minuten später lehnte er sich zurück und atmete tief durch. Die Kopfschmerzen hatten sich in einen Trommelwirbel verwandelt, der Pak ernsthafte Qualen bereitete. Das konnte nicht wahr sein. Das durfte nicht wahr sein. Originaldateien vom Absturz der Oosterbrijk, siebenunddreißig Jahre altes Zeug. Alles andere als uninteressant. Und wenn das alles stimmte – es gab keinerlei Zweifel, dass es so war –, dann hatte die Bruderschaft ein planetengroßes Problem am Hals. Das war eine Bombe, die alles pulverisieren konnte, was der Orden in seiner jahrhundertelangen Existenz an Reichtum und Reputation angehäuft hatte. Pak-46-erg starrte den Vilmer an, ein unheimliches Doppelwesen aus Mensch und Tier, das ihn aus vier dunklen Augen musterte und nicht die geringste Regung zeigte. Ich müsste etwas sagen, dachte Pak; ich habe nur nicht die leiseste Ahnung, was.

»Ihnen dürfte klar sein«, sagte Will, »dass wir alle uns in Gefahr befinden, wenn auf Sanctuarium ruchbar wird, was wir gefunden haben. Ich traue der Bruderschaft buchstäblich alles zu. Die bringen es fertig, den Planeten zu zerstören, um zu vertuschen, was sie getan haben.«

Pak erwiderte nichts. Ihm war klar, dass die Goldene Bruderschaft über die Machtmittel für Derartiges verfügte. Und ihm wurde klar, dass er als Abgesandter auf Vilm ein kleines Rädchen in einem Getriebe war, dessen Dimensionen seinen schmerzenden Schädel zu sprengen drohten. Er war ein wesentlich kleineres Rädchen gewesen, als er gedacht hatte. Und das Getriebe war bedeutend größer, als er vermutet hatte. In seinem Kopf beschäftigten sich giftig surrende Kreissägen damit, Teile seines Gehirns in handliche Stücke zu zerkleinern. Pak-46-erg und der Palast in Vilm Village und die anderen Goldenen darin waren nichts, was die Führer der Bruderschaft abhalten würde, einen rettenden Vernichtungsschlag zu führen. Pak schaute den Administrator hilflos an und dachte daran, dem Vilmer goldene Ringe und alle Insignien der Bruderschaft vor die Füße zu werfen. Allein der Gedanke machte ihn frösteln und ließ seine Hoden schmerzhaft zusammenschrumpfen. Pak umfasste die Stirn mit beiden Händen und schloss die Augen. Der Schmerz fräste sich durch seine Gedanken.

»Ich gebe Ihnen Bedenkzeit«, sagte Will und öffnete die Luke von Nummer sieben. »Ich komme in wenigen Minuten zurück.«

Pak reagierte nicht. Will-J sprang aus dem Gleiter und war wie der Blitz in dem anderen Geländekugler verschwunden. Will-A folgte langsam und beruhigte sich mit dem Gedanken, dass der Goldene keine Chance hatte, von hier zu verschwinden. Warum sollte er auch. Dann wurde Will davon abgelenkt, dass drei Eingesichter die Köpfe zusammensteckten und voneinander Neuigkeiten erfuhren, die nichts mit siebenunddreißig Jahre alten Dateien zu tun hatten. Der Administrator saß auf der Kante des Geländekuglers und wischte sich den leuchtenden Brei von den Schuhen, als Tonja ihn umhalste.

»Ist das nicht wunderbar?«, sagte sie. »Wir sind schwanger.«

»Seit wann? Und wieso ‚wir'?«, fragte Will verunsichert zurück. Sdevan lachte, und Tonja versuchte, Will klarzumachen, dass sie mit Zwillingen schwanger war, und dass die beiden embryonalen Eingesichter in ihren vilmschen Körpern auf eine ähnliche, wenn auch andere Art Zwillinge waren. Der Administrator war zunächst etwas durcheinander, ehe er verstand, dass Tonja und Sdevan nebenbei das Rätsel gelöst hatten, das es um die Fortpflanzung der Eingesichter gegeben hatte. Der Tag der enträtselten Geheimnisse, dachte er, und wieder mal wirft das gelöste Geheimnis mehr neue Fragen auf, als es erledigt hat. Genau, wie es dem armen Pak gegangen ist. Der wäre froh, wenn er es mit trivialen Problemen wie denen der Vermehrung zu tun hätte. Obwohl, über die sexuellen Praktiken der Goldenen wissen wir so gut wie nichts. Will musterte die strahlenden Gesichter von

Tonja und Sdevan, die auf die beiden Eingesichter schauten, als wären das ihre spielenden Kinder. Und das waren sie ja auch, auf eine besondere Art und Weise.

Die Dateien, dachte Will, sollten schnellstens zu jenen gelangen, die man am ehesten als unsere Freunde bezeichnen könnte. Wir sollten eine Kopie nach Karna schicken und eine zweite nach Galdäa, vielleicht sollten wir den dreckigen Kram außerdem nach Utragenorius befördern. Oder sollten wir alles still für uns behalten? Ich weiß es nicht, zum Wurbl. Er sah auf; Will-J starrte Will-A ins Gesicht, und in den wenigen Sekunden, da die Bestandteile des Administrators einander durch verschiedene Augen betrachteten, fielen einige Entscheidungen. Er stand auf, Will-J stürzte aus der Luke und rannte zu Pak-46-erg zurück, der dasaß, als hätte ihn die Last des Wissens zerquetscht.

Pak sah auf und musterte das Eingesicht. »Vermutlich«, sagte er, »ist es völlig egal, mit welchem Teil von Ihnen ich spreche, auch wenn ich es nicht verstehe.«

Unstreitig das erste Mal, dachte Will, dass einer von der verdammten Brut zugibt, dass bei Vilmern Leute und Eingesichter eine Person sind. Will-J suchte sich eine halbwegs erträgliche Stelle, legte sich hin und blickte den Goldenen erwartungsvoll an. Obwohl Will-A in dem anderen Fahrzeug mit Tonja und Sdevan sprach, hörte Will-J aufmerksam zu. Will wäre es nie in den Sinn gekommen, dass man es seltsam finden könnte, dass jemand in ein und demselben Augenblick an zwei Orten war und gleichzeitig zwei Gespräche führte.

»Mir ist einiges klar geworden«, sagte Pak-46-erg langsam, »wenn ich mir auch sicher bin, dass ich nicht alles weiß und mir vermutlich das eine oder andere falsch zusammenreime. Es gibt Dinge, die jetzt Sinn ergeben. Ereignisse, die für mich völlig rätselhaft gewesen sind. Der Riesenärger, den es auf Sanctuarium gab, als die Nachricht eintraf, dass Christoff Masurat die Überlebenden der VILM VAN DER OOSTERBRIJK entdeckt hat. An diesem Tag sind Köpfe gerollt. Hochrangige Leute aus den Chefetagen der Ordensführung sind an diesem Tag zum letzten Mal gesehen worden. Mehrere Klöster bekamen neue Präfekten. Eins der Geheimprojekte – die Unterstützung von Casbah Masaki – wurde von heute auf morgen eingestellt.«

»Wer ist Casbah Masaki?«, fragte Will von draußen; er stand vor der Luke.

»Nicht wer«, sagte Pak, »sondern was. Casbah Masaki war eine unserer geheimen Stationen.« Pak blickte zur Luke, durch die der Rest von Will hereinkam. Die Gestalt des Goldenen war im Sessel zusammengesunken wie ein Teigklumpen. »Das besagte Geheimprojekt – eine Überwachungsstation auf Vilm, auf der südlichen Hemisphäre. Klein, zwölf Leute und eine Menge Technik. Man hat sie nicht evakuiert. Man hat die verräterische Technologie terminiert.«

»Terminiert? Was ist damit gemeint?«, wollte Will wissen.

Pak starrte auf den missfarbenen Matsch, zu dem die Moose auf dem Fußboden zertreten worden waren. Tonja und Sdevan standen draußen auf der gewölbten Fläche des Gleiters und hörten zu. Sie konnten ihren Ohren kaum glauben. »Abgeschaltet und beseitigt«, sagte Pak, »geheime Objekte haben solche Vorrichtungen, um sie im Falle einer Entdeckung oder Eroberung unschädlich machen zu können.«

Interessant, dachte Will, ihr macht das öfter. Was mögen die Goldenen noch für Dreck am Stecken haben? Interessant, dachte Sdevan, das erklärt die merkwürdigen Messwerte und Signale, die Francesco und Marek so viel Kopfzerbrechen bereitet haben.

»Ein Befehl von der Leitstation«, erklärte Pak, »löst eine weiche Selbstvernichtung aus, gesteuerte Korrosion und Ähnliches. Mit normalen Mitteln ist eine so ausgeschaltete Station nach einigen Wochen kaum noch aufzuspüren. Nach einem halben Jahr ist nichts übrig, was einen Hinweis auf die Bruderschaft oder die Leitstation liefern könnte. Die Leitstation befindet sich niemals auf Sanctuarium, Atibon Legba oder ähnlich sensiblen Punkten. Und sie wird schnellstens verlegt, wenn ein Projekt terminiert worden ist.«

Tonja fragte dazwischen. »Was ist aus den Leuten geworden, die in dieser Station im Süden gearbeitet haben? In Casbah Masaki?«

Pak blickte auf und schaute Tonja verwirrt an. »Wieso – was soll aus ihnen geworden sein?«

Tonja-J verdrehte die Augen. Tonja-A war zu höflich für solche Gefühlsausbrüche. »Ich meine«, sagte sie, »wo sind die Leute? Hat man sie abgeholt? Liegen sie in Tiefschlafzellen?« Grinsend setzte sie hinzu: »Oder sitzen sie in den Resten der terminierten Station und spielen Einkriegezeck mit den Wurbls der südlichen Hemisphäre?«

»Kaum«, entgegnete Pak, »diese Brüder kannten das Risiko, und sie kannten den dafür zu zahlenden Preis. Ich glaube nicht, dass sie lange am Leben geblieben sind.«

»Moment«, unterbrach Sdevan, »soll das heißen, ihr habt eure Leute von Casbah Masaki verrecken lassen? Per Fernsteuerung, sozusagen?«

Paks Augen zuckten von einem Eingesicht zum anderen; alle hatten eine feindselige Haltung eingenommen. Paks Finger betasteten die elektronischen Installationen in seiner Handfläche, als könne er rettende Informationen aus ihnen herausmelken. »Ich verstehe Ihre Erregung nicht«, sagte er, »schließlich kannten die Brüder das Risiko und den Profit, den sie erreichen konnten.«

»Geld«, sagte Will grimmig, »ist das Einzige, was einen Goldenen Bruder dazu bringt, seinen Arsch zu bewegen.«

»Oder zu riskieren«, setzte Sdevan hinzu.

Tonja sah den Goldenen Bruder aus großen Augen an, und sie war weniger entsetzt als noch vor ein paar Sekunden. Sie war eher interessiert, und sie fragte: »Soll das heißen, wenn wir Sie jetzt hier aussetzen und im Glibberkram umkommen lassen, stellt das eines der Risiken dar, die Ihnen finanziell vergütet werden?«

»So ist es.« Pak-46-erg kontrollierte mit einem raschen Blick, dass keiner der Vilmer diesen Vorschlag ernsthaft in Erwägung zog; bei den Eingesichtern war er nicht sicher. Die schauten finster. Dennoch schätzte Pak seine Überlebenschancen gut ein, irgendwo um die achtzig Prozent. Als er die Logdateien gelesen hatte, war er auf dreißig Prozent heruntergegangen. Auch eine Art, dachte er, Fortschritte zu machen.

»Für Geld«, sagte Will, »tun die Goldenen alles. Buchstäblich alles, wie wir gehört haben. Also sollten wir annehmen, dass die Software-Waffe, die den Absturz der VILM VAN DER OOSTERBRIJK zur Folge hatte, auch ein Versuch der Bruderschaft war, an Bares zu kommen.«

»Richtig«, stimmte Pak zu. »Es gehört zu den unabdingbaren Grundlagen unserer Bruderschaft, dass all unsere Gedanken von dem Streben geleitet werden, eigenen Reichtum und den der Bruderschaft zu mehren.«

»Hoffentlich«, knurrte Sdevan, »war es wenigstens ein Riesenhaufen Geld, den man euch geboten hat, um einen Weltenkreuzer vom Himmel zu holen.«

»Ich habe nicht die geringste Ahnung«, sagte Pak, offensichtlich verwirrt. Will, Tonja und Sdevan schauten einander ungläubig an. Pak setzte eilig hinzu: »Bis heute habe ich nichts von unserer Beteiligung am Desaster der OOSTERBRIJK gewusst. Wir in Vilm Village wussten nur, dass es eine geheime Station auf Vilm gegeben hatte. Welchem Zweck diese Station diente, wurde uns nicht mitgeteilt. Nicht offiziell. Natürlich hat man das eine oder andere über Casbah Masaki munkeln gehört. Wir sollten dafür sorgen, dass niemand jemals von der Existenz der Station erfährt. Dieser Auftrag hatte hohe Priorität. Es gab noch andere Prioritäten, aber diese war primär. Deswegen haben wir versucht, den Planeten mit selbsttätigen Spionagemaschinen abzusuchen und zu erforschen.«

»Um die letzten Spuren eurer unglücklichen Station zu tilgen, wenn ihr sie gefunden habt«, sagte Tonja, und es war keine Frage, sondern eine Feststellung,

»Das war die ursprüngliche Absicht, ja«, entgegnete Pak, »bald wurde uns klar, dass die Technologie dem Regenplaneten nicht gewachsen war. Die Fluggeräte gingen in Massen verloren. Sie stürzten ab, wurden von widrigen Winden in unbekannte Bereiche verschlagen oder vom Regen in den Boden gedrückt. Ein großer Teil verschwand, als hätten die Wolken die Technologie absorbiert und in den Regen umgewandelt, der unsere übrig gebliebenen Maschinen schneller in Schrott verwandelte, als es unsere Techniker für möglich gehalten hätten.« Pak musterte vorwurfsvoll die silbrigen Kontakte in seiner Hand. »Nichts funktionierte, wie es sollte und wie wir es gewohnt waren. Auch der Versuch, über unser Rechnernetz in die Datenbanken der Vilmer einzudringen, war zum Scheitern verurteilt. Also standen wir vor dem Problem, unseren Auftrag zu erfüllen, ohne unsere Technik zu benutzen. Deswegen verfielen wir darauf, die Vilmer zu belauschen.«

»Und wir haben uns gewundert«, sagte Will, »was die Bruderschaft an uns so interessant findet. Dabei wolltet ihr nur mitbekommen, wenn wir eure verflixte Geheimstation entdecken. Und wir haben nichts dergleichen getan.«

»Da bin ich mir nicht sicher«, sagte Sdevan, »es gibt in den Protokollen Unregelmäßigkeiten ... Ich habe mit Francesco und mit Joern darüber gesprochen. Seltsame Messwerte von der südlichen Hemisphäre. Wir haben's für fehlerhafte Übermittlungen gehalten und aus den Unterlagen getilgt.«

Pak schüttelte den Kopf. »Ich kann mir nicht vorstellen, dass wir nichts davon erfahren haben sollen.«

»Unsere Geheimhaltung war gut«, warf Tonja ein, »wir haben dem Palast seit Jahren eine Komödie vorgespielt.«

Pak zögerte, ehe er weitersprach. »Wir haben unseren Einfluss im Flottenkommando geltend gemacht«, sagte er, »um dieses Landeschiff vom Weltenkreuzer ARCADIA nach der Station suchen zu lassen. Die Leute hatten strikte Order, keiner Warnung vom Planeten den geringsten Glauben zu schenken. Es war nicht kompliziert, den Leuten einzureden, der Absender der Gefahrensignale wäre kein Mensch, sondern ein dressiertes Haustier. Wir haben dafür gesorgt, dass die sechsunddreißig dringenden Warnungen unbeantwortet blieben. Leider haben wir das Schiff umsonst geopfert, denn die Vilm-Administration genehmigte kein Eindringen von Suchtruppen des Flottenkommandos.« Pak-46-erg sah Will ins Gesicht. »Natürlich wären das keine Leute vom Flottenkommando gewesen, sondern unsere Eingreiftruppen. Mit einem Spezialauftrag, Casbah Masaki betreffend.«

»Natürlich«, sagte Will.

Sdevan-J drehte eine ungeduldige Kurve draußen vor dem Wrack des Teufelsrochens und spritzte mit ihren Pfoten Tropfen der schleimigen lebenden Substanz herum. »Wir haben hier also«, sagte Sdevan, »eine geheime Station, die von den Goldenen auf Vilm installiert wurde. Die sollte die Auswirkungen einer Waffe studieren, die derart zerstörerisch auf die Systeme eines Weltenkreuzers wirkt, dass sie kollabieren. Und den Weltenkreuzer nicht kampfunfähig macht, sondern ihn physisch zerstört.« Pak nickte. »Die Frage aller Fragen indessen beantwortet das nicht. Warum haben die Goldenen dieses mörderische Programm entwickelt?«

Will schüttelte den Kopf. »Für Geld. Was hast denn du gedacht?«

»Nein, ich meine: Wer um aller Himmel willen braucht eine Killer-Software, die Weltenkreuzer umbringt?«

Pak-46-erg sagte: »Wahrscheinlich derselbe, der die Station all die Jahre als Basis für seine verborgene Kommunikation mit der Bruderschaft benutzt hat.«

»Was war das?«

»Nun, zu den Dingen, die durchgesickert sind, gehört die Tatsache, dass Casbah Masaki als Relais zu jemandem diente, der direkt mit den Hochmeistern verhandelte. Diese Daten wurden nicht auf gewöhnlichen Wegen geschickt. Sehr geheim. Alles, was damit zu tun hatte, war so geheim, dass die damit beschäftigten Brüder hermetisch von den anderen abgeschlossen wurden. Auf einer Station ohne Raumfahrzeug, beispielsweise. Ohne Möglichkeit, sich weiter zu entfernen, als die eigenen Beine tragen.«

Will und Sdevan sahen sich an; Will zuckte die Schultern. »So sind sie, unsere goldigen Freunde«, sagte er, »und wenn ich diese Leute richtig einschätze, dann sind wir alle miteinander nur ein Hindernis.«

Pak sagte nichts, er betrachtete intensiv den Glibber zwischen seinen Füßen.

»Nein«, sagte Will nach Sekunden des Nachdenkens, »falsch, wir sind eine Gefahr. Allein die Tatsache, dass wir von der Schuld der Bruderschaft am Absturz der OOSTERBRIJK wissen, macht uns zu Gegnern. Die leiseste Andeutung, wir könnten etwas von der Waffe wissen, die von den Goldenen da entwickelt worden ist ...« Er schüttelte den Kopf, und er vergaß sich so weit, dass sein Eingesicht die Bewegung imitierte. Plötzlich war ihm aufgegangen, vor welchem Dilemma er in Wirklichkeit stand.

Die Wahrheit offenlegen hieße, Vilm in äußerste Gefahr zu bringen. Keiner konnte die Reaktionen der Hochmeister voraussagen. Denkbar, dass sie einen militärischen Schlag gegen Vilm führen würden. Gleichzeitig und unabhängig davon würde eine der mächtigsten Kräfte in der ohnehin verworrenen Politik der weltraumbewohnenden Menschheit in eine existenzbedrohende Krise gestürzt. Die Folgen wären unabsehbar. Die Erinnerungen an kriegerische Auseinandersetzungen der letzten paar hundert Jahre waren im Gedächtnis der Menschheit in allen grausigen Farben präsent – die Oktogon-Kriege, der galdäische Krieg, der Konflikt mit Karna. Und erst vor einigen Jahren hatte es jene ebenso rätselhaften wie verheerenden Angriffe gegeben, deren Urheber trotz aller Anstrengungen unauffindbar waren. Will ich einen Krieg der Menschheit gegen die Bruderschaft? Der Administrator schüttelte sich, als apokalyptische Visionen vor seinem inneren Auge vorbeihuschten. Dann wandte er sich der anderen Option zu. Die schloss ein Stillhalteabkommen mit der Bruderschaft ein, ein Abkommen, das für Vilm profitabel sein konnte. Mit der Drohung, die Bruderschaft in einen Abgrund zu stürzen, ließ sich gewiss eine Menge aus den Goldenen herausholen. Vilm wäre reich und wohlhabend und der geflissentlichen Unterstützung einer der wichtigen Mächte sicher. Und zugleich wäre der Regenplanet Komplize jener finsteren Ehe, die die Bruderschaft mit Unbekannten eingegangen war. Und was immer geschehen würde – jener unbekannte Partner würde die teure Waffe, die in ihrem Test die OOSTERBRIJK vernichtet hatte, irgendwann einmal einsetzen wollen. Dann wäre Vilm mitschuldig. Woran auch immer. Wann auch immer.

Will fühlte sich wie der Held in diesen antiken Filmen, er wusste den Namen nicht mehr, an eine Stelle indes erinnerte er sich. Da war der Held gezwungen, zwischen zwei Ungeheuern namens Skylla und Charybdis zu wählen. Das eine Ungeheuer war so scheußlich und so tödlich wie das andere. Er hatte das für eine der typischen Übertreibungen der alten Filmemacher gehalten. Völlig weltfremd. Die Aufzeichnungen, die die Einarmige Eliza in der Schule vorgeführt hatte, waren voll gewesen von unwahrscheinlichen Zuspitzungen und idiotischen Zufällen. Dennoch hatte es meistens einen halbwegs glücklichen Schluss gegeben. Der Held in diesem blöden Film war bärtig gewesen, mit mächtigen Muskelpaketen auf dem Brustkasten. Ununterbrochen hatte er gekämpft, nahezu nackt, nur mit einem außerordentlich albernen Höschen bekleidet. Wenn Will sich recht entsann, hatte diese Figur beiden Ungeheuern ein Schnippchen geschlagen. Der Preis war hoch gewesen. Will erinnerte sich an eine widerliche Szene, in der das von Zähnen starrende Maul eines langhalsigen Ungetüms menschliche Körper zerkaut hatte, von denen Kunstblut herabregnete. Alles gut und schön, dennoch gab sein armes Hirn keine Idee her, was er tun sollte, um diesem Mahlstrom zu entgehen. Auf der einen Seite die tödlichen Strömungen der Charybdis, die Schrecken eines furchtbaren Krieges, und auf der anderen Seite die gierigen Schnauzen der Skylla, Lüge und Heimlichkeit und Geld, faulige Zähne, die sich erbarmungslos ins Fleisch wehrloser Menschen graben. Will Carlos, geboren auf Serafim, mit seinen Eltern auf dem Flug zu einer neuen Welt verunglückt, auf Vilm aufgewachsen, Administrator eines Planeten, da stand er und sah sich einem Dilemma gegenüber, das seinen Hirnkasten fast sprengte. Er blickte sich um.

Da saß Pak-46-erg, den feisten Körper in dünne Folie und sonst nichts eingepackt, jede Menge hochtechnologischer Apparaturen in den Körper eingepflanzt und eine so verquere Art zu denken im Schädel, dass einem die Haare davon wehtaten. Da war Sdevan, dessen zupackende Intelligenz mehr in seinem felligen als seinem menschlichen Körper steckte und der trotz seiner Impulsivität das Urteil, das Will fällte, ohne Fragen akzeptieren würde. Und da war Tonja, kompliziert und gewohnheitsmäßig aufsässig und seit Kurzem auf ungewohnte Art schwanger. Auf nicht ganz so ungewohnte Art, wie Sdevan im Augenblick schwanger war.

Ich habe eine Verantwortung für sie, dachte Will, für die ungeborenen Würmchen, ob sie später einmal ein Fell haben oder nicht. Seine Sicht verengte sich und umfasste die beiden Vilmer, den Gedanken an ihren Nachwuchs. Es war dieser Moment, in dem er sich für eine der beiden gleichermaßen widerlichen Möglichkeiten entschied, die sich ihm mit hämischem Grinsen anboten.

11. Echo einer Karambolage

Als das Eingesicht hereingetrabt kam und an Elizas Beinen herumschnüffelte, schreckte sie aus dem Schlaf hoch und wusste zunächst nicht, wo sie war und was das zottelige Wesen darstellte, das sie mit lustigen Augen anblinzelte. Dann fiel es ihr wieder ein. Das war Jonathan-J, der sechspfotige Teil des Mannes, der wenige Meter entfernt an den Maschinerien arbeitete. Eliza fand es nach all den Jahren immer noch anstrengend, sich an Leute zu gewöhnen, die sich aus normalen Kindern in ebenso kluge wie merkwürdige Wesen verwandelt hatten und deren jedes aus zwei Körpern bestand. Bei Jonathan kam hinzu, dass er denselben Namen trug wie jemand, der lange tot und alles andere als vergessen war.

Ächzend stemmte Eliza sich aus dem Sitzplatz, in dem sie eingenickt war. Es dauerte, bis sie ihren langen Körper in die Senkrechte gebracht hatte. Je älter sie wurde, desto deutlicher hatte sie das Gefühl, die Kontrolle über die entfernteren Teile ihres Leibes zu verlieren. Alle meine Zipperlein sind da, dachte sie. Der Rücken schmerzte, die Knie waren geschwollen, und die Armprothese hing am Stumpf wie Ballast. Erst nach ein paar Zuckungen nahm der Apparat widerwillig seine Arbeit auf. »Alles alt«, sagte Eliza zu Jonathan-J; sie nickte ausdrucksvoll mit ihrem Tierkopf und machte ein paar schnelle Drehungen um die eigene Achse, als wolle sie die fest geschlossenen Augen an ihrem hinteren Schädel erreichen.

»Ich komme«, murrte Eliza, »drängle nicht so.« Sie schlurfte nach draußen, wo sie von einem verhältnismäßig warmen Regen empfangen wurde, ungefähr siebzehn Grad. Fast sehnten sich ihre alten Knochen nach einem der seltenen Tage, an denen die Sonne schien, und sei es für Minuten. Sie hatte den hiesigen Zentralstern seit Jahren nicht mit eigenen Augen gesehen. Sie konnte sich kaum des Gefühls entsinnen, das direktes Sonnenlicht auf der Haut verursachte. Die Bilder, die von den eifrigen automatischen Stationen der Bruderschaft aus dem Orbit herabgefunkt wurden, waren nur Bilder.

Jonathan arbeitete mit einigen anderen an Fundstücken aus dem Gebirge, und sie erkannte seine lang aufgeschossene Gestalt sofort. Wie immer erinnerte sie der Anblick an Sdevan, der seit Langem fort war. Es sah ihm nicht ähnlich, sich nicht wenigstens hin und wieder von seinen Reisen zwischen den Sternen zu melden. Hoffentlich war ihm nichts zugestoßen. Hoffentlich war er nicht spurlos verschwunden wie Tom, den seit Jahren niemand gesehen hatte, nachdem er fröhlich ins westliche Tiefland aufgebrochen war. Eliza verscheuchte die Gedanken an Sdevan und an Tom und erinnerte sich daran, das dies Jonathan war. Er gab seinem Eingesicht etwas, und das tierische Wesen hielt es mit seinen Mittelpfoten fest und brachte es Eliza. Sie drehte das Ding hin und her. Irgendwo hatte sie so etwas schon gesehen. Eine metallene Schachtel, länglich, die fest installiert gewesen und aus ihren Befestigungen brutal herausgerissen worden war.

»Na, dämmert's?«, fragte Adrian Harenbergh, der zu Eliza hinübergegangen war. Sie schüttelte den Kopf, woraufhin er leise ächzte. Um auf dem Klapphocker Platz nehmen zu können, faltete der alte Mann seine klapperdürre Gestalt zusammen. Dann erklärte er ihr, dass es sich um ein Teil von den überall im Weltenkreuzer verteilten Speicherbänken handelte, die das Rückgrat des Netzes bildeten. Alles, was durchs Netz ging, wurde in solchen Einheiten gepuffert. Verschlüsselt, vielfach abgesichert. Niemand konnte solche Dateien lesen, wenn das Netz, in das sie gehörten, zerstört wurde.

»Geschmolzene Information«, sagte Eliza, »ich kann mich erinnern. Wie ein Buch, in dem alle Wörter stimmen, jedoch niemand weiß, welches in welche Zeile auf welcher Seite gehört.«

»Genau. Nur selten sind Teile solcher Daten erhalten geblieben, unter ganz bestimmten Bedingungen, in externen Speichern zum Beispiel.«

»Das da«, Eliza hob den Baustein hoch, »war kein externer Speicher. Es enthält nur Datensalat.«

Adrian Harenbergh gab ihr recht und zeigte dennoch auf das metallene Ding, als wäre es etwas Besonderes. »Aber«, fügte Adrian hinzu, »wir werden von unseren Freunden in den Klarsichtverpackungen mit dem Besten versorgt, was es gibt. Alles, was gut und teuer ist, bekommen wir direkt von Sanctuarium geliefert. Neueste Software, die schnellsten Rechner, raffinierteste Technik. Damit ist manches möglich, was bis vor Kurzem einfach nicht ging.« Eliza nickte. Sie verstand zwar nicht, wie Will es fertigbrachte, dass die Goldene Bruderschaft bereitwillig alles bezahlte, was Vilm brauchte, die Tatsache selbst allerdings war selbstverständlich geworden. »Diese neuen Rechner«, erklärte Adrian, »funktionieren nach einem Prinzip, das ich selbst nicht ganz begreife. Sie sind nicht nur unerhört schnell, sie haben so was wie Ahnungen.«

Eliza schaute dem alten Techniker verblüfft in die Augen. »Blechkästen mit dem dritten Gesicht?«

»Nein, natürlich nicht. Eine so komplexe Struktur, dass sie verborgene Zusammenhänge erkennen können. Auf Wegen, die man nicht nachvollziehen kann. Es existieren dazu mathematische Modelle ... Allein, es gibt im bewohnten Kosmos nur zirka fünfzehn Menschen, die solche Dinge durchschauen. Keiner von ihnen befindet sich auf diesem nassen Planeten. Wenn wir Lukas daransetzen würden, könnte er sich vielleicht einarbeiten, aber der hat anderes zu tun.« Adrian grinste Eliza verschwörerisch an; sie grinste zurück.

»Und wenn man es geschickt anstellt«, sagte sie dann, »kann man mit Hilfe dieser Wundermaschinen die in solchen Elementen enthaltenen Informationen lesen. Und?«

Adrian wackelte mit seinem völlig kahlen Schädel; bislang seien fast immer wertlose Informationen gefunden worden, der massiven Eingriffe in die Schiffssysteme der VILM VAN DER OOSTERBRIJK wegen. Wertlos im Sinne von wenig aufschlussreich: Statusdaten von durchdrehenden Klimaanlagen und dergleichen. Nicht umsonst seien über neunundneunzig Prozent der in einem solchen System zirkulierenden Information nie dazu bestimmt, einem Menschen zu Gesicht zu kommen. Dies hier sei jedoch nicht nur aus einem für die Besatzung bestimmten Bereich, es sei von der Datenschmelze verschont geblieben, als sei es etwas Besonderes. Alle Anzeichen deuteten darauf hin.

»Sehr interessant«, meinte Eliza, ehe Adrian Harenbergh ihr diese Anzeichen bedächtig und tödlich langatmig erklären konnte, »aber musstet ihr mich deswegen wecken?«

Adrian schaute sie an wie einen Käfer, der sich unter dem Mikroskop über die Zuschauer beschwert. »Es sind Nachrichten«, sagte er in einem Tonfall, als hätte er damit alles erklärt, was das kleine Ding bedeutsam machen könnte. Jonathan hatte sich mit seinem zweiten Körper zu ihnen gesellt und starrte Eliza an. Er tat so, als habe er die alte Frau zum ersten Mal in seinem Leben gesehen.

»Wir haben uns in das Gerät eingeloggt«, sagte er, »und wir haben keine der Nachrichten abgerufen – nur Adressen gelesen und so. Eine Nachricht für dich ist da drin. Eine alte Nachricht.«

»Eine sehr alte Nachricht sogar«, nickte Adrian. Er war selbst bereits hundertvier. Alles, was alt war, fand seine besondere Beachtung.

»Das ist etwas anderes«, sagte Eliza. Wenige Minuten später saß sie vor ihrem Rechner und überredete ihn, mit der alten Speicherbank Kontakt aufzunehmen. Das war nicht einfach, schließlich war das Ding letzten Endes ein Trümmerstück, und sein Inhalt war von einem überschlauen Rechner der Bruderschaft restauriert worden. Dann war der Inhalt auf ihrem Monitor, eine Menge unnützes Zeug; Nachrichten waren darunter, die nicht zugestellt waren, unerledigt. Ungewöhnlich. Die Daten stammten offensichtlich aus dem Teil des Netzes, das der Kommunikation der Zentralier untereinander diente. Solche Nachrichten wurden immer zugestellt. Eine der Nachrichten war an sie selbst adressiert, an Eliza Simms, und sie öffnete die Datei. Dann war sie minutenlang still.

Eliza starrte auf die Signatur. Das war eine Nachricht von Lafayette. Flaschenpost aus der Vergangenheit. Sie prüfte das Datum. Sie prüfte es noch einmal. Hinter ihren Augen entstand ein schmerzhafter Druck. Datum und Uhrzeit: Es stimmte. Grégoire hatte diese Nachricht abgesetzt, während die VILM VAN DER OOSTERBRIJK abstürzte. Letzte Worte. Gesprochen in einem sterbenden Weltenkreuzer. In Elizas Kopf spulte sich ein Film ab, ein alter, den sie nur zu gut kannte: She Tsi und Lafayette bekämpfen einander mit Lichtblitzen, giftiggrünes Feuer reißt schreienden Leuten das Fleisch von den Knochen, Flugmaschinen verbrennen in Blitzen, eine Plastiktüte mit sechseinhalb Pfund feinen Staubes in Lafayettes Händen. Ein unsichtbares Gespenst, das verblichene pastellfarbene Flächen mit seinem schrecklichen Schatten verdunkelt. Und dazwischen und davor und danach immer wieder: der kopflos umsinkende Körper, aus dessen Faust ein greller Strahl leuchtet. Die ebene Fläche zwischen den Schultern, aus deren Mitte eine unregelmäßige rote Fontäne entspringt. Das hatte Eliza gesehen, und tausend Träume hatten ihr diese Bilder immer wieder vorgeführt. Sie waren ihr eingebrannt, und sie hatte vor langer Zeit gedacht, das alte Ungeheuer exorziert zu haben. Es hatte geschlafen, versteckt in einem unbeleuchteten Winkel und dazu bereit, aufzuspringen und sie zu überfallen.

Letzte Worte. Eliza kopierte die nicht zugestellten Nachrichten sicherheitshalber in den Speicher ihres Rechners. Dann starrte sie auf den Bildschirm, auf das kleine Symbol, hinter dem sich eine Nachricht von jemandem verbarg, der lange tot war. Eliza schüttelte sich und rechnete aus, seit wie viel Jahren dieser Mann nicht mehr am Leben war. Seit dem Desaster des Weltenkreuzers: siebenundvierzig Jahre, ein ganzes Leben. Sie war eine alte Frau. Grégoire wäre, wenn er nicht beim Absturz der OOSTERBRIJK zermalmt worden wäre, ein alter Mann. Sie rechnete. Dreiundachtzig würde er sein. Nein, er würde dreiundachtzig werden, in zwei Monaten. Mach mich nicht älter, als ich bin, schien er zu sagen. Eliza schaltete diesen Gedanken ab, als wäre er eine bockige Maschine, und rief den Inhalt der Datei ab. Sie hörte Lafayettes Stimme. Der Klang trieb Eliza sofort Tränen in die Augen; sie hätte nicht gedacht, dass eine Nachricht so weit aus der Vergangenheit solche Macht besäße. Die Stimme beschleunigte ihren Puls und ließ ihre Augen brennen. Kein einziges Wort kam bei ihr an. Grégoire klang beunruhigt. Das war alles, was sie wahrnahm. Die Aufzeichnung war vorbei. Eliza hatte von der Nachricht nichts verstanden. Sie wuchtete ihren alten Körper aus dem Stuhl, trottete ans Fenster und starrte in den leichten hellgrauen Regen. Lafayettes Stimme hatte so jung geklungen, so unverändert. Natürlich, eine digitale Aufzeichnung altert nicht. Eliza wusste das, selbstverständlich. Das Wissen nützte ihr nur überhaupt nichts. Ihre Gefühle machten Purzelbäume, und sie hatte das Bedürfnis, jemand nähme sie an die Hand und halte sie fest. Die Vilmkinder hatten es gut, die konnten immer zu Carl gehen oder einem anderen Stummblinden, wenn sie nicht weiterwussten. Für Eliza gab es diesen Trost nicht. Sie musste selbst damit zurechtkommen, dass eine uralte Nachricht pochenden Schmerz durch ihren Körper schickte.

Als ihr Herzschlag sich halbwegs normalisiert hatte, putzte sie sich umständlich die Nase und schaute den Rechner an, als könnte der sie unversehens anspringen. Dann setzte sie sich hin und wiederholte die Botschaft. Sie war mit dem vollen Namen des Absenders signiert: Grégoire Bernard Lafayette. Das war ungewöhnlich. Grégoire hatte seinen zweiten Vornamen nicht ausstehen können. »Dieser Weltenkreuzer tut so, als wäre er ein Billardball bei der Karambolage«, sagte Lafayette. »Eine Fehlfunktion der schwereren Sorte, aber das war nach all dem Missgeschick der letzten Monate nicht anders zu erwarten. Pass auf dich auf. Wir sehen uns nachher.«

Daraus wurde wohl nichts, dachte Eliza. Ihr war zumute, als liege eine dicke Schicht Watte über dem Gefühl, das sie jetzt empfinden müsste. Sie starrte eine Weile auf den Bildschirm und hatte den irritierenden Eindruck, sie sehe sich selbst gespannt zu: Was macht sie jetzt? Eliza kontrollierte die Nachricht auf Quelldaten und fand sie. Die Koordinaten des Absenders im Netz des Weltenkreuzers. Grégoire Lafayette war zum Zeitpunkt der Katastrophe in einem Segment der Vilm van der Oosterbrijk gewesen, das vollständig vernichtet worden war. Dieses Segment war unter denen gewesen, von denen es keine größeren Bruchstücke gab. Nun ja, in dieser Hinsicht hatte sie sich keinerlei Illusionen gemacht. Lange nicht mehr. Gegen das, was dem Weltenkreuzer zugestoßen war, half auch ein lebenslanges Auswahltraining nicht. Natürlich war der Mann tot. Wieso empfand sie keine Trauer? Lafayette, She Tsi, Jonathan Vliesenbrink, Christoff Masurat, Tina, diese und andere Namen fielen ihr ein. Und Lafayette war verschwunden gewesen, so wie Tom eines Tages verschwunden war. Jetzt war er tot. Er war in einem Segment gewesen, das außerhalb der Atmosphäre von Vilm zerstört wurde, dessen Trümmer in der dichten Luft des Regenplaneten verglüht waren oder tiefe rauchende Krater in die Oberfläche geschlagen hatten. Die Chancen standen gut, dass Lafayette einen schnellen Tod gefunden hatte. War das ein Trost? Natürlich nicht.

Eliza sah die anderen Adressen durch. Eine Menge von Nachrichten waren während der letzten Minuten der Oosterbrijk durchs Netz gegangen und unzustellbar in diesem Speicher geblieben. Keine lebenden Absender, und die Leute, denen diese Nachrichten zugehen sollten, gab es nicht mehr. Tote, die mit Toten sprechen wollten. Kurz spielte Eliza mit dem Gedanken, alles zu löschen, die ungehörten Mitteilungen genauso sterben zu lassen wie ihre Absender und Empfänger. Sollten auch diese Worte, Bilder und Geräusche endlich Ruhe finden ... Nein. Das gehörte zu dieser Geschichte dazu. Ein paar Vilmkinder arbeiteten an einer Geschichte der versehentlichen Besiedlung, und diese Nachrichten waren Teil dieser Geschichte. Sie gehörten an den Anfang, aber sie gehörten dazu. Zwar verstand Eliza nicht, warum die jungen Leute so an allem interessiert waren, was ihre Heimat und ihre Vergangenheit betraf, aber sie akzeptierte, dass es für die Vilmer der zweiten und dritten Generation wichtig sein mochte, über ihre Wurzeln Bescheid zu wissen. Weniger allerdings verstand Eliza, warum Will wegen dieser Forschungen so wütend war, dass er sich strikt weigerte, auch nur das Geringste zu dem Vorhaben beizutragen, Dateien blockierte und gelegentlich sogar das eine oder andere Dokument für geheim erklärte. Geheimhaltung. Auf Vilm. Vielleicht hatte auch Will hin und wieder die falsche Frucht erwischt. Sie klappte den Rechner zu. Die Gegenwart hat mich wieder, dachte sie und erinnerte sich daran, dass sie die Datei nicht gelöscht hatte. Sie hatte keinen Gedanken an diese Möglichkeit verschwendet. Sie wollte sich Lafayettes Stimme irgendwann noch einmal anhören. Bestimmt sogar.

Draußen gab sie Jonathan das Teil wieder, der es wortlos entgegennahm und einsortierte. Dann schaute seine andere Hälfte Eliza in die Augen, und Jonathan-A sagte, sie sehe reichlich blass aus heute, und ob sie etwas für sie tun könnten. Zwar machte niemand viel Aufsehen, aber es war deutlich spürbar, dass ihr die Aufmerksamkeit all dieser Leute galt.

»Nein, danke«, sagte Eliza, »und dass ich so blass bin, das liegt am Wetter.« Sie blickte nach oben. »Es regnet«, sagte sie.

Anmerkungen

Die Geschichte von Mechin und Will:
Frühere Fassung als »...und stets das Vernünftigste tun« in: Erik Simon (Hrsg.): »Lichtjahr 6«, Berlin 1988.

Regendrachen sterben, wenn die Sonne scheint:
Urfassung in: Erik Simon (Hrsg.): »Lichtjahr 7«, Leipzig, 1999.

Der glückliche Lotse:
Frühere Fassung als »Glücklicher Lotse« in: Karsten Kruschel: »Das kleinere Weltall«, Erzählungen, Berlin, 1989.

Dank geht an Erik Simon, der die Keimzellen der beiden Romane aus einem Erzählungsband herausschnitt, später eine Rohfassung las und dabei eine Reihe wertvoller Anmerkungen zum Manuskript gab.
»Schwarzer Berg, der die Wolken zeugt« entstand auf seine Fragen hin; er vermisste Informationen über die Übriggebliebenen der Vilm-Symbiose.
»Regendrachennester« verdankt seine Entstehung den Fragen bei einer Lesung im Leipziger SF-Förderkreis (Christoph Keybe und Michael Stöhr).
Nicht zuletzt sei Heidrun Jänchen und Armin Rößler gedankt, die mit scharfen Augen den Text für die Veröffentlichung im Wurdack Verlag nach Überflüssigem und Zweifelhaftem durchmusterten.

Informationen zu unseren Büchern finden Sie im Internet unter:

www.wurdackverlag.de